JN220952

サーカスナイト

よしもとばなな

幻冬舎

サーカスナイト

カバーイラストレーション
秋山 花
ブックデザイン
鈴木成一デザイン室

目次

第一章
おかしな手紙
4

第二章
秘められた過去
87

第三章
大切なもの
165

第四章
奇妙な夢
244

第五章
バリ再訪
312

あとがき
362

第一章　おかしな手紙

宵闇が　僕らを包んで　天幕の中みたい
僕は冴えないピエロで　あなたは　Fearless Girl Circus Night
どんなにそれが絵空事でも　飛ぶしかない夜
君がほしい　口づけてしまいたい　幕があがる　Circus Night

七尾旅人（ななおたびと）「サーカスナイト」より

私がそのおかしな手紙をもらったのは、夏のはじめのことだった。

夏休みに二年に一度は必ず行くバリへの里帰り旅行の手配をするために、少しでも格安の航空券を探そうとインターネット上で奮闘しながらたまたま遅くまで起きていたとき。

娘のみちるを寝かしつけてリビングのテーブルについたら、義母がまとめて置いておいてくれた郵便物の中に、それは混じっていた。

青い封筒にさわやかな感じの文字で私が置いてもらっているこの家の名字だけが書いてあった。

「松崎さまへ」

義母はきっと、この封筒の字が若い人の字っぽいから、私に来た手紙だと思って反射的に私とみちるが住む二階の郵便物に混ぜてしまったのだろう。

ほんとうは、私が最初に読むべきではなかった手紙だったのかもしれない。

しかし運命はかすかな糸をたぐりよせて、確実にものごとをつなぐものだ。

私はなにも考えずにさらっと封をあけて読んだ。

「松崎さま

はじめまして。私は市田一郎といいます。

昔、松崎さまが今お住まいの家に両親が住んでいました。あまり覚えていませんが幼い頃の私と弟もそこで育ったそうです。

まことにおかしなお願いだということは承知しています。

この春、私の母が死にました。

安らかな死だったのですが、亡くなるまぎわにしきりに松崎さまが今お住まいの家の話をするのです。大事なものをその家の庭の塀のへりに埋めたから、できれば確かめて取ってきてほしいと。

そのあたりには今はハイビスカスの木が生えているのをこの間通りかかって確認しました。緩和ケアでモルヒネを使っていたことで母はかなりもうろうとしていたので、もしかしたらもうとっくに掘り出して母の遺品の中にあるものなのかもしれません。

だから、今となってはもうそのままにしておいてもいいのですが、どうも気になってしかたがないのです。

もし差し支えなかったら、必ず元の状態に戻しますので、お庭に入らせて少しだけ土を掘らせていただけないでしょうか？　ご都合に合わせてうかがいます。

これを読んで不快に思われなかったら、いつでもいいのです。ご連絡ください。０９０－××××－××××

市田一郎」

なんだろうこれ、と私は思った。ほんとうに、わからなくなってしまった。

なにかの冗談としか思えなかった。

なんだ、これって私の知っている市田一郎じゃない？

でも、それはどう考えたって私あての手紙とは思えなかった。

松崎さまってかしこまって書いているけれど、それは彼が知っていた私の名字とは違うものだった。

一郎、わかってやってるの？　それともほんとうに私がここにいることを知らなくて偶然に書いたの？　それにこの家に住んでいたって何のこと？　そんなことってこの世にあるの？　と思った。

時を経て、いつのまにか私は一郎が昔住んでいた家に住んでいるっていうこと？

彼の住所を見たら、明らかに私の知っていた、そしてしばらく住んだことさえある一郎の実家の住所で、冗談としか思えなかった。

こんなことってあるんだ、と私は縁というものの恐ろしさを感じた。

私が彼と知り合ったときにはもう彼は今の住所に住んでいたし、私はその後ここに越して来たけれど、彼が昔住んでいた家だなんて少しも知らなかった。

一郎は私の昔の恋人だった人だ。

私が唯一ほんとうに好きになった初恋の人。

もうずいぶんと前、二十歳から二十二歳までつきあった忘れがたい人だ。

いろいろなことがあり、少しずつ関係がこじれて、私たちはとても悲しい別れ方をした。

若いときの三年間は長く、その後の人生に与える影響がとても大きいと思う。

そして、私の人生にその恋愛が落とした影はさらに大きかった。

私は無邪気で生々しくがむしゃらで、あけすけに全てを表現してうっかりやりすぎてしまった。今となっては「ちょっとした」と思えるようなある事件があり、私は心だけではなく、体にも傷を負った。

そのとき以来、私の左手の親指は曲がったままになっていて梅雨になるとそこがしくしく痛むのだ。

そうか、お母さん、亡くなったんだ。

もしかしたらそういうことだってあるかもしれない、みんなが元気であの日のまま暮らしているわけにはいかないのかもしれないな……とうっすら思ってはいた。

でも、確かめることすらしなかった。

私にとって市田家の人たちは過去の人たちで、会ってはいけない人たちだった。

近くで暮らしているとは言っても全く次元が違う世界に住んでいた。

私は今違う人生にすっかり飛び込んでいるのだ。

私はじっと目を閉じて手を合わせた。大好きな人だった一郎のお母さん、仲直りしに行かなくてごめんなさい。そう思った。

一郎のお母さんの花のような面影が私の心に満ちた。

行こうと思えばいつだって行けた。そして、いつでも気がかりだった。

なのに私は、私が顔を出して市田家の人たちがいやなことを思い出したような気分になったらどうしよう、と思って、行かないままにしてしまっていた。

後悔してもしかたがない、でも、一郎のお母さんに会って話せなかったことを少し悔やんだ。

いつか、街かどでばったり会うこともあるだろうと信じていたのだ。

私は子どもと手をつないで、一郎のお母さんには新しい家族ができていて、互いの子どもや孫たちといっしょに、ばったりと会って、ほんの少しの言葉を笑顔を交わす、そしてなんとなくすっきりとする、そんなときがきっと来るだろうとぼんやり願っていた。

でもそんなふうには行かなかったみたいだった。

封筒を両手にはさんで、ひんやりとしたその青い色から、なにかを読み取ろうとしてみた。

目を閉じて、イメージをつかみだす。水の中に手を入れるようにして。

すると、私の心の目にいちじくが見えた。

相手はハイビスカスだって言ってんのに、なんでいちじくなんだろう？　と私は思った。

そのいちじくは甘くよい香りを放っていた。

ものに触れてじっと見ていると、イメージが浮かんでくる。そして、それをどんどん浮かべたままにして流しておくとかなり正確な情報が得られる。

この技を私は小さい頃から持っていた。

大人になってこれがリモートビューイングとかサイコメトリーとか呼ばれるものだと知ったけれど、そんな名前を知らなかった頃から私は、

「じゃあ、ものに聞いてみよう」

とこの行動のことを思っていた。

人に言うと「彼氏の気持ちが知りたい」とか「あのお金盗んだのはだれですか」とかややこしいことを聞かれてしまうし、なんでもわかると思われてしまうので、よほど親しい人にしかこの力のことを教えてはいない。

だいたいプロではないので、私のそういう力だってあちこちがへなちょこなのだ。

むしろこんなことだれにでもできるんじゃないかとずっと思っていたくらいだった。

そんなことがちょっとできるだけで、私はほんとうに他のことはなんにもできなくって、よく生きてこられたねとみんなにびっくりされる。

その上、私とものとの対話ははずれることももちろんあるし、よけいなノイズみたいなものが混じっているときもしょっちゅうある。

今回の「いちじく」なんてかなりそれっぽい。

いったんいちじくが思い浮かんでしまうと、たとえば一郎が手紙を書きながらいちじくを食べていた、というようなイメージが勝手に芋づる式に出てきてしまうのだ。この場合は知っている人なだけに、いっそうむつかしい。

だから得られた情報が全て有益とも限らない。

しかし、なんと言うのだろう、その中に含まれるニュアンスみたいなものははずしたことがない。

封筒がふつふつとそう訴えているのだとしか言いようがないけれど、それはたいてい当たる勘なのだった。

この家の庭に埋まっているものがあるとしても、高価なものではなく、多分ほんとうに思い出の品なのだろうということは間違いないという結論に私は至った。

一郎のお母さんが過去について話すのをあまり聞いたことがなかった。

物腰が柔らかく、乙女っぽいところがあり、いつも人のことを思って、人の話を聞いてばかりいて、そのことでぐちは言わず、とにかくいつも体を動かして働いていて、自分の時間を他に与えることの多い人だった。

そして一郎がほんとうになにも知らないで、ここに私がいるなんて夢にも思わないでこの手紙を書いたことを私はもうどうしようもないくらいはっきりと確信した。

この手紙が私の手元に来たことは、ほんとうの偶然、縁なのだった。

なぜこんなことが起きたのかを考えるには、私の人生経験は小さすぎた。

もっと大きななにかが波を起こして、あるいはだれかの小さな願いがだんだんと大きな風になって、こんなことが起きた、そうとしか言えない気がした。なんだろう、これ。なにが始まり、なにが終わるんだろう？


そんなことを考えながら一郎の手紙をリビングに置いたまま、私は寝室のベッドに倒れ込むようにばったりと眠ってしまった。

夢とうつつの混じった世界で、私は一郎の笑顔を見た。歩く姿を見た。

あの頃の私にとってこの世でいちばん重要だった背中の線を見た。

彼のセーターやかばんや、そんなものになって彼について回れたらどんなにいいだろうと思った頃。そうしたらこんなに苦しい気持ちに悩まされず、いっしょにいても自然でいられるのにと真剣に思った。

初めての恋だったからか、私は体が痛くなるくらいに彼を好きだった。

キスしても抱き合っても、離れていなくてはいけない時間が多いならいっそ彼になってしまいたいと思うような深い渇望が満たされることはなかった。

彼のお母さんが私に笑顔を向けるたびに有頂天になり、彼をこの世に産みだしたのが彼女だと思うだけで神に感謝した。

うちの母にはなかったおっとりさがある彼のお母さんにも、私は夢中だったのだと思う。

一郎の家族が住んでいる部屋は神社の敷地内の社務所の中にあった。

当時社務所の一階に寝泊まりしていた私が、朝起きて家族やスタッフがなんとなく集まる公（おおやけ）のリビングに行くと、私に会いたかった一郎ががんばって起きて来ては腫（は）れぼったい目でおはよう、と言ってコーヒーをいれてくれた。

そういうときの彼はかけねなく親切な心を表現していて、家族全部にきちんとコーヒーをいれた。たまたまそこに他人がいれば、その人にも同じように優しくカップを運んだ。もそもそしたしゃべり方も眠そうな声も全てが彼の人のよさを表現しているように思えた。

そうして今日も一日彼と関わっていられると思うと、ずっとそこに住みたいような気持ちになったものだった。

彼もそう思ってくれているとだんだんわかってきて、小さな仕草（しぐさ）もちょっとだけ触れ合う手も、なにもかもが痛くて苦しいくらい好きになった。神社の階段の上で気持ちを打ち明け合ったとき、これから始まる幸せの予感に打ち震えながら幸せに見上げた丸い月を今も覚えている。真珠のように空に浮かび、淡い光の輪を作っていた。

一郎の、若いのに静かなところが好きだった。

なにものにも染まらず、自分の考えを持っているところも。

そんな暮らしをしていた若い頃のいろいろなイメージがぐるぐる踊って消えず、うなされながらいつのまにか眠った。

起きたらいつもの朝だった。あまりにもいつもの朝すぎて、全部夢だったのかと思った。でも封筒は確かにそこにあって、今の生活の中に入って来た新しい一郎の面影を映し出していた。

窓から射している陽はいつものようにリビングを真っ白にさらしていた。

みちるは目覚ましをかけて自分で起きてくるので、私は朝のパンとしぼりたてのジュースを用意して待っている。

そんなふうに寝覚めが悪くても、私の体は自動的にそれらを用意していた。コップに透ける光はもう夏の面影をたっぷりと宿していた。

みちるは亡き夫の悟の忘れ形見で、私のいちばんの宝物だ。

そして階下に住む義父と義母の宝物でもある。

悟にそっくりながっちりした肩と大きな丸い目を見るたびに、私はほんのりとした幸せを感じる。

いろんなことがあった変わった人生だったけれど、悟に出会えたことはすばらしいことだったと思う。

正確に言うと、彼は私のボーイフレンドでさえなかった。彼は私のたまに会える遠くてすばらしい、自分にないものばかり持っている憧れの人だった。

それまで少し距離のある友だち以外のなにものでもなかった彼は、自分が進行性の胃がんだと知ったときに、私に子どもを産んでくれと言った。

私たちはセックスフレンドだったわけですらない。

酔って間違いを起こしたことだって、キスしたことさえも一回もない。

一度いっしょにカナダの雪山に登りに行って遭難しかけたことはあるけれど、そのときだって恋は芽生えなかった。

助け合ってたくましく帰ってきただけだ。

ただ、そのとき私を死なせまいと、それなら先に自分が死ぬという立派な態度を見せたことにかなりしびれたのは確かだ。そのときの経験から彼を深く信用していたので、できることがあれば力になりたい、と思った。

でもまさか彼の望みが一刻も早く子どもがほしいということだとは思っていなかったし、片想い以前のただ彼に憧れているのに虚勢を張ってせいいっぱい友だちっぽくふるまっていただけの私にとって、願ってもない嬉しい話と信じられないような悲しい話がいっぺんに来て、ほんとうにびっくりした。

私はもちろん断った。

「他をあたってよ。」

と笑ってもみた。でも彼がもうすぐ死ぬかもしれないと思ったら、そう言いながらも目からは涙が次々にこぼれた。

彼とは、恋愛関係になる気はなかった。

ただ、そんなふうにずっと、これからの人生でも会っていくのだと、困ったことがあったら助け合ったり相談したり、ただいっしょに山に登ったり、海外に旅をしたりして、親しいままでずっといられるのだと信じていた。

悟のいる人生を私は心強く思っていた。彼のいない人生を考えると自分が小さな女の子になったように心もとなくなった。

「ほんとうに信頼しているさやかくらいにしかこんな変なこと頼めない。」

彼は言った。

「まあ、私はみなしごだから、子ども産んで籍に入るのは別にかまわないんだけど。でも逃げるときは平気で逃げるよ。だって、しばられるのいやだもん。」

私は言った。

彼はうなずいた。それでもいいから、結婚してくれと言った。

彼は冗談でそんなことを言ったりしない人だったから、きっと本気なんだろうと思った。

彼の両親も彼に劣らぬ変わり者たちで、そのようなおかしな条件を全部飲んでくれた。

義父母はいつでも出ていっていいから上に住みなさいと言って、私の存在を一〇〇％許して受け入れてくれた。

もともと彼の実家の二階は悟が住んでいた住居だったので、私とみちるはそこに入ったということになる。

そこにそのまま、悟が死んでからも住まわせてくれていることになったのは意外だった。

悟を見送ったら、出ていこうと思っていたのだ。

そうあってほしいと願ったよりもずっと早く悟は逝ってしまい、私と当時二歳のみちるが家を出ると言ったら、まだいてほしいと義父母は心からの言葉で言ってくれた。

心底いい人だった悟の両親だけのことはあって、彼らもまたいい人たちだった。

松崎家の人たちが自然の中に分け入っていく機会が多い、どちらかというと人嫌いの人たちだったのも大きいかもしれない。ぶれがなく、素朴で、地に足がついているから浮き足立ったようすがない。

けじめとして、そしてもしもうまくないことが起きたらいつでも逃げ出せるようにほんの気持ちだけ家賃を払ってはいたが、言葉にできないほど淡々と毎日が過ぎていき、だれからもなにもむりじいされず、もともと居候（いそうろう）生活に慣れていた私にとってあまりにも居心地がいいのでいつまでもいられる気がして、居続けてしまっていた。

彼の両親は湘南に義母の実家だった家を持っていて、近くに昔なじみの人も住んでいて、安価でなにかと世話をしてくれると言っているから、動けなくなる前にそっちに越すと言って今から準備をしていた。

さやかさんに下の世話をしてもらう気は毛頭ない、だいたいおじいちゃんが若返っちゃうからだめ、と義母は笑いながらよく言っていた。

彼らは全く独立した理想的なお年寄りで、暮らしの中での接触もそっけないくらいあっさりしている。

あっさりしているのに、冷たくない。温かいのに、しつこくない。いつも自分を律していないと自然とは接することができないからなのだろうか。

きっとそのときが来たら、あっさり出ていけと言われるのだろうと思うし、それでいいと思っている。

だから私たちがここにいられるのはあとほんのちょっとの間なのだろう。

それを思うと、胸がきゅんきゅんして飛び跳ねたいくらい切ない。

なるべくそのときのことを考えないようにして、一日一日を生きている。

期間限定の恋が切ないのと同じように、このありふれた室内が、思い出のいっぱいこもった庭が、全て輝いて見える。

「さやかは一人っ子で、まず生まれてすぐに親の仕事のつごうでインドネシアのバリ島に越して、ウブド近郊の田舎の村で親のフィールドワークにつきあいながら育った。たまに外国人向けのサマースクールやアフタヌーンスクールに行って学んだが、学校には一切行っていない。

両親はバリ島の家を改装して現地の日本人の友人夫婦と共にゲストハウスを経営しはじめ、しばらく日本とバリを行ったり来たりしてたが、飛行機の事故でいっぺんに亡くなった。

さやかはそのあと精神的に落ち込んでいたが、ゲストハウスを手伝いながらしばらくバリに滞在しているうちに、すっかり立ち直った。

その期間に数冊両親の研究記録を本にして出版もしているし、エッセイ集も一冊書いている。遺産だった東京の土地を売って、そのお金で世界中を旅して、帰国して水商売のバイトをしていたときに自分がさやかの両親を知っていたことで話が合い仲良くなった。

不思議な力を持っていて、それを使って刑事さんに協力して事件を解決したこともあるし、事件に巻き込まれたこともある。

とにかく変わった人だし自由に生きてきた人だから、枠にはめるときっと死んでしまう。籍は子どものためにとりあえず入れるが、いつでも抜いていいし、さやかの人生はずっとさやかのものだから、どこに行こうとかまわない。ただ、子どもを祖父母にたまに会わせてやってくれることだけお願いした。」

それが子どもができたとき、悟が私と義父母を前に言ったことだった。

私がどんなに一般的な意味ではだめな人間なのか、ふらふらしていてなにも身につかずに生きてきたのか、義父母には私の日本人ではないような、どこかきちんとしていないようすでひとめでわかったと思う。

緊急事態だししかたない、と受け入れてくれたのだとも思う。

悟は最後までみちるをほんとうによくかわいがった。

生まれた瞬間から、みちるは悟の命になった。

悟はみちるにあと一日会いたいという気持ちだけで、余命宣告された期間よりも二年長く生きたのだ。

そして最後の最後も腕の力がなくなるまで抱っこしていたし、いつもみちるの小さなほっぺたにチュウをしていた。がっちりした体はやせ細ってしまったが、みちるの小さな手をその大きな手でいつでも握っていた。

あんなふうに人の手が人の手を包み込むところを私は見たことがなかった。

なによりも柔らかいものを大切に運ぶような、そんな仕草を、彼は意識がなくなってもみちるに対してしていた。

そんなおのおのの瞬間に、みちるに確かに託した悟の力の全てを私は見ていた。

願いや祈りや一生分の愛や、そんなものを悟はみちるにあげていった。

私はそれを守ってあげなくてはいけないと心に誓った。

みちるをちゃんと幸せに育てて、自分が死ぬまでみちるをちゃんと見ていてあげるために、そのことをいちばんにしてこれからは生きていこうと思っていた。

悟に対するこの尊敬の気持ちを地道に表わすにはそれしかないと感じた。

みちるはまだ小さかったから、悟のことをほとんど覚えていない。

でもみちるの小さな小さな脳みその中の、無意識の深く澄んだ海に、悟の強い想いはきっと深く浸透していると思う。

あんなにも愛されて託された様々な想いを、みちるはきっとその小さな体のどこかでみんな受け止めている。

悟にそっくりのがっちりした、女の子にしては無骨な手を見ると、私はいつでも悟の手がそっとそこに添えられているように思う。

ふたりともとてもかわいい人たちだ。いつまでも愛し合っているんだ。いつもそういうふうに思う。

子どもを産むのだけはどんなに願っても男にはできないから、やってあげてほんとうによかったな、と私は思っていた。

あまりにいろいろなことが大変なときはなんでこんなこと始めちゃったんだろう、と思うこともあったし今でもあるけれど、好きな人の子どもを産むのは夢だったから、いつでも楽しかった。へんてこな私の人生にはそんなことが起きるのがちょうどいいように思っていた。

私は今でも、ごっこをしているような気持ちでいる。

ただし、本気のごっこだ。

子どもが高い崖から水辺に飛び込むような、もう戻ってこられるかわからないけれど先に進むしかない、そんな命がけの夢中なごっこ。

子どもを育てて、日本の庭付きの平和な家庭の二世帯住宅に住んで、義理の両親に気もつかいながらも小さな幸せをだいじにしている、そんなこと、自分のそもそも突飛なことが多い人生に起きるなんて思っていなかった。

しかもその見た目の現実と、自分が生きてきた現実に大きなギャップがあるのも不思議だった。

私にとってはこんな平凡な生活はどんな冒険よりも大冒険だった。

夕方ソファでうたた寝して目が覚めて、となりに小さな子どもが寝ていると毎回びっくりする。

ここはどこだっけ？　この子どもはだれだっけ？

そう思ってから、ああ、そうか、この子は私が産んだんだ、と思い出す。

階下では宵っ張りの義父母がまだＴＶを観（み）たり、お風呂に入っている物音が聞こえる。

ああ、もうひとりじゃないんだ……と思うと、たまに涙が出てくることがある。

こんな穏やかな暮らししたことがなかったなあ、そう思う。

朝になれば子どもは集団登校で地域の学校に出かけていく。

いつまでこの学校にいるかわからないからまあいいやと、いいかげんな気持ちで保護者会に出たりする。そんなこともなにからなにまでごっこで、だいぶ飽きてきたけど終わりがないし、今は特に動く理由もないから、平和にここにいる。

今日のおかずはなににしようかと思いながら、たまに懐かしいミゴレンやソトアヤムなどのインドネシア料理を作ってみる。私が子ども時代を過ごしたバリ島の味、ふるさとの味だ。

最近は変わった食材が日本でも手に入るようになった。

昔はインドネシアの料理は材料がなく全く再現できなかったから、友だちに説明してあげることもできなかった。

今ではエシャロットが入った辛いサンバルソースも材料が揃い日本で作れるようになった。インドネシア料理屋さんもたくさんできて、私の経歴は重宝されるようになった。

懐かしいからどんどん材料を買ってきてしょっちゅう作る。時には下の部屋に行って、義父母とインドネシア料理パーティをする。

そんなことをしているうちに、今では義母もピーナツソースのサテをさっと作れるようになった。義父の山登りの会の集まりでたまにインドネシア料理パーティをするときは私もかりだされて、どんどんインドネシア料理を作る。

それをきっかけにグループでバリに遊びに行って、私の両親の友だちだった夫妻のゲストハウスに泊まってくれたおばさんたちもいたくらいだ。

自分の経験してきたものごとがそうやって波紋のように広がっていくのは、すばらしい模様を見ているみたいで面白かった。

なにか行動すれば、それが後のなにかに結びついていく。そういうのを三十過ぎてからやっと理解できるようになった。

きっとどこにいたってそうなんだろうけれど、あまりにも移動ばっかりしていたから、そんなことをゆっくり見るひまもなかった人生だったのだ。

それから、私は自分の幼い時代を形作った味を、みちるに食べさせてあげられるのが嬉しかった。みちるは悟に似ていてなんでもよく食べるし、たくましい。

なかなかいいな、日本もなかなか、居心地いいなと思う。

こんな平和な暮らしを一生に一回くらいしてみたかったから、いつのまにか夢みたいに実現していて、ただ嬉しいなと単純な私は思うのだ。

みちるが学校に行ってから洗濯物をベランダに干していたら、義父母が出かけていくのが見えた。

私はベランダから大きく手を振った。

「いってらっしゃい！」

「いってきます！」

と義父母も大きく手を振りかえした。

信州の山小屋の息子として生まれアウトドア用品の輸入会社に勤め、社員に山登りを教えていた義父と、元テニスの国体選手で今は義父といっしょに登山をしている義母は、とにかくアクションが大きくてきぱきしていて、言葉もきっぱり、声も大きいので気持ちがよい。

私の両親たちは田舎でばりばり動いていたし山に登り川に入り虫も食べていたが、やはり文化人類学者だからどっちかというと頭でっかちな人たちだった。

夕暮れにいつまでもワインを飲みながらぼそぼそと人類の神秘について語り合うのがいちばんの幸せ、というふたりだった。

義父母のとにかく体が動いちゃうという感じとは正反対だった。

体育会系のさわやかな家族の血がみちるに半分入っているのを思うと嬉しくなる。

どんどん混ざれ、そしてどんどん強くなっていけ、そう思う。

できることならずっと健康で、私たちがびっくりするほど遠くまで行ってほしい。そして私たちがこんなに思いをこめて混ぜたこの血よ健やかに続いていってくれ、と願うばかりだ。

こんなに強い願いを私たちの先祖が、そしてそこから続いてきた親というものが持っていたとわかっていたら、もっと両親に感謝の気持ちを言えたのに、私の両親はそんなことを言える年齢になる前にいなくなってしまった。

私の感謝する気持ちだけが一方的にどんどん降り積もっていく。

ふたりが亡くなるときどんなに私のことを気にかけたか、どれだけ強く祈ったかを考えるだけでありがたいと思う。だからといって無茶をしなくなるわけでもないし、ふたりにこの気持ちを伝える術はないのもわかっているんだけれど、思わずにはいられない。

私はふたりにもらった時間だけで、充分しっかりと今日も歩いているんだよ、と話しかけずにはいられない。

いろいろな人がそうやって、今はいない人に話しかける言葉はきっと目に見えない花になってどこかで咲いていると思う。

その場所のことを思うだけで、天国ってあるんじゃないかなと思える。


みちるが学校に行くといきなり家の中がしんとする。

たとえ寝ているだけであっても、みちるが家にいると活気がある感じがある。

若くてがさがさしていてうずうずしていて、いつでも今の瞬間にいる子どもならではのすばらしい香りみたいなものが空間に満ちているから。

私もそうそうちょこまかと動くタイプではないし、音楽もラジオもかけないでいるので、ひとりでいると街の音だけがよく聴こえる。

遠くの車の音や、風がビルの谷間を渡っていく音。

そんなものを感じている穏やかな午前中の時間が好きだった。

義父母の飼っている猫が階段を上って二階にひなたぼっこしにくるのだけが、家にある動きだった。

猫がうちの階のベランダで寝そべってのんびりしだしたので、私は動くことにした。

鶏や山羊以外に動物を飼ったことがなかったので、猫が人間みたいに暮らしている感じに私はまだ慣れていない。

家の中に家族のようにこんな毛だらけの生き物がいっしょにいて、話しかけると答えたりするから、それも面白くてしかたない。

まるで宇宙人が地球に遊びに来たみたいな気分で、私は毎日いろいろ珍しく感じながらここで暮らしている。

「ミーちゃん、ちょっと下に行ってくるよ。」

と言ったら、
猫はしっぽを振ってちゃんと答えを返した。

不思議だなあ、と私は今日も感動した。

でも考えてみたら山羊とか鶏だってこちらをちゃんと意識して暮らしていたし、うちは卵しか取らず、山羊や鶏をつぶすこともなかったから（亡き母がヴェジタリアンだったので）、動物とはいつだって仲良い関係だったと思う。

動物がいる暮らしはいずれにしてもすばらしくて、大好きだった。

言葉のないものと見えない言葉を交わす生活は、目に見えないことがちゃんと存在しているよと教えてもらっているようで、私は常にしみじみとしながらその猫と過ごしている。

両親が亡くなってからはあちこちを転々として落ち着かなかったので、今は家族ばかりか猫までくっついてきて、至れり尽くせりだと神様に感謝したくなる。

そんなちょっとしたことがビーズのようにきらきらした粒となり、人生のレースを縁取っている。

おなかのあたりが温かくなるような、小さな光がいつでもここには感じられた。

しかし、のんびりしていられない。

一郎の手紙の秘密に少しでもせまろう、と私は行動を開始した。


私は庭に出た。

義母の庭いじりセットが水道の近くに置いてあるバケツにまとめて収納してある。

その中からすばやくスコップを探してハイビスカスの木に近づいた。

ちょうど私の肩くらいまでに育ち、たくさんの枝葉を伸ばしているその木には、夏中ピンクの花が咲く。今年もこれからどんどん咲くだろう。

土の上には、早めに咲きだして終わった花のきれいな色の残骸がちらほらと落ちていた。

その花弁の部分にアリがたくさんたかって最後の甘みを楽しんでいた。

これから来る夏に向かってハイビスカスは節々から数えきれないほどたくさんの葉を出していた。つぼみもたっぷりついていて、にぎやかな感じだった。

この木には大切な思い出があった。

みちるを抱いた悟とここで花を見ていた最後の夏の思い出だった。

それは入退院をくり返していた悟が、ちょうど退院して家にいられる時期のことだった。

そんなときはまるでもう病院になんて行かなくていいような穏やかな日々があった。

地域の病院と連携していたのでちょっとした点滴や検査は近所に行けばよかったから、ふせっていても悟はこの家の良さを満喫できたと思う。

風邪をひけないのであまり人ごみには出られなかったし、もともと外食を楽しみにしたりお茶を飲みに行く趣味もない彼だったので、いつも庭に出てひなたぼっこしたり、散歩したりした。

体調の良いときはみんなで車に乗って山や海を見に行った。

疲れないよう、車に酔わないように休み休み行く海や山はえらく遠く感じられたが、だれも文句を言わなかった。

悟もぐちを言わなかった。

そうやって遠出できなくなったときは、また一段階段を下りたような淋(さび)しい感じがみなを取り巻いた。

そんな悲しいことさえも共有できて幸せだと、みなが感じていた。

なにも感じていないみちるは自由に泣いたりはしゃいだり寝たりしていて、それがまた全員の心を和ませたのだった。

あれはあれでいい期間だったなあ、と今なら思える。

庭によく出ていた最後の時期、悟はすっかり痩せてしまっていたがまだ歩けて、みちるをしっかりと抱っこしていた。

私はとなりに寄り添いながら、来年はきっとここにいっしょに立てないんだろうなと思った。悲しいけれど、悟の衰えを見たらそう思わざるをえなかったのだ。

私はまだ若かったので、そうやってものごとがだんだんとなくなっていく様子を見るのは生まれて初めてだった。

悟が弱っていく様子は、ちょうどみちるが育っていく勢いに残酷なほどきちんと反比例しているように思えた。そして悟はそれでいいと感じていた。できることなら全部みちるにあげたいと思っていた。

ひとつ、またひとつとあきらめていく道のしみじみした良さを三十過ぎたら少しわかるようになった。

でも当時の私にはただ悲しくきついものに思えた。こんなにじわじわと淋しいなら、いっそひとおもいにやってくれよ、と思ったくらいだった。

みちるを見るたびに、悟がにっこりと微笑む。

そのさまを見るたび、最高の宝物と最悪の悲しみの両方をもらっている気がした。

私は悟に確かに熱い恋をしていなかったし、長い間単なる友だちだったから、そんなにしょっちゅう会っていたわけではなかった。

お互いに日常に飽きた頃に、自然を見に行ったり、考え方や体験を持ち寄って確認し合うような関係だった。

だけれど、子どもを作り、籍を入れて、そうして毎日寄り添っているうちに、形から入ったのに夫婦みたいな確かななにかが芽生えてきていた。

思いやり合って、調整して、怒っても間を置いて、いっしょにいい時間を作ろうとする力。

うまくいくお見合い結婚ってこういう感じなのかも、と当時の私は驚きながら思っていた。

こんなふうにだんだんと無償の気持ちになっていくことがあるのを、私は知らなかった。

気に入って、つきあってみて、激しい時期があって、それが終わって別れる、そういうものだと思っていた。いくら汲んでもつきない優しい気持ちが静かにわいてくるような、そんな時間を「死」という背景にもらった、そんな状況だった。

「みちる、このハイビスカス、パパがハワイの空港で小さい苗を買って植えたらこんなに大きくなったんだ。」

悟はとても優しい言葉で、まだ赤ん坊のみちるに話しかけた。

「まさか、こんなふうになるとは思わなかった。庭いじりが好きだし喜ぶだろう、と思っておふくろへのおみやげとして気楽に買って、ただぽこんと植えたら、ここにたくさんおひさまが当たって、いつのまにか大きくなってたくさんつぼみをつけて、ばーばもパパもびっくりしたんだ。

みちるもそんなふうに、気づかないくらいすくすくと育ってくれ。ずっと健康で、わずらうことが少ない人生であってほしい。有名にもお金持ちにもならなくていいから、わずらいの少ない人生であるといいな。」

みちるは赤ちゃんだからただじたばたしたり、にっこりしたり、小さな手で葉っぱをつかもうとしたりしていただけだった。

「小さいときから、他の人とあまり趣味が合わなくて、親といっしょに山に登ったり、ロッククライミングばっかり練習したりしてるうちに、学校よりもそっちに夢中になって、ただそのまま大きくなって、親のいる会社にすんなり就職して、ただただ働いて、休みの日には気の合う人たちと山や海に行って、こんなのでいいならそれがいちばんいいんだと思ってた。まさか病気になるなんて思ってもみなかったよ。」

悟は言った。

「だって俺、なにも曲がったことしてないのに、そんなばかなって思ったよ。」

「多少の暴飲暴食はしていたけれど、すごいストレスにさらされていたわけでもないし、同じことしていて元気な人もいるし。ほんとうに、しかたないことだったんだと思う。運命とか、遺伝とか、そんなようなことで、だれにもどうしようもなかったんじゃないかと思う。」

私は言った。

「こうなったら、しかたない。」

みちるを優しく揺らしながら、悟は言った。

「いっぱいいいもの見た。山も海も赤ん坊も。悔いはない。最後まであきらめはしないけど。一日でも延ばすことを考えたら、時間がまだまだ無限にあるような気がするんだ。」

少し悔しそうな笑顔にハイビスカスのピンクが映っていた。

空は抜けるほど青くて、まだまだこんな平和な日々が続くと錯覚しそうになった。いや、錯覚していよう、と私は思った。ある意味、みんな夢のようだったから。

夏の陽ざしの中で、私はぼんやりしていた。

すてきすぎて夢みたい！　の夢ではなくって、あれ？　毎回の決断がいつのまにかここに私を運んできた、ここはどこだろう？　という意味の夢だ。

そう言えば私、このあいだ産院で助産師さんと力を合わせて赤ちゃんを産んだんだっけ。明るい朝の光の中で生まれたての真っ赤な赤ん坊を見た。

ほんとうにびっくりした。

その瞬間からみちるの顔をすぐに好きになった。いたずら好きそうな、楽しそうな、私の好きなタイプの顔だった。

仲良くなれると思った。この子といっしょに生きていくんだと思うとそんな悲しい状況で産んだ赤ちゃんなのに、なぜかいろんなことが楽しみになった。

それから体がだいたい元に戻るまでだって一年くらいは早送りの夢を見てるみたいだった。

みちるがほぼ乳離れして、次にははいはいするようになって、いろいろなものに触りたがるから気が抜けなかった。

その過程のほんのはじめの頃だけでも、悟と共有できたのが嬉しかった。

でもすぐにそんなこと過去になってしまうんだろう。

悟と確かにハイビスカスの木の脇にいっしょに立っていたことも。

悟だって、オアフの空港の売店でハイビスカスの苗を買ったときには、この花が人生でこんな重要な場面に出てくるとは思わなかっただろうなあ。

…そんなことをぼんやり思っていた。

それは悲しいけれど楽しい思い出だった。こんなひどいことがあるなんて、という気持ちと、こんなにすばらしいのが人生なんだ、というのがぐちゃぐちゃに混じった気持ちの中で、ハイビスカスだけが無情にそして果てしなく豊かにそこにあった。

たとえそのハイビスカスが枯れても、世界中のハイビスカスがどこかでつながっているから、命は同じ、人間もそれときっと同じなんだろう。

世界が滅びて人類がたったひとりになったとしても、そのひとりの中に人類の歴史の全てがきっとこめられているのだ。

だから生まれて死んでいくことは、みんなが思っているよりもたいへんなことではなく、こんなふうに自分に近い命がまだ続いていくのであれば、なおさらだ。

悟の命はたまたま短く設定されてしまったけれど、そういうこともある。

ただ優しく見送ってあげよう、できるかぎりのことをしよう、水やりの水をきらきらはじいて存在するその花びらの様子があまりにも生き生きとしていたので、そう思えた。

悟は幸せそうに見えたし、みちるも彼の腕の中でただ幸せそうにくつろいでいた。彼の足元がたまによろけようが、そんなことは重要ではない。

なにがなんでも守ってもらえるというその感触に安心していた。

あれは人生の中でもかなりすばらしい部類に入る光景だった。

きっと人類の歴史の中でも数えきれないほどくり返された思いなのだろうと思う。

ありがとう、とハイビスカスにそっと触れながら言ってみたら、自分はずっとここにいるから、と言われたような、そんな気がした。

土が覚えているし、枝も花も葉も、みんな君たちのことをずっと覚えてる、自分たちの時間のスパンは、人間とは違うから……そんなことを言われたみたいな優しい気持ちになった。

思い出の中にダイビングすると、空気が不思議な色を帯びてぎゅっと濃くなる。
私はゼリーの中にいるように思い出の中で和み、憩う。
出てくるときに悲しい気持ちにならないように、さっと切り替える。
悟の思い出を楽しく思い出してやらないと、悟がかわいそうだ。
ハイビスカスがそうだそうだとうなずいた気がした。
今は今なんだから、戻っておいで、今の時間にと。
今の花が咲いているし、今の光を見てほしいと。

そうだ、家にだれもいない時間があんまりないかもしれなかったんだ。
と私は我にかえり、ハイビスカスの根本をこつこつと掘り返した。
夏の気配がそっと庭を満たし、濃い緑の匂いがたちこめていた。
悟に頼まれて子どもを産んであげるほどに私たちの仲が良くて信頼しあっていることも、
かといって私たちが正当に熱い恋愛をしておつきあいして結婚するのではないことも、義母
はみんな察していた。察した上でただはいはいと受け入れた。
そういうところが粋だと思った。

義母は私もみちるもすぐ手放すことになってもいいから、悟の望みを叶えてやろうとすっと決めたのだろう。

そこに力みや無理は全くなかったし、心の中にむりに押し込めた言葉もなかった。潔かったのだ。

それで私は義母を人としてかなり好きになった。この人とならチームになれると思った。

そんなことを思いながら掘っていたら、土の中からはすやすやと眠っているカブトムシの幼虫だとか、小さな石ころだとか、プラスチックのかけらだとか、いろんなものが出てきた。

この中のどれかしらは、一郎が子どものときからここにあったのかな、と思うと、いろいろなことが混じって不思議になった。

みちるがこの庭で遊んでいるみたいに、幼い一郎がここにいたことがあるなんて、信じられなかった。

私は一郎を好きになったとき、あまりにも好きになりすぎて一郎の子ども時代に会いたいと思ったし、一生一郎の子ども時代に会えないと思うと悔しいとさえ思った。

あの気持ち、なんだったんだろう。

そして、あの気持ちが時空を超えて今叶っていると言えなくもないではないか。

ほんとうに不思議だった。

だれにも言わずにただ葬った私のいちばんつらくて切ない恋愛の思い出が、こんなふうに戻ってくるなんて。

一郎の手紙だけでは、どういうものがここに眠っているのかさえわからなかった。包まれているのか、むき出しなのかさえ。

しかも一郎は自分で掘り出したいと言っているのに、私が彼の知っているこの私であることも伝えずに勝手に掘っている私にもちょっと問題がある気がした。

いいんだいいんだ、とりあえずやってみよう、そう思ってどんどん掘り進んだ。

ハイビスカスの根っこが思ったよりもずっと深く強くはっているのに驚きながら、なるべく根っこを傷つけないようにていねいにスコップで土を出していた。

やがてハイビスカスの根っこに抱かれるようにして小さな白い包みがあるのを見つけた。

油紙みたいな和紙みたいな、そんな古いなにかに包んである固いものだった。

私はそうっとそれを指でつまんで取り出した。

手のひらに乗るくらいの大きさのその包みを、じっと眺めた。

かすかにふんわりと香ってきたのはいちじくの香りだった。

私は突然に思い出した。ああ、そうか、一郎のお母さんはいつもお気に入りのディプティックのいちじくの香水をつけていたっけ。お母さんの横顔が思い出された。彼女が動いているときいつも香っていたこの甘い香り。

埋めるときにきっと清めるような気持ちで、あるいは自分といっしょにいてほしいという気持ちからそうとうふりかけたんだろう、でなければこんなに香りが残っているはずがない。そして土を払ってポケットに入れた。なにか固くて小さいものが入っていた。指輪かな？と私は思った。

なぜか心臓がどきどきしていた。

掘り出した土は生々しく黒く、たくさんのものが中に含まれているのが感じられた。ふわふわしたいい匂いの土。私はハイビスカスの根っこを包むようにまた土を戻した。ついでにお礼のように肥料と水をあげて、とんとんとならした。でももう庭は元には戻らない。

ずっと埋まっていたものはもう表に出てしまった。

なんだか取り返しのつかないことをしてしまったみたいな不思議な感覚があった。

そして立ち上がって庭を見渡した。緑が夏を訴えて騒いでいるみたいににぎやかだった。私たちの住んでいる小さな家がきれいな色彩で光と影を作っている。

これは、私がここに来る前よりずっと前、悟の家族がここに越してくる前に私の知っている一郎のお母さんが、確かに若い日々を生きているときに、ここに埋められたものなのだ、そう思うと改めて深い感慨を覚えた。

きっともう掘り返されることはない、その場所に私はなぜか手を合わせた。

一郎のお母さんも安らかでありますように。

死んだ人はみんな平等に許されている気がする。

ふたりが天国で出会い、仲良く「ついに掘ってるよ」「ほんとうに掘ってるね」と言い合っているといい、と思った。

もしかしたら私の両親もそこにはいっしょにいて、みんなが私を見下ろしてくれていたら、どんなにいいだろうと思った。その想像は私を幸せにした。


留守中に突飛なことが起きたという形跡を残さないのは、居候の掟(おきて)だ。

私はサンダルの泥をしっかり洗い落とし、きれいに洗ったスコップを元の位置に戻した。

タイルばりの部分と流しのまわりをしっかりと洗って、たわしでピカピカにした。

そして汚れをつけないように二階に戻り、もう一度手をよく洗い、泥がついた靴下をよく洗い、干してから、汗だくになったので冷たいシャワーを浴びた。

その行動の間中、何回も思った。

なんだか、私の行動、殺人犯みたい。

一仕事終えた感じがして喉が渇いた私は冷蔵庫をあけて取り出した麦茶を飲み干した。

麦茶が空になったのでまた作らなくちゃ、と思うのが、家族がいる証拠だった。

今年もまた冷たい麦茶作りが始まったなあ、と思いながら、私はお湯をわかしはじめた。

きっとみちるも帰ってきたら、冷たい麦茶を冷蔵庫から出してごくごく飲むだろう。そういう季節がやってきた。

そのためにも、麦茶を作って冷やしておこう、そう思った。

赤ちゃんだったはずのみちるが、大きくなって自分で麦茶をごくごくと飲むのを見ると「生きている」という感じがしてとても好きなのだ。

その好きのためにひとてまかけて準備する。自分が女性だからなのだろうか、私はそういう行動をするとき、最も幸せを感じる。

なにも考えずにただただ人のためになにかをすることが、いちばんのストレス解消になる。よくわからないけれど、今回のことが一郎の役にも立てて、お母さんを思う一郎の気持ちもすっきりとさせることができるといいなと素直に思った。

なにか懐かしいものが彼の元に戻れば、私も嬉しい。

私は一郎にまた会えることを考えた。それはそう遠くないことだろう。

やはり胸はときめいた。いや、ときめきというよりは甘いうずきのようなもの。そして古傷も痛んだ。

私の曲がったままの左手の親指。

そんなに目だつ場所ではないからふだんは忘れているくらいだが、たまに初対面の人にぎょっとされることがある。それからレジなどで財布の開け閉めやバッグのあしらいに少し苦労することがある。いちばん困ったのはベビーカーを押すときだった。

そんなときだけあの頃を思い出して目の前が暗くなった。

そうなったのは、一郎といっしょにいたときに起きた事件のせいだったから、愛し愛された思い出だけではなく、大きな傷も残した恋愛だった。

麦茶作りが一段落ついたところで、私は気持ちを整えて、掘り出した古い紙の包みを開けてみることにした。

かさかさと紙を開くと、中には小さな骨のかけらが入っていた。

私は少し驚いて、しばらく動けなかった。

一生懸命聞こうとすると遠ざかってゆき、気持ちをそらしているとささやいてくれる、それがものとの会話の特徴だった。

ああ、これはきっと、一郎の兄弟の骨だ。

一郎には弟がいるが、その人ではない。

きっと幼くして亡くなった子どもの骨なんだ。

私の奥底にあるもうひとりの私が、いつものものと話をするときと同じくそういうふうに強く訴えてきたものの、そんな話を彼や彼のお母さんから一度も聞いたことがなかった。

ただ、一郎には私の知らない兄弟がいて、そのお骨(こつ)を一郎のお母さんはだいじに持っていたんだけれど、きっとあるときにこの庭に埋めて土に還(かえ)してあげたところは確かだと思えた。

引っ越すときももうそれでいいと決心していた。でも、あとでやっぱり気になってしまったのは、いつか抱いた私の思いがなんとなく通じて、一郎のお母さんはこの家のことがきっと気になってしかたがなくなってしまったんだ……そう感じた。

私がこの家にいるとは知らなくても、この家のことを亡くなる前にしきりに一郎のお母さんは思い出して、それをなぜか昔に埋めた骨のかけらのせいだと思っていた。

でも、ほんとうはここに私がいるんだということはわからなくても、私にもう一度会いたいと、そのことを心の奥底で人生の悔いとしてなんとなく感じていた……一郎の兄弟を亡くしたということと、私に会わずにそのままになってしまったことが、亡くなる前の一郎のお母さんの中で不思議につながって、手紙に書いてあったような気持ちになってしまったんじゃないだろうか？

言葉にするとそんな簡単なことになってしまうけれど、不思議なつながりはそんなふうになっているように私には思えた。

手の中の骨は軽いのにその存在はずっしりと感じられた。もう一度あの人たちと関わる、そんな重さでもあった。

一郎にまた会う。

重く複雑な気持ちで、ああ、こんなこと知らなければよかった、そう思った。

勝手に掘り返したのは私なので自業自得なのだ。

気持ちを鎮めようと思って、私はとりあえず深呼吸をした。

そして骨に話しかけてみた。

あなたは私が好きだった人の兄弟の骨なんだね。

土に還らずにここにいたことは切ないことだったかもしれないけれど、今ここに住んでいる人たちもいい人たちだし、あのハイビスカスはいいハイビスカスだよ。

きっと家族のところに返してあげますからね。

あんなにおおらかで優しくてお嬢さま育ちだった一郎のお母さんの心の中に、そんな悲しい思い出があったなんて知らなかった。

当時聞いてあげられればよかったな、そしていっしょに掘り返しにきてあげたら。

そうしたら私と松崎さんの家族……義父母や悟や……今私の家族になっている人たちともっと早くに会うことがあったのかしら。私が知り合う前の悟のことを想像した。もちろんその頃にはきっとハイビスカスもなくて、家もこの家ではないものが建っていて……？

なんだかとても不思議だった。

都内でもこのへんは新興住宅地ではないし、大きな街から少し離れていて急行も停まらないので、比較的家賃も安く安定して住みやすいとされている。だからこのへん一帯にずっと住み続けたり、引っ越しをしてもこのあたりで、という人は多かった。

それにしてもこの偶然はもはや因縁と呼んでもいいのではないだろうか？

ずいぶんと落ち着いてきたので、私はソファにのんびりと寝そべった。

人の骨って実際に触ると、異物感と言うか、ある種の小さくショックな感情が残るものなんだなあ、と私はしみじみ思った。

今さらになって、また一郎に会えるんだと思うと、不思議な感じがした。

別れるのが悲しくてたくさん泣いた若き日々を思い出した。

いつかきっとまた会うだろうとは思っていたけれど、こんな形だなんて、思ってもいなかった。


うとうとしていたら、悟の夢を見た。

悟は胃が弱いくせに牛のようにこつこつとたくさん食べる人だった。

でも、その夢の中で彼は食事に手をつけなかった。

そのお店には行ったことがなかったけれど、夢の中の設定では悟が大好きで通い詰めた店だということになっていて、私もそれを承知で悟に誘われてその店のテーブルにいるのだった。

多分それはランチタイムだった。外がとても明るかったからだ。

制服を着た近隣の会社の人たちがわいわいとしゃべりながら、あるいはひとりで本を読みながら、そのお店でごはんを食べていた。回転が速くて人がひっきりなしに訪れていた。

悟が大好きだった豚肉の生姜焼き(しょうがや)きとキャベツの千切りが目の前にどんと盛られていて、お味噌汁とお漬け物、真っ白いごはんがきれいに並んでいた。

夢の中なのに私はあまりにもそのごはんの全てが清潔でおいしそうな感じだったので、嬉しくなってきた。

「悟、食べようよ。もういいんだよ、いくら食べても。」

私は言った。

「そうか、もう胃が痛くなることもないし、気持ち悪くもならないのか。」

悟は言った。

「そうだよ、いつだってたくさん食べてたじゃないの。あのすかっとする食べっぷりを見せてよ。」

私は言った。

「そうか、もう食べてもいいのか。そうなんだな。」

悟はおいしそうに楽しそうに生姜焼きを食べはじめた。

きれいな箸の持ち方。

山の上で少しもごみを出さずにごはんを作るあの器用な手際を思い出した。

そういうところも尊敬していたことを思い出した。

私なんていつだって食べっぱなしでだらしないったらなかったのだ。

「私、悟にろくに料理も作ってあげなかったね。」

私は言った。

「いや、インドネシア料理をいっぱい作ってくれたよ。あれ、みんなうまかったよ。あと山の上で食べたじゃがいもが入ったスープカレーも。スパイスの使い方が、日本人離れしていた。」

悟はしみじみと言った。

いっしょに暮らしていると相手の体が自分の体の延長線上にあるようになるのに、なぜか悟だけが弱って死んでいく、あの感じは不思議だった。

自分の体まで少し死んでしまったような気がした。

悟が死んだとき、自分の体の一部がしなびてぽろりと落ちたような感じだった。

幼児の世話をして気がまぎれているうちに、だんだんと体は自分のものに戻ってきたのだが。

「アンパンマンみたいに。」

私は言った。

「結婚したら夫と体を分け合い、子どもが生まれたら子どもに自分の一部をつなげて、人間は生きていくんだねえ。」

「インドネシアで育ったのに、よくアンパンマンを知ってるね。」

悟は言った。

「みちるのおかげで覚えたんだよ。」

私は言った。

みちる、という言葉を聞いたとたんに悟はもう止められないというふうに、にっこりと笑顔になった。みちるによく似た笑顔だった。

夢の中なので目に見えないはずのイメージはいくらでも広がっていった。

悟が笑顔になったとき、空間が虹のように七色に輝いた、その美しさを私はじっと見ていた。

人の感情には色がある。ふだんはあまり見えないけれど、夢の中だと時間が伸び縮みするから、そういうものはほんとうにゆっくりときれいに輪を描いて空間に満ちる。

私がいくらうっとりとそれを見ていてもかまわない、それが夢の世界というものだった。

悟にとって、そんなにも好きでいられるなにかがこの世にしっかりとあったことを、ほんとうによかったと思った。

「仕事がいちばん好きだった？」

私は言った。

「いや、旅行することと山がいちばん好きだった。山登りが好きだったから、その道具も大好きで、仕事がいやだと思ったことはあまりなかった。

体を動かすことでそんなに楽しめなかったのはゴルフとバレーボールくらいだったかな。

できるけど好きにはなれないこともこの世にはあるんだよなあ。得意ではなくあまりできないけれど好きだったのは、サーフィンだった。いつか海の用具の部署に行ったら毎週やってうまくなってやると思っていたんだけど。」

悟は言った。

「そうなんだ。私、あなたのことなにも知らなかったよ。運動神経がばつぐんだっていうこと以外は、なにも。」

私は言った。

「遭難してからは私、あんまり山登りもしなくなったし。」

「俺は、ここの生姜焼きが好きだった。ここ、会社の裏にあるんだよ。いつも活気があって、おじさんと息子が厨房(ちゅうぼう)にいてさ。」

悟は笑った。

「今になって思うと、人生、悪くなかったよ、いろんなことが。」

生姜焼きがなくなっていく、夢が終わってしまう、と私は思った。

わり箸の袋をじっと見ながら、私もこの結婚満足だったよ、と言いたくても言えなかった。

目の前の楽しそうな悟にそんなことを言いたくなかった。

そんな楽しい人生だったら、もっと続けばよかったのに、とも言えなかった。

もしも悟が治りそうもない病気にならなかったら、大急ぎで子どもを作ったり結婚したりしなくてよかったから、彼の人生の中の私は友だちのままだったかもしれない。

そうしたらみちるがいないってことになる。あのすばらしい存在、私をなによりも慰め活気づける存在はこの世にない。

それだけはもうありえない、絶対だめ、と私は思った。

みちると暮らせるようになったことが、どれだけ私にとって大きなことだったか。

どんなに幸せなことか。意外すぎてびっくりしすぎて、その上夢のようなすてきなことだったか。

悟には感謝の気持ちしかなかった。

この世の営みのはしっこに、私みたいな半端者を入れてくれたのだから。

そんなことを思いながら、目の前にいる悟との時間を貴重に思っていたら、お店の喧噪がだんだんと遠くなっていって、目が覚めた。目のはじっこにたまった涙が温かかった。

そのぬくもりに、目を覚ました自分の淋しさが救われた。

死ぬっていうのは、もう会えなくなるということ。

夢で会えても気配を感じても、それは慰めにしかならない。

もういない、そういう毎日を生きるために吹っ切っていくこと。

それでも、この夢はやっぱり嬉しかった。しかし、ひたっている場合ではなかった。

私には急に、するべきふたつのことができた。

ひとつは懐かしい一郎に思い切って連絡をすること。

そして、もうひとつは今夢に出てきたお店がほんとうにあるのかどうかを確かめることだ。

気が重いほうからさくさくとやろうと思って、さっそく私は一郎の手紙を取り出し、携帯電話でその番号に電話をかけた。

時間帯が真昼だからというのがいちばんだと思うのだが、彼は出なかった。

留守番電話に接続されたのだが、私はなにからどう言い出していいかわからず、とりあえずなにも言わずに電話を切った。

一郎？　私。っていうのもおかしいし、あの、松崎と申します、というのもなにか変だ。

頭の中がぐるぐるしてしまった。

また夜かけてみよう、そう思って気持ちを落ち着かせた。

それではもうひとつのことをしに行ってみようと思って、私はバッグを持って身軽に家を出た。

彼の勤めていた会社の裏に定食屋があるかどうか、探りに行くのだ。

悟は、アウトドアの商品を輸入する会社の店舗で働いていた。営業の仕事もしていた。彼は大学を出てすぐに義父がアドバイザーをしていた会社に入ったのだ。

今でも彼のクローゼットを開けると、見たこともないような、寒いところで着るのであろう服や、なにに使うのかわからないくらい大きなバックパックや、調理用具や、多分テントや寝袋だと思われる包みなどがぎっしり入っている。彼が一度も使っていないサンプル的なものもきっとあるだろうと思う。

私は結婚するなりみちるが生まれ、みちるでせいいっぱいで彼の日常の世話をしたことがなかったし、入院のときの洗濯物はたいてい義母がやっていたから、新しいパジャマや下着を運ぶくらいで、日常的にクローゼットを開けて部屋を片づけるような関係にはいたらなかった。

それぞれが勝手に自分の生活の管理をする友だちみたいな関係のままだった。

もっと歳をとったら、もしかしたらふたりはもっと自然にいろんなものを共有するようになったのかもしれない、もしかしたらいっしょにバリにサーフィンに行けたのかもしれないのにな、と思うと、それが断ち切られたことがいっそう残念に思えた。

地下鉄に乗って五駅のところに、悟の会社はあった。

予想していないところに急に用事ができる、夢みたいな勢いのある感じが好きだったから、心は活気づいていた。

夏のはじめの都会はただ蒸し暑く、アスファルトの下にまだ梅雨の空気がもわっと残っているような感じがした。まぶしい光の中スーツ姿の人たちが行きかっていた。

小ぎれいな自社ビルの一階がショールーム兼ショップ、二階がオフィス。

前は社員の身内として普通に二階の受付にも行ったが、今のこの場所はもう私には縁がないところなのだ。

私はお店の中を懐かしく眺めた。

彼がまだ元気だった頃に、よくここで待ち合わせをしてこの中で待ったものだ、と思い出した。

たまに機能的な服を見つけて社員割引で買ってもらったりもした。

そして夜の街へふたりでいっしょに出ていった。

グルメではない彼はいつも同じお店に誘ってくれたが、冒険して別のお店に行こうと言うのはいつも私だった。

でも、夢の中のお店には心当たりがなかったのだ。

中小企業のオフィスが多い地区なので、夜にはたくさん人が出てきて一杯飲んで帰ろうとにぎわっていたのを覚えている。会社で働いたことのない私には珍しい光景で、そこにいる人たちがみな楽しそうな顔をしていて、私まで都内で働いているような気分になったものだった。

その頃私は何をしていたんだろう?

と思ったけれど、しばらく思い出せなかった。

口コミで占い師もどきみたいなことをしていたか、バーでバイトか。

いずれにしても私は一人暮らしか、たまたま面白いからと取り壊し直前のアパートに女友だちと住んでいた頃だったような気がする。

かたぎの悟と飲みに行くのがけっこうな気晴らしになったくらいに、不規則な生活をしていた。

その頃はその頃でよかったたな、と思いながらも、私は過去が泡のようにぷつぷつと消えていっているのを感じた。リアルには思い出せない、いろんな時期のいろんなできごと。

悟がどうして私を気に入って、誘ってくれるようになったのかわからなかった。私の両親や私の本を読んでくれていたからなのか、いっしょに山に登ってからはより親しみが増したからなのか。

悟とはもともと死んだ両親の知り合いとして出会った。彼はふだん口数も少ないし、あまり友だちも多くなかった。そういう人の常で、数少ない友だちをとても大切にしていた。

その数少ない友だちのうちのひとりが私だった。

私たちは年に何回か思い出したように会っていたが、恋愛的なものに発展する気配はほとんどなかった。ただ、この人が会おうと言うっていうことは、自分を信頼してくれていて、ほんとうに会いたいということなのだと思うことができ、悟のようなまともな人に嫌われたくないと思うたび、憧れはつのった。

彼のいつも着ていた服、持っていたバッグたち、懐かしいロゴマークが入った品々が店いつぱいに並べられ、私を囲んでいた。

今も現役なこの会社には失礼だが、私にとってなんだかそこは実際の墓場以上に墓場のようだった。

もうほんとうに彼の人生は終わったんだ、としみじみしたし、時の流れの速さに愕然とした。

みちるがいるし、好きだった悟のお義父さんお義母さんと暮らしているからぽわんとしていられるけれど、なんとなく続いているだけで実はすっかり終わっているんだと思い知らされた。

一郎が出てきて流れが変わったのもその気持ちに大きく影響していた。

もうひとつの時期はカウントダウンに向けて動いている。次はどこでどんな暮らしをするのだろう、そしてそれはいつまで続けられるのだろう？

まだみちるはしばらく小さい、いっしょにいる時間がまだまだある。そのことをいちばんだいじに思っていくことだけは確かだったけれど、みちるにも悟の思い出にもしがみついてはいけない、と私は肝に銘じた。

あんなに確かにここにいた彼が、面影ひとつない。そのことがいちばんリアルだった。

人がひとり減ったとて、会社は普通に回っている。

でも、それだけではない。彼の刻印を私はいくつでも見つけられる。人の心の中に、その心を波だたせる存在として、いつまでだって。そして自由は心の中にこそある。環境の中にあるわけではない。

あまりにも久しぶりに過去の中にしか存在しなかったその場所に来たら、今の自分の強固だと思っていた足元がもろいものだと全身で理解した。

これはきっと引っ越しが多かった、そして外国から来た子としていつも距離を置いて扱われた子ども時代の影響だと思う。

この世の舞台裏みたいなものをふっとかいま見てしまうたびに、自分の自由を知ることのくり返しだった。

確かなものはなにもなく、変わってゆかないものもなにもない。どんな錨(いかり)をどこに下ろすのか、いつ引き上げて旅立つのか、そのタイミングだけが私にはかれることだと知っていた。

そんなことを思いながらも、子ども用の軽い防水ジャケットが安くなっていたので買い、秋冬用のステテコ（と呼ぶとよく悟に違うと笑われたステテコみたいに薄いインナー）を買って、私は普通に店を出た。

店員さんも当時と全然違う人ばかりだった。顔見知りはもうだれもいない。でもみんなとても感じがよくて、悟がここにいたらこの人たちとよい会話を交わしたんだろうと想像できた。

彼は、この会社を辞めたんだ、永遠に辞めた。

そう思うとやはりもの悲しくなった。

あんなにも確かにここにいたのに。あんなにもここの商品と共に暮らしていたのに。新商品を使ってみるために実際海や山に行って、レポートを書き、このものたちと人生を共に歩んでいたのに、もう永遠に退職したんだ。

彼が子どもをほしがったわけを少しだけ肌身で理解したような気がした。会社の中での彼は代わりがきくけれど、子どもの親はこの世でたったひとり。子どもに子どもができたら、さらに続いていくなにかがある。

若いときには決してわからない、このような気持ち。なにもかもなくなってしまう吹きっさらしの場所にいる感じ。

病気になったとき、悟は本能的にそれを感じて、行動しようと思ったのだろう。

このまま死んではいけない、もしまだ時間があるなら、子孫を作ろう、と。そして勇気を出して信頼できる女性にそれを頼もうと。

あと数ヶ月遅れていたら、治療とのかねあいで子どもは作れなかったかもしれない。まだ自由に動けるときにさっと実行したからこそ、すべりこみでみちるはやってくることができた。

山に登るときもそうだった。おしゃべりしたり、質問しているうちに状況は変わってしまう。まずさっと体を動かして、しかもむだでない動きをしろと彼には教わった。どんなになんていうことない山でも、そうしないと命に関わる、なによりも大切なのは心の姿勢なんだと彼はいつも言っていた。

行動に移せるシンプルな勇気こそが、彼の性質の中で私がいちばん好きなところだった。

店を出て、気を取り直して私はその定食の店を探しはじめた。

時間ぎりぎりだったがランチはたいてい営業していた。

行列のできているラーメン屋もあるし、飲み屋さんが昼間だけランチをしているところや、お鮨(すし)やさんの店頭のちらし寿司(ずし)弁当、カフェやデリ、意識して見ると、この世にはこんなにたくさんのお店があったのだろうか？　と思うくらいにひしめきあっていた。

時間に区切られたお昼ご飯をせいいっぱい楽しもうと学生みたいなわくわくした顔をしてうろつく人たち。私はいつもそういう人たちの充実した目をうらやましく思う。

そんな中を泳ぐようにして、悟のいた会社の裏手の小路で、ここかな？　というお店を見つけた。

なんていうことのない普通の引き戸にのれんがかかっている和定食のお店だった。ちょっと覗(のぞ)いたら意外に大勢の人が入っていた。

はずれたらまた明日探そう、というような気楽な気持ちで私は中に入ってみた。

「いらっしゃい！」

と威勢のいい声で迎えてくれたのは、そっくりな顔で白衣を着たおじさんと息子さんだった。

きっと親子でずっと厨房に立ってお店を続けてきたのだろう、そんなきりっとした佇（たたず）まいだった。このお店なら、悟が好きで通いそうだな、と私は思った。ランチタイムだけの営業となっていたので、夜に連れて来てくれなかった理由もわかった。

店の中を見回すと、夢で見たのと同じ配置でテーブルが置かれていた。奥には四席だけのお座敷。窓辺の招き猫の位置まで同じだった。

間違いないと私は思った。

私はにっこりと微笑んで、ひとりなのでカウンターに着席しようとした。

するとおじさんが笑顔で、

「もう混む時間は終わったから、よかったらテーブルにどうぞ。」

と言ってくれた。

私は夢の中でさっき座っていた席に座ることができた。

夢と現実がこんなふうにひとつになることを、私はしょっちゅう経験していた。

そうなっても「やっぱり」と思うだけだけれど、自分の中とこの世の中が、見えないなにかでリンクしていて、見えなくてもそのようにいろんなことがつながっている感覚を確かめられるのは嬉しかった。

ものと話すときもいつもそうだった。

目に見えないけれど確かだと自分が感じていることが、現実と調和するときの謎解きの過程に、私はなにか大きなものの存在をすっと納得することができる。

なによりも嬉しいのは、悟が私をここに連れてきたかったと思う気持ちが、いつの段階でかどこかに沈殿して、このようなだれにもわからないタイミングでふわっと表面に上ってきて、こうして実現することのほうだ。

きっと人類みんなの心の底がつながっている湖みたいなものがあるんだろうな、でないとこんなふうにわかるはずがないもの、と私は思った。

そして、そんなふうに生きていた頃の悟が身を置いていた空間に身を置くと、もうなにも残っていない悲しみの中にひたっているのに、どこかでほっとするものがあった。

今度みちるも連れてこよう、と思った。

ここはパパが大好きだったお店なんだよ、と言って。

みちるには悟のことを一回とて悪く言っていないので、彼女の中で悟は完璧なお父さんなのだ。

「パパがいたらなあ」とみちるが言うたびに、私は少し悲しいけれど嬉しくなる。悟をずっとその位置に置いておいてね、と思う。

家族を思い出すときは、いつも悟の姿をその中にいっしょに入れてあげてほしい。

ほんとうは三人で外に出かけてごはんを食べたり、自然の中で遊んだりしたかったけれど、それはほとんど叶わなかった。病院と家と家の近所をうろつくことだけが、私たちに許された短い時間の中での夢だった。

いつも外へ外へとチャレンジすることに向かっていた悟の人生が、最後はそんなふうに家の近所だけに向かっていったことを彼は決して後悔していなかったと思う。

旅先、しかもアフリカとかネパールとかのとんでもないへんぴな場所で待ち合わせることが多かった松崎家の家族も、病気のおかげで最後には同じ屋根の下で集うようになった。その時間を持ったことだけがよかったことかもしれない。

愛し合う家族はいつもいっしょにいなくてもいいんだ、と家族のいない私は知ることになった。

たとえどこにいても、家族の顔を思うとなにかがしっかりつながるものなのだと。

だから悟はあんなにも飛び回っていたのだと。


「おまちどおさま。」

という最近なかなか聞けない懐かしい言葉と共に、目の前につやつやした生姜焼きとぴかぴかに粒が立ったごはんとお味噌汁がやってきた。

お漬け物も売っているやつではなく、このお店でつけられた手作りの浅漬けだった。

「いただきます。」

と手を合わせて、私は悟の分も食べてあげなくちゃ、と思った。

さすがに夢で見たような大盛りではなかったけれど、夢の中で食べたのと同じほのかに甘いたれの味つけだった。キャベツの切り方ひとつとっても清潔感があふれていて、気持ちがよかった。

この世から消えた彼が、いつか確かにこの街で働いて、ここで毎日のようにごはんを食べて、お店の人たちと微笑み合ったんだ、そのことを忘れないようにしよう。

どうかお店も街も悟がいたことを忘れないでね、と私は思った。

そしてまたちょっとだけ涙が出た。

私はあまり振り返るタイプではないのに、最近は少しおかしい。

きっと生活が安定してきて心に余裕があるからだと思う。

がらにもなく「悟が生きていたら、私たちはほんとうの家族になれたのかも、うまくいったお見合い結婚と同じくらいに、ずっと長い時間をかけて確かなものを育んでいけたのかもしれない」と思ってばかりいる。

夢の中でテーブルの向かいで笑っていた彼を思い出したら泣けてきたのだ。

みちるを育ててきて悲しむひまもなかったから、今になってじわじわしみ出してきているのかもしれない。

私の両親もそうだったけれど、たいていの人がただこの世に存在して、ほとんどなにも痕跡を残さないで消えていく。

それでもこのお店に残った彼の面影は、ある意味では永遠に思える。地上はいろいろな人の面影でいっぱいだ。

私はそんなことばかり考えているけれど、きっとだれかの役にたつこともあるに違いない、と思った。

究極の意味で悟の役にたてたように。

そんなことは人生になかなかないことなのだ。

こんな変なことばかり考えているからいつもひとりぼっちだけれど、かまわないと思った。

そう思いながら、心をこめて、この味よ悟に届けと願いながら、生姜焼きを食べた。

おかしな夢を見たなあと思ってそのままにしておいたら、このお店があることに気づかないままだ。

でも行動してみたら、発見できるし、気もすむ。たった五駅の移動で、気持ちが明るくなることができた。

それでいい、と思った。

生姜焼きをたくさん食べたのでおなかがいっぱいになった私は、にこやかにあいさつをして悟のお店を後にした。もう今日はなにも入りそうにない、とにかく少し散歩をしようと思い、うろうろと街を観察して歩いた。

でもみちるには晩ご飯を作らなくては、なににしようか、自分はつまむ程度でいいから、みちるの好きなカレーがいちばんいいかな……。

そんなことをぼんやりと考えるのは瞑想並みに心を空白にする手段だった。

ぼうっとそれを考えながら、悟の会社の近くの公園にたどりつき、そこにあったワゴン車の屋台で、コーヒーを買ってベンチに座った。

空には羊のような雲がぽかんと浮かんでいた。白くて大きくてそびえたつ山のような積乱雲もはるか遠くに見えた。ほんとうに暑い真夏の気配はすぐそこに迫ってきていた。

どんな夏になるのかわからなかったが、心は少しだけ沈んでいた。

悟のいない悟の会社に行ったことが淋しかったのと、会えないまま亡くなった一郎のお母さんを思い出したからだ。

なんで私は会いに行けなかったのだろう。赤ちゃんを抱いて行けばよかった。たった一駅だったのに、超えられない線のように足が向かなかった。

悟はここのベンチでこんなふうにのんびり過ごしたことはほとんどないんだろうな、と私は直感した。ベンチには悟の残した気配はなかった。彼は常に移動していたし、多分一刻も早く会社に戻ったのではないだろうか。

そんなことだから、胃をこわすんだよ、と私は思った。

でも彼は仕事が好きでそういう全部を楽しんでいたので、悔いはないだろう。

だから私ともずっと友だちでいてくれたのだ。いつどこでなにをしているかもわからない、なんの肩書きもない不審な私とも。

そんなことを思いながら雲を眺めていたら、全てがこれでいいと思えてきた。みんながそれぞれを全うしてただ消えていく。それは空(むな)しくなんかない。全てがここにある。私もきっとそうなるのだろう。私の残したものは、人の心からの願いを叶えたことがあるという誇りと、みちるだ。それで充分ではないかと思った。

そのとき、電話が鳴った。知らない番号だった。

これはきっと一郎だと私は確信した。胸がどきどきして、昔の自分を思い出した。一郎の何をそんなに私は好いていたのだろう。

彼の持つ、不思議な雰囲気。独特の考え方。流れるように動き考える豹(ひょう)のような猫のような彼の自然さ。

「もしもし。」

私は電話に出た。

「もしもし、この番号を知らないのでかけなおしてみたのですが、どちらさまですか？　お昼にお電話いただきましたか？」

一郎は言った。

「はい、電話しました。」

私は言った。

「市田さんですよね？　私、お手紙をいただきました、松崎と申します。」

やっぱりまずは今のことから言うしかない、ときちんと名乗りながらも、私は心の中でちょっと笑っていた。

その後、なにから伝えたらいいのか、少し迷っていた。

一郎はとても懐かしい声で、他人行儀に言った。

「ああ、松崎さん！　突然にぶしつけなお手紙を出してごめんなさい。どうしても気になってしまって、思い切って連絡を取ってみたんです。」

どう言ったらいいだろうか、と私の頭は高速で答えをはじきだそうとしていた。でも結局したことはとてもシンプルなこと。

「一郎。」

私は呼びかけた。

いちろう。

何万回も呼びかけた、その呼び方で。

電話の向こうで一郎がぎょっとしたのがわかった。私は言った。

「私、さやかです。」

一郎は黙った、その沈黙はなにがなんだかわからない人特有の濃い沈黙だった。

しばらく黙ったあとに、彼は言った。

私はずっと黙って待っていた。

「さやか？」

一郎は言った。

「ほんとうに？　パリのさやか？　なんで？　なんだか聞いたことのある声だと思ったんだ。でも、どうして？」

「私、あなたの両親があの家に住んでいたことを知らなかった。ほんとうに知らなかった。」

私は言った。

「私ね、ほんとうにすごい偶然だと思うけれど、今、あの家に住んでいるの。」

「あの家って、俺が子どもの頃に住んでいたあの家？　いったいなんでまた。」

一郎は言った。

少しの疑いがその声に混じっていて、私は悲しみを思い出した。

一郎にまるで化け物を見るような目で見られたときのことを。

私は言った。

「私、あの家の二階に子どもと住んでいるの。あの家の、松崎さんちの長男と結婚して、子どもを産んで。」

「そんなことってあるのか？」

一郎は言った。

「とても信じられない。」

「一郎、私、掘ってみたの。ハイビスカスの根本を。そうしたら、小さな骨が出てきた。犬かもしれないし、猫かもしれない。全然わからないけれど、多分人間の骨が。」

私は言った。

「一郎、私がものと話ができることを、覚えてる？」

「うん、覚えてる。」

一郎は言った。

「私は、その骨と話をしてみた。多分それは、あなたの兄弟の骨だと思うんだけれど。あなたにはあの弟さん以外に、もしかしたら亡くなった兄弟がいたの？　私はそのことを知らなかった。」

私は言った。

一郎は言った。

「いたよ。双子の兄貴がいたそうだ。でも、赤ん坊のときに亡くなって、おふくろは悲しくってずいぶん長い間、その骨を身につけていたって聞いた。ふだんは話題にのぼらないけれどね。」

「お母さま、最近亡くなったのね？」

私はこらえきれずに涙声になった。

「うん。」

一郎は言った。

「今、自分がどこにどうびっくりしていいのか、もうすっかりわからなくなって混乱しているんだけど、骨だとしたら、よく理解できる。弟ができたとき、おふくろは兄貴の骨を土に還そうと決めて庭に埋めて、土に還ったと思い込んでそのまま引っ越したりしたけれど、晩年になってその全部がどうしようもなく気になってきたらしいんだ。俺、取りに行くよ。」

一郎は言った。

「わかった、私の義理のお母さんに伝えておくね。」

「今たまたま実家の用事があって東京にいないので、戻り次第すぐ連絡する。来週になってしまうけど、この番号にかけていい？」

一郎は言った。

「もちろん。そして、上っ面だけに聞こえるかもしれないけれど、心からお悔やみ申し上げます。私、一郎のお母さんがほんとうに大好きでした。」

私は言った。

「会えるの楽しみにしてる。久しぶりに。」

「さやか……手はどうした？　ちゃんと動く？」

一郎は言った。私の胸がずきっと痛んだ。比喩ではなくほんとうに痛んだのだ。

「親指が曲がったまま変なふうにくっついたから、まだ少し不自由はあるけど、大丈夫だよ。ちゃんと暮らせているし、傷が腐って指を切断したりもしてない。」

私は言った。

「そうか、それはとても残念だけど、無事ならよかった。さやかがちゃんと生きてるなら、まして結婚して子どもがいるのなら、ほんとうによかった。」

一郎は言った。

私たちはあいさつをして電話を切った。

胸がどきどきして、時間がぎゅっと巻き戻されて、青空がぐんと近くにあるような気がした。

さっきと同じ空なのに、一郎と話したら少しだけ悲しい色が加わった。

懐かしさと、うまくいかなくてどうしようもなかったあの頃の思いがぐるぐると私の周りを激しい熱を出しながら回っているようだった。

この清々(すがすが)しい青の空の下で、人はだれだってそれぞれに悲しいものを抱えて行き交っている。

亡くなった人の面影も、今にもあふれそうにそここに満ちている。

違う目で見たら、地上はなんて悲しく美しいところなのだろう。

でも、私はまるでなにもなかったかのようにこれからじゃがいもとにんじんといんげんを買って、帰路につくのだろう。

きっと地上に生きるだれもがだいたいそんなふうなのだろう。

すごいことがあったり、心の中は別のことでいっぱいでも、ひたすらに生活をしているのだ。それがいっぱい積み重なってこの世は回っている。

小さな事件だけれど心は大きく波だっていた。

私たちはずっと一郎のお兄さんの骨と暮らしていたんだなあと思った。

あんな平和なハイビスカスとの風景の下にも、だれかの悲しみが眠っていたということだ。

掘らなければ、いつか義父母と私たちがあの家を去っても、土の下にはそのままあの包みがあっただろう。きっといつまでもあったのだろう。

その流れを私はこの手でせきとめたのだ。小さい歴史の流れだけれど、それはとても不思議なことだった。

人間の営みは無造作に考えなしにあちこちでどんどん展開し、それから起きるできごとも不思議なつながりで連なっていろいろなできごとを呼び、その全部がやがてまた時の海に埋もれてしまう。

せめて舵をしっかり取ろうとすることしか私たちにはできない。だから、顔だけは上げていたい。

そんなことを考えながら、ぬるくなったコーヒーを飲み干して、私は立ち上がった。

悟の好きだったお店を発見できた小さな喜びは、まだ小さく胸のうちで輝いていたので私はそれもだいじに抱えていた。複雑なできごとの多い一日だったけれど、嬉しいことが多かった。元気な一郎の声を聞くことができたのはやはり嬉しかった。


「あのう、お義母さん、もしよかったら、カレーを少しもらってください。」

鍋を持って下の玄関に立って、私はそう言った。

みちるは帰ってきて上の私たちの住む階でTVを観ながら宿題をやっていた。

学者肌のふたりに育てられた私にとって、宿題をしながらTVを観るなんて考えられなかったなあ、と私は思った。

書き物をするときは黙って、音楽さえもなくというイメージがうちの両親にはあった。

でも、考えてみたらはじめは小さい村に住んだからTVは村の真ん中のなんでも屋にしかなかったし、学校に行ってないから宿題なんてなかったのだった。

村の人の作る毎日のお供え物を手伝ったり、鶏を追いかけて遊んでいただけだった。

そう思うと、私もいくらか両親に対して甘く作られた幻想を持っているのだなあと感じる。

ドアが開いて、義理の母が現れた。

「入って、入って。お茶飲んでいって。」

義理の両親の家の中には数枚の絵をのぞきほとんど装飾がなく、常にまるでテントの中のようにむだがなく整然としている。彼らがとても実際的な人たちだということがすぐに見てとれる。

ほんとうはこれだけ片づいていたら彼らはいつだって湘南に引っ越せるはずだった。

でもみちるが小さいうちはいっしょにいたいと、いてくれようと思ってるのだろう。その気持ちが今はただ嬉しかった。

私はサンダルを脱いで、いつものようにリビングのテーブルについた。

「なんでまたそんなにカレーを作ったの？」

お義母さんは笑った。

「豆を戻しすぎて。」

私も笑った。

考えごとをしながらレンズ豆を水にひたそうとしたら、どばっと袋から水の中に豆が出てしまった。不器用な私がよくやる失敗だった。その豆の量に合わせてカレーを作ったら、十人分くらいの豆カレーができてしまったのだった。たっぷり冷凍したが、まだ余っていた。

義母は七十過ぎているのに、運動をしているせいかかなり若々しい。動きもきびきびしている。きれいに染めた髪を短く切って、歯も丈夫で、全部もともとの自分の歯だそうだ。体をていねいに動かして生きてきた人への尊敬を感じずにはおれない。

「お義父さんは？」

私は言った。

「登山の会の寄り合いですって。」

義母は言った。

「なんだ、ならいっしょに上でカレー食べましょうよ。まだまだたくさんあるんです。」

私は言った。

「そうしようか。」

義母は笑った。

それで、下に分けたカレーは冷蔵庫に入れて、ふたりでいったん外に出てぞろぞろ上にあがっていった、そんな様子がかわいい私たちだった。

内階段をつけなかったのは、義母の意向だった。

義母は前に言っていた。

「もっともっと長い間生きてもらって、悟の看病をする気だったからねえ。そうしたら内階段にすると生活のメリハリがなくなって、なんのための二世帯住宅だってことになるでしょ？　それよりは面倒だと思いながらも、いちいち連絡して、新しい村に越したような気分で上とどんどん行き来して足も丈夫に保たなくちゃ、と思ってたんだけど、ほんとうにあっけなかった。悟は『むり言って嫁に来てもらったから、さやかには独立した生活をしてもらうんだ』と強く言っていたしね。」

悟め、実は自分が独立していたかったくせに、そして少しでもみちるを独占したかったくせに、と私は内心笑っていたが、なによりも外階段を受け入れた義理の両親をえらいと思っていた。

この人たちになにかあったら電話なんかしないですっ飛んで行く、そういう関係になりつつあった。私たちが時間をかけて自然に関係を育ててきた証（あかし）であった。この時間は契約や慣習では説明できない。私たちだけで育んだ時間だった。

私がドアを開けたらみちるは顔をあげて微笑んだが、義母が姿を現したらもっと大きな笑顔になった。

「おばあちゃんもいっしょに食べるの？　やったあ。」

みちるは小さな声で言った。

みちるはどちらかというとおとなしく優しく、ものごとをじっと観察しているタイプの子どもだったが、頭の回転が速いのは悟ゆずりだ。体つきはがっちりしていて運動はよくできた。

子どもっていうものは、ほんとうにふたりのいろいろな要素を足してできているものなんだなあ、とみちるを見るたびに思う。

私はその要素の分散のしかたが面白くて、まるでフィールドワークをしているように、みちるのどの部分がだれから来たものか、それはどうなっていくのかを日々観察していた。そんなに面白いことはないと思う、そんな考え方もきっと私が亡き両親から受け継いだものなのだろう。

「おじいちゃんは山の会の集まりなんだって。ばーばはひとりになっちゃったから、呼ばれに来たの。さあ、手を洗って。お皿を並べるの手伝うよ。」

義母が言った。

みちるはバスルームに走っていった。

義母はさすが長い間運動選手だっただけのことはあり、ものごとのタイミングを完璧に体でつかんでいた。悟と同じ、むだのない動きをする人だ。

だから、彼女といるとせかされる感じやあわてる感じがまるでない。堂々とした流れといっしょに動いているといつのまにか机の上が整っていて、ごはんの準備ができている、そういう感じだった。頭でっかちの私にはなかなか会得できない、体を中心に生活をするものだけの動きだった。

カレーの鍋をテーブルの上の鍋敷きの上にどっしりと移動させると、私は言った。

「あの、ちょっとお話があるんですけれど。」

義母は私をまっすぐに見て、

「なあに？　バリのこと？　留守中になんかやっておこうか？」

と言った。

私は首を振った。

「お義母さん、きのう、郵便物届けてくれたでしょう？」

「うん。雨が降りそうだったから、鍵開けて侵入して勝手にテーブルの上に置いちゃった。なにか問題があった？」

義母は言った。

「あの中に、この手紙が混じっていたんです。ちょっと読んでみてください、私そのあいだにごはんをもりつけてます。」

私は言った。

義父が趣味の陶芸で作ったカレー皿を三枚運んできながら、みちるも興味深そうに一郎の手紙を覗きこんだ。

「ここに越してきたとき、特に庭はいじらなかったからなあ。」

老眼鏡をはずしながら、義母は言った。

「で、さやかさん、あなたのことだから、もちろんもう掘り返したんでしょ？」

いたずらっぽい笑顔を見せながら、義母は言った。

「ばれましたか。」

私は笑った。

「なんか塀際の土が妙に黒いなってさっき思ってたんだ。」

義母は笑った。

「肥料も入れておきましたからね。」

私は言った。

「で、なにが埋まってたの？　金？　死体？」

義母は身を乗り出した。

私は言った。

「小さな骨が入ってました。」

そして、包みをそっと開いて、義母に見せた。

骨のかけらはほんとうに小さくて、落としたらそのままどこかに行ってしまいそうだった。

「あら、まあ。」

義母は言った。

「これは確かにきっと人のお骨ね……よく残っていたね。なにか事情があったのかしら。」

「それが……この手紙を書いた人は、どうも私の知り合いらしいんです。私が知り合ったときにはすでに彼のご両親がここに住んでいなかったので、私もこの家に彼らが住んでいたことは知らなかったんですが。彼の今住んでいるところも同じ区内なのでまあありえないことではないのかもしれないけれど、あまりの偶然にびっくりしました。」

私は言った。

「あら、渡りに船じゃないの。もし会ってみて今フリーだったらつきあえばいいじゃない。」

義母は言った。

「なんでそんなに話が急なんですか！」

私は笑った。

「遠慮しないで男の人と知り合ってほしいから。あなたまだ若いんだから、もったいないもの。」

義母は言った。

「私は今も遠慮してません。もうすぐみちる連れてバリにだって行くし、ほんとうにしたいように、自由にしてますから。お気遣いなく。」

お金に余裕のある夏休みはいつでもバリに行き、両親がやっていたウブドのゲストハウスに泊まって、父母とそこを共同経営していた昔からの親戚みたいなおじさんおばさんと、父と母の思い出を話して過ごす。

彼らはお子さんのいないご夫婦なので、みちるのことをとてもよくかわいがってくれて、行けない年にはみちるちゃんはどうしたと淋しがるくらいだった。

みちるに会ったことのないおじいちゃんとおばあちゃんの姿を伝えたくて、両親が使っていた小さい部屋に泊まり、ただ散歩したり棚田を眺める毎日を過ごす。

両親をよく知っているその夫妻といるだけで、私はなにかに包まれているような気持ちになる。子どものときの時間に、かもしれない。

そして村の子どもたちに文房具を配ったり、病院に寄付をしたり、少ししかできることはないけれど、毎回ちょっとずつ、私を育んでくれたバリに恩返しをしてくる気持ちでいる。従業員のおじさんおばさんがもうすっかりおじいさんおばあさんになったり、亡くなったり。あるいはその息子さんや娘さんが働いていたり。いろいろな変化があっても、そこではみなが変わらない雰囲気で迎えてくれる。

だれるときはほんとうにだらっとして、子どもみたいに笑って、働くときは妙に勤勉なバリの人たちといると、気が楽になる。

てきとうな服を着てうろついていても自分がみすぼらしく思えない。東京にいたら浮いてしまうような服でも、渓谷の風景にならすぐに溶けこんでしまう。舗装されていない道を、鶏を追いかけて足を泥だらけにして走るみちるを見ていると、小さい頃の自分の姿がかぶる。

みちるはさすがに最近は現地の子たちとだんごになって遊び回ることはなくなったが、向こうにいるときはいつも日焼けして陽や水にさらされてにこにこしている。

いつか孫を連れて来れたらいいのに、と思うのは、自分が子どもを産んだからだろう。時間をかけて続いていくものを初めて見たように思う。

「そう言えば、さやかさん、ちゃんと向こうのお友だちをだいじにしてるものね。そういうところ、信頼できて好きなんだなあ。」

義母は微笑んだ。

「両親に会えないので、お墓参りみたいな気持ちで、せめて思い出に会いに行くんです。」

私は言った。

「両親の本を書くために取材をしていたときは、もっと必死でしたけど。」

「ふつうは、じーじとばーばが二組もいるんだってね。」

みちるは言った。

「そうそう、会わせたかったよ。」

私は言った。

みんなで淡々と今日買ってきた野菜がいっぱいの豆カレーを食べながら、普通のテンポで話していた。

お昼に行った店のように仕事の合間の昼休み仕様で、とんとんと速くしゃべる人はいない。ゆっくりと、思ったことを素直に話す。

そんな時間がいちばん貴重だし、なにかを育み、脳を休ませる感じがした。

「今度一度連れていって、バリ。」

義母は言った。

「体が動くうちに行っておきたい。時差はあんまりないんだっけ？」

「一時間です。直行便もガルーダ便ならありますし、空港にはお友だちが迎えに来てくれるので楽ですよ。来年行きましょう。なんでしたら今年でもいいんですよ。いつでも行きましょう。」

私は言った。

「ほんと、息子はいなくなったけど、こんなお友だちが残ってよかった。老後に楽しいことがこんなにいっぱい残るなんて、夢みたい。一生懸命看病してるときは、そんなことに思い至らなかった。先は真っ暗だって思ってた。」

義母は言った。

とても強い人だった。

最愛の悟を突然に亡くして、どれだけ泣いて、今でもどれだけ毎日淋しい思いをしているのか、考えただけで胸が痛む。悟はもともと両親にとても優しい人だったけれど、もし生きていたらこれからどんどんいっしょに時間を過ごすようになる穏やかな世代を迎えていたはずなのだ。

きっと私みたいなのじゃない、かわいいお嫁さんをもらって、みんなで。

私はもしもみちるを亡くしたら生きていけないかもしれないと思うから、いつも感動する。私にできることはいっしょにいる時間を楽しく過ごすことと、大きくなっていくみちるを見せてあげることだけだ。悟にそっくりなみちるを見ることで、義父母の気持ちが少しでも明るくなってくれるようにと思う。

「ずっとお友だちでいてくれたら、なにもいらないから。自由にはばたいてね。さやかさん。私たちにしばられたらだめだよ。」

義母は微笑んだ。

「私、ほんとうに頭が回らなくって、今は目の前のカレーのこととせいぜいバリのことくらいしか考えられません。」

私は笑顔で言った。

ほんとうのことだったのだ。今は先のことなんか考えない、そういうふうにこれまでも生きてきた。そういう私を悟は決してばかにしなかった。生き物として正しいといつも言ってくれた。

「骨、触らせて。私、パパが死んだときはまだ小さかったから、骨のことを覚えてないの。」

みちるは言った。

火葬場でよちよち歩きの小さいみちるの手といっしょにお箸を持って、泣きながら悟のお骨を拾ったときのことを思い出した。

みちるはそっとその骨を手に取った。

「なんだか、これ持ってると気持ちいい。あったかくなってくる。」

「そう？」

義母も骨を触った。

そしてしばらくしてから、こう言った。

「……うん、なんだか慰められてるような気がする。」

「みんながそんなこと言い出したら、私の能力で商売はできなくなります。商売はもともとしてないですけれど。そして、もちろん本来はこの力はみんなが持っているものなんだと思うんですけれど。」

私は笑った。

「確かに。でも、私、ふだんなにか触ってもなにも感じないよ。ママみたいじゃない。」

みちるは言った。

「私も。でも、このお骨はなんか違う。心が満たされるようないい感じがする。」

義母が言った。

「不思議ね。きっととても愛されたのね、この子は。」

ふたりは顔を見合わせてうなずきあっていた。

私は妙に納得していた。

一郎を見たら、それがわかる。

ほんとうに愛されて健やかに育つということがどういうことなのか。

だからこの亡くなった赤ちゃんも、きっとほんとうに慈しまれて育ったんだろうなと私には感じられた。

義母が言った。

「きっとだいじなものね。早く返してあげようね。」

「はい、そう思っています。」

私は言った。

義母はうなずいた。

私はまた骨をそっと包んで引き出しにしまった。

そして話題は悟の行きつけの定食屋さんへと移っていった。夢で見て探し当てたというのも私は正直に言った。

ふたりはその話に夢中になり、土曜日のお昼にあのお店にお義父さんも誘ってみんなで行こう、と盛り上がった。

そういうような、悟に関係のある行事をすることで、ひとつずつ私たちはいっしょに進んでいっている感じを共有できた。思い出が増えるごとに悟がもっと確かになるし、みちるが悟のことを知ることになる。

彼の面影を記憶の闇から洗い出すように追いかけていくみちる。その様子を見ると私も義父母も全く同じようにじんときてしまうのだ。

第二章　秘められた過去

一郎から電話が来たのは、一週間後のことだった。

庭を掘り返したときのどきどきした気持ちはすっかり消えていたが、新たに携帯電話に登録した「市田一郎」の文字がディスプレイに浮かんだときはまたどきどきした。

今はただ、骨が見つかったことで、一郎の悲しみが少しでも和らぐといい、そう思った。

一郎のお母さんのなんとも言えない、おっとりとして平和で頼りになる佇まいを思い出した。

よく、私が両親の夢を見て泣きながら横になっていると、ただ近くにいてくれたことを。

ふつうにそこにいるだけで空気が少しきれいになるような人だった。

お母さんのたてる物音は少しもイライラしていなくて、過敏な気持ちになっていてもなぜか安心できた。あまりにも居心地がよかったあの家での暮らしを思い出すと、笑顔になってしまうほどだった。

当時の私は両親が死んだこともすっかり忘れたつもりで淡々と暮らしていたのに、一郎の家に寄せてもらっていた頃はその安心感から一挙に不安定になり、なぜか泣いてばかりいた。うたた寝して子どもの頃の夢を見て泣きながら起きたり、一郎のお母さんの後ろ姿を見ているだけで泣けてきたりした。

直感力に優れ、安定感があり、いつも人の相談に乗っていた面倒見のいい一郎のお母さんは、そういう私をそのままにこにこして受け入れてくれた。

私はお母さんを助けるためならなんでもしたかったからなんでもしたけれど、そのことでお母さんが私に対してもっとなにかをしてあげなくてはいけないと思ってしまって、私は彼らの元を去った。

そのときの私にはそうすることしかできなかった。とても悲しいことだった。全ての歯車がうまく合わなくなって、私は息苦しくてそこにいられなくなったのだった。

「戻ってきたよ。」

一郎は言った。その気の抜けた言い方も懐かしかった。

愛された息子の声だった。

「今も実家にいるの？　結婚してる？」

私は言った。

「してない。まだ実家の敷地内に住んでる。ニートって感じかな？」

一郎は言った。

「あれからもいろいろあって、敷地を広げて、ちゃんとあの敷地の中にもっと大きい社務所兼住居を建てたんだ。おじさん夫婦もいっしょに住んでいる。おやじはそこから勤めに出ているし、弟は神社を継ぐ準備をしながら、おふくろがやってた仕事をうっすら手伝ってる。」

一郎は言った。

「うっすらってどういうこと？」

私は笑った。

「俺んち、弟が優秀じゃない。俺みたいにふらふらしていないから。それで、神社を継いだおじさんとその奥さんとおふくろを手伝ってたお手伝いさんと弟だけで充分回ってるから、俺はみんなの雑用係。」

一郎は言った。

「変わってないね。」

私は言った。

「うん。歳だけとった感じだよ。きっと俺に会ったらあきれると思う。俺、兄貴の骨を取りに行ってもいいんだろうか？　問題になるようだったら、送ってもらってもいいけど、とにかく今はさやかに会いたい。元気なのをこの目で確かめたい。」

一郎は言った。

会いたい、それは私もそうだった。姿が見たかった。

「私も会いたい。会って話そう。もちろん、ぜひいらして。改装したり、二世帯にしたり、きっとあちこちすっかり変わってしまって、あなたにとって懐かしいところは残っていなくて失望させるとは思うけど、ぜひ。」

一郎は答えた。

「わかった。木曜日の夜は？」

話していると、すぐに時間が戻っていく。

私たちがすっと親しくなったあの頃に。

こんなに自然に親しくなって、なのに抜き差しならなくなる人はいないと、私は彼のことを昔思っていた。お互いに不思議だった。なんでいつのまにかいっしょにいるんだろうと思ったものだった。

今もそうだった。となりにいていつでも声が聞けたときと同じように会話が勝手に進みはじめる。一度でも家族として暮らしたことがあれば、勝手にそのときの状態に体が戻っていくのかもしれない。ついさっき別れたみたいな感じに、私たちの雰囲気はもうすっかりなじんでいた。

不思議なことに私はすんなりとそれをよいこととして受け入れていた。

これまでの人生があってよかったなあ、と感慨さえ覚えていた。

私はなにもしていないでふらふらしていたようで、実はいろんなことをしながらちゃんと歩いてきたんだ、と思った。

「木曜日で大丈夫なのか、お義父さんとお義母さんに確認してみるね。もしも日程に問題があればショートメールでメッセージを送るようにします。こういう言い方をすると、まるですごく堅苦しく暮らしてるみたいに思えるかもしれないけれど、私、ものすごくのびのびしているんだ。」

私は言った。

「安心した。なんだか、こんなに気が楽になっていいのかと思うくらい楽になった。じゃ、なにもなければ木曜日十九時過ぎに行く。場所はよく知ってる。」

一郎は言った。

私という人間は、ものを持ってみれば少しはその人についてわかることがあるのだが、ふだん人と接しているときは全くの朴念仁(ぼくねんじん)だった。

見ている角度が違うため、人の心の中のどろどろが全く見えないのだった。そこが欠けているから得られた能力なのかもしれないな、とも思う。

あいかわらず緊張感のないリラックスした感じの一郎に対してなんの構えも持てなかった。

むしろ変わらぬあまりのさりげなさに驚いていた。

心になにか秘めたり、嫉妬を抱いているのに笑顔を見せたり、ほんとうは暗い気持ちなのにそれをごまかしたり、そういうのが一切ない素朴な人だったし、そこが好きだったのだが、その部分は変わらないどころか年月を経ていっそう強化されているように思えた。

私は義母に電話をして、木曜日の夜に寄ってほしいと伝えた。

「うちでなにがあったのか考えるとどきどきするけれど、別に殺人とかでなければいいか。殺人だったらきっと体全体が埋まってるよね。ってすごくアバウトな判断だけどさ。」

義母は言った。

「昭和ってのは、それぞれにいろいろあったのよ。ほんとうにいろいろ。だから、闇にまぎれたままにしておいてあげたほうがいいことだっていっぱいあるわけよ。でも掘り返せって言われて掘り返したんだから、しょうがないよね。」

「そうですよね。でも、どちらかというと平和な話……もちろん先方にとってはもう考えられないくらいの悲しいことだったと思うんですが、事件性は全くないと思います。」

私は言った。そして続けた。

「その骨のことはなにも知らなかったんですが、私、昔、住むところがない時期があって、そのときに市田家に身を寄せていたことがあるんです。この一郎さんとは、正直に申しますと、おつきあいしていました。」

義母は驚いた様子で言った。

「えっ？　で、それとこれとは関係ある話なの？　この家に骨があるっていうのと。」

「それが……ここに私がたまたま住んでいるっていうことを、一郎さんは知らなかったみたいなんです。ほんとうなんです、信じてください。」

私は言った。

「なにがなんだかいちばん混乱してるのは私かもしれないんですが、彼の亡くなったお母さまともとても親しくしていたんです。」

「すごいねえ、それは、どう考えてもご縁っていうものだね。それ以外のなにものでもない。なにかあるね、きっと。」

義母は言った。

一瞬で全部を把握した、その力強さに驚くと共にとても頼もしく思った。

「ねえ、聞いていいのか迷うときは聞いてみるね。あのさ、さやかさんのその左手が不自由なことと、そのご家族って関係があるの？」

義母は言った。

「なんでわかったんですか？」

私はびっくりした。

「あります。これが原因で私はまた療養を理由にバリに逃げ出してしまい、一郎さんともお別れしたんです。とにかく迷惑をかけたくなくって。今の私ならもっと図々しいからそんなことをしなかったかもしれないし、そのほうがきっとベストの選択なのですが、当時の私は整理がつかなくって、結局かなり無作法な形で彼らの前から去りました。今もそのことを少し後悔しています。」

「いや、なんかムードでわかったの。その家の人とあなたはよほどの因縁があるのかなって思って。」

義母は言った。

「いつかその話、もっと聞かせて。みちるがいないところで。」

「隠すようなことはひとつもないんで、今でもいいんですが、やはりみちるにはもっと大きくなってから聞かせたいです。」

私は言った。

「私、何聞いても全然平気なのに、ママ。」

みちるは言った。

「だって、ママはママじゃん。一生私のママだもん。」

そういうひとことを当然のものとして引き出すために、どれだけのやりとりの、抱っこの、愛の蓄積があったかを思うと、私は思わず微笑んだ。

「なんか、ちょっとグロい、ショックな話だからさ、ママもみちるに言えるようになったらちゃんと言うよ。約束するし。でも、ママ、人に恥ずかしいことは人生で一個もしてないよ。」

私は言った。

みちるはしっかりうなずいた。その目の中には悟が私に寄せていたのと同じ、信頼の光が宿っていた。

その日の夜中みちるが寝たあと、私はもう一度気持ちを集中してあの包みを手に取ってみた。

真夜中のテーブルはいろいろなことが展開する場所だ。

悟が死んでいく過程を見つめる日々の中でも、私はここで深夜いろいろなことを考えた。ワインを飲んだり、お茶をいれたり、涙を流したり、いろんなことがあった。

時間が止まっているような、動いてほしくないような不思議な時期だったが決して不幸ではなかった。

今しかない時間をぎりぎりの線で無造作に扱うのにも慣れた。だいじにつかみすぎると時間は縮こまってしまって、のびのびふくらんでくれないから、思い出も作れない。

悟の家にいっしょに住みにやってきたのに悟がいない、私はなんでここにいるんだろう、と病院にいる悟のことを思った淋しい時期もあった。

そのときは、悟が死んでしまうことをあまり考えないようにしながらも、もしもそうなってしまったらちゃんと全部手伝って、明日があるような気持ちで過ごしながら、落ち着いたらすぐに家を出ていくつもりで、いつも心をひきしめていた。

明日になったら病院に行くからまた会えるけれど、もうここに悟が帰ってくることはないかもしれない、せめて一時帰宅だけでもさせてやりたい、入院するたびに毎回そう思っていた。そしてそれはちゃんと引き延ばされて何回も現実になった。

みちるは落ち着いた子で、夜泣きもほとんどしなかった。

乳を飲ませればすぐに寝入った。そしてどんどん大きくなった。風邪をひくたび、熱を出すたびに強くなっていく感じがした。悟が毎日絶え間なくみちるに命をあげてるんだ、と考えずにはいられなかった。

横で見ていて不思議と「私にも命や関心をくれ」とは少しも思わなかった。

親になったんだ、と自分のことを思った。

もともと無頓着なところはあったが、悟に全てを託されているみちるのことがちっともねたましくなかった。

夜中のテーブルにつくとあのつらかった頃のことを思い出す。

夜の中で窓ガラスが光っているのを見ると、今この家にひとりでないことを少しだけありがたく思う。

骨を手のひらに乗せてみたら、やはりこれは赤ちゃんの骨で一郎の兄弟のものだという情報を感じた。

一郎は双子だったんだ、知らなかったけれど、そうだったんだなあ、そう思った。

そのとき、急に深夜の部屋が海鳴りのようにごおっと鳴った気がした。

きゅうっと空間がせばまり、くらくらするようなものが迫ってきた。なにだかはわからない、記憶の気配のようなもの、渦巻いているなにか。その渦は、悟を亡くした私、赤ちゃんを産んだことのある私の心に強く共鳴した。

きっと一郎のお母さんは、赤ちゃんをひとり亡くし、この同じ場所でたまらない気持ちを抱き泣き暮らし、それでも生きている一郎のためにそれを必死で咀嚼(そしゃく)して前に進んだのだろう。

納骨しきれず、かけらをとっておいて、それを土に還してあげたくて庭に埋めて、いつもそこでお祈りしたり手を合わせたりしていたのだろう。

土に還したかったからここを出るときにはあえて掘り返さなかったけれど、亡くなるときになって少し気がかりになったのだろう、そんな気がした。

ものから来る情報は順番を飛ばしてやってくるから全く論理的でない。人類がこの能力を最終的に採用しなかったわけがよくわかる。

それでもその悲しみの感触と、そのことがあのお母さんをどんどん強く優しくしていったことが私には生々しく伝わってきたのだった。

大好きだった一郎のお母さんにあとから手紙は書いたけれど、そして心からの優しい言葉に満ちたお返事をいただいたけれど、面と向かってごめんなさいとはついに言えなかった。一郎にも言えなかった。

若かったから、そして自分も苦しんだからしかたがなかったとはいえ、悲しいことだった。もしもお母さんがふとこの骨のことを気にかけなければ、私と一郎が再会して気まずかった過去を話し合える機会は一生なかったかもしれない。

そう思うと、心からありがたかった。

バリにいても、いつも市田家の家族への感謝を心に抱いていた。

市田家に参加しきれなかった自分を責めていた。

夜中に泣きながらきらきらとした星いっぱいの夜空を見上げては、同じ空の下にいる私の家族になるはずだった人たちの幸せを祈っていた。

日本に帰ってきたときも、何回も彼らをたずねようと思い、そしてできなかった。

道でばったり会ったらすぐに思いを言えるように練習したりもしていた。

まさか結婚して子どもを産んでから、こんな機会が訪れるなんて。そしていちばん申し訳なく思っていたお母さんにはもう会えないなんて。

私は手を合わせて骨を包み直した。

まだいちじくの香りはほんのりと漂っていた。

一郎がお母さんを恋しく思っているのなら、彼の母が触れたこの土まみれの古い紙だってとてもだいじなものなのだ、と思い、そうっとそうっと扱った。

昭和にはいろいろあった、そう言っていたときの義母の強い口調を思い出した。

また同じイメージが心に浮かんできた。この世のどこであれ、特に人が密集している東京のような街は、人類がやってきてからずっと長い時間の間、様々な亡くなった人がそこを歩いて思いを重ねた場所なのだ。

生きている人がまたその思いに重ねていろいろ思うから、地上はもはや思い出の墓場みたいなものだ。

そうとは思わず、今日も私たちは墓場の中を歩いていく。

だからこそ、私たちは今の時間を、自分の肉体を感じ続けていないといけないのだと思う。

あまりにも多すぎる思い出たちの堆積にひっぱられて、自分が薄くなってしまう。

いつか私がそれにならってこの世を去るとき、なるべくよい思いだけ遺(のこ)していきたい、そういうふうに思う。

悟のように。

悟は今、どんな場所にいるのだろうか、心地よくあるのだろうか。

私にわかるのは、今でもみちるが悟の温かい思いに包まれているということだけだ。

それがあるからといって、みちるが事故にあわないとか、いやな思いをしないとか、崖から落ちても死なないとか、そこまでだとは思わない。

ただ、ひとりでいてもなにかに包まれているような、そんなものがいつもみちるを支えていくだろう、もしかしたらそうだからこそ、早くに自立してひとりで暮らしたり、海外に行きたいと言い出すかもしれない、そういうふうにも思った。みちるは圧倒的な力で悟に底から支えられているのだ。

みちるといられる今の時間はとても貴重なものだと私は感じていた。

そして一郎のことをだいじに思っていた、一郎のお母さんのことを思った。

一郎のお母さんは、私のこと悪く思ったりしていない、だからこんなふうになったんだ。いつでも私に申し訳なく思い、私と同じように空を見上げては私を思い出し、私が無事でいるように願ってくれた、そう確信できた。

そのことを考えたら、また涙が出てきた。

一郎のお母さんからもらった手紙は、こんなふうだったのだ。

女学生みたいなかわいいキャラクターのついた便せんとセットの封筒、一郎のお母さんの好きないちじくの香りがやっぱりした、だいじな手紙。

何回も読み直して、いっしょに眠り、どこにでもいっしょに旅をしたその手紙。

「さやかさんへ

あなたのいない毎日はとても淋しいです。

でも、いろんなこと、むりじいするわけにはいかないって、少し頭の冷えた私は思っています。早く、いろんなことを落ち着かせたかった。少しでも安定した場所にあなたを置きたかった。でもそれが痛い思いをしたあなたにとってどんなにむりのあることだったか、今やっと気づいています。

私も初めてほんとうの暴力というものに触れて、ショックを受けて、ちゃんと考えられなかったんだと思います。

昔、とてもつらいことがあり、自分にはもうこわいものがないと思い込んでいたことが恥ずかしいです。

人の相談に乗って、人を救っているような気持ちで調子に乗っていた自分が恥ずかしいです。だから必死で取り繕おうとしていたんだと思います。

私たちはとにかくあなたを安全に囲い込もうとしたし、それでつらいことから楽にしてあげようと思っているつもりだった。

でも、それは私たちが楽になりたいだけだったんだと今ではわかっています。

なんて愚かなことでしょう。

私は少しも怒っていないし、ただただ申し訳ない気持ちと、今私が生きていることがあなたのおかげだという、感謝の気持ちでいっぱいです。

自分がどれだけ甘かったのかもよくわかりました。

心の中ではっきりとこわいと思うことがあるかぎりは、知らない人の相談に乗ることなんかできない。

ものと話せるあなたには、そういうことがよくわかっていたのですね。

神社というところには困った人がたくさん来るので、せめておいしいお茶とお菓子を出して、もし話したかったらゆっくりしたペースで話を聞いて、またいらっしゃいって言う、そのくらいが私の身の丈に合ったことだっていうのが、あなたのおかげでわかりました。

今はそういう人たちが少しでも力をもらえるような、きれいな庭を作っています。

自然の力を借りるのがいちばんだと一郎と話し合いました。

毎日体を使って、楽しく作業して、遊びに来る人の話を聞いて、あっという間に時間が過ぎていきます。

あなたが体をはって教えてくれたんです。

もう少しで私は、「よいこと」という顔をした地獄の中に、無責任に足を踏み入れてしまうところでした。

さやかさんの笑顔も、おっちょこちょいなところも、ちょっと抜けたところも大好きです。

ほんとうにひとめ会ったときから、娘みたいに思っていたんです。

あなたと会って、楽しい時間を過ごせたことがほんとうに幸せで、それを私の不注意で、守ってあげられなくて、結局失ったことがとても、とても淋しいです。

でも、いつか会えるって信じています。

一郎の彼女やお嫁さんとしてではなくても、私はあなたが好きです。

なによりもあなたがバリの自然の中で、ゆっくりとその傷を治して、いっぱい泣いて、笑って、星をたくさん見て、田んぼの緑もいっぱい見て、歩いて、泳いで……そんなふうに過ごしてくれることだけをいっぱい願っています。

ありがとう、さやかさん。ごめんなさい、さやかさん。また会いたいです。


市田幸子(さちこ)」


木曜日の夜、私と義母はどきどきしながら一郎の訪問を待った。

私と義母の共通の知人が来るから上でお茶してくるとかなんとか言って、義母はやってきた。疑うとか自分も顔を出すとかそういう細かい感じがある人ではないので、義父はなにも言わずに送り出したのだろう。義父は登山の装備や危機管理に関してはものすごく細かい分、日常のことや人間関係にはとてもおおらかな人だった。

軽く晩ご飯を終えて、部屋を片づけて、換気して、お茶とお菓子の用意をして、大忙しだった。そういう大忙しはとても楽しい。私たちはどきどきというよりももはやうきうきしていた。私も一郎との因縁をすっかり忘れて楽しくなってきた。

みちるだけがわりと冷静だった。

十九時にドアチャイムが鳴って、一郎がやってきた。

「ママの元カレにしたら予想外のイケメンだよ。」

みちるがモニターを見ながら言った。私はみちるの頭をはたいた。

「とりあえず上がってもらいましょう。」

二階は私とみちるの部屋なのに、義母は自分の家と同じにそう言った。

これって相手によってはたまらなくいやなことなのかもしれないのに、私は嬉しくて一瞬胸が熱くなった。

これも、悟がもういないことが関係しているのかもしれない。

みちるの肩の線、義父の手のごつい形、義母の声の響き。

そんな中に悟がいるのを感じて、私はしばられている感じよりもむしろふんわりと包まれているような気持ちになる。

短い時間に全部かけぬけてしまったけれど、好きな人ができてよかったなあと思うのだ。

それに、私こそが子どもを育てながら子ども時代をじっくりと取り戻しているのだと思う。

早くに両親がいなくなったので、包まれていなくて当然だった。ひとりで行動して、攻めてまた攻めていくような生き方だったし、それが当然と思っていた。いなくて当然のものを淋しがることはない。暗くて当然の世界を悲しむこともない。

ただ最近の私の心の中には、なにかが降り積もっていった。雪のように羽根のように軽くて優しいものが。

家に帰ってくるといっしょに住んでいる人たちの気配がいつもあり、私はなにとも戦わなくていい。戦わなくていいと思うことからさえ解放されている……その感じが新鮮すぎて、私はこのまま洗脳されてしまいたいと思った。

いつでもそうだった。ものごとの流れを見たあげくに、その終わりもうっすら見てしまう。つい予想してしまう。

それが両親にみちると同じく宝物みたいに愛されて育ってからいきなりそれを失った私の、心のくせなのかもしれない。

そんな傾向があったからこそ、一郎とも終わりばかり見てしまったのかもしれない。


ドアを開けると、ひょろっとして切れ長の目の懐かしい一郎が立っていた。

全く変わっていない、彼は私の心の中の一枚の絵のままだった。

変わらずへなっと柔らかく、ひょうひょうとしていて、子どもみたいにすっとしていた。

私は昔から彼のことを探偵みたい、と思っていた。いつも観察していて頭がよく、独自の考えで行動していて、よくしゃべる、そんな彼といるあいだ退屈することはなかった。

ある意味では、悟と正反対の人であった。

しかし私の好きな人たちなだけに、なにかが共通していた。なにかが徹底しているというところと、それで理解者が少ないというところ。

大人になった彼はなにもモヤモヤしたものを背負っていないし、目がきりっと光っていて、確かな存在感があった。私はほっとした。

私の事件は彼の生命力に、成長に、影を落としてはいなかったのだ。

「どうぞ上がってくださいな。」

後ろから義母が笑顔で声をかけた。

みちるを見ると、不思議な目をしてこっちを見ていた。透明な目、なんの感情も入っていない目だった。私がものと話すときと同じ、サーチしている目。

一郎は私を見て、

「元気なんだな、ほんとうにさやかなんだな。」

と言った。

そして私の左手の指が曲がったままなのを見て、なんとも言えない悲しい表情をした。

「あの後、ウブドの君の実家みたいな、お父さんとお母さんのお友だちがやっているゲストハウスに行ったんだけれど、君はいなかったんだ。」

「その時期は、ヌガラの知り合いのところにずっと泊めてもらっていたの。」

　私は言った。

「会ったら、気持ちがゆるんでしまいそうで。ごめんね、私、自分が立ち直るのをなによりも優先したかった。

　ヌガラのほうが田舎だし、日本人があんまりいないから、気が楽だった。はじめウブドにいたとき傷がすごかったから熱も出てしまって、ずっと寝込んでいて、やっと起きたときにはおじさんとおばさんがえらく気を使ってくれるようになっていて、そういう状況から離れてどうしてもひとりになりたかったの。

　たずねてきてくれたことはヌガラからウブドに戻ってから聞いたんだけれど、私、どう連絡していいのかわからなくて。ずっとそのままになってしまった。この手を見せたら、なにを言っても後悔させちゃうと思って。」

「いいんだ、ほんとうにいろいろすまなかった。負担になる気はなかったんだ。ただ必死で、その手を治さないととばかり思ってしまい、君の心の中までだれもちゃんと考えてなかった。」

　一郎は言った。

「日本の人は、なんでもすばやくやろうとするから、そしてあとかたもないようにすぐに修復しちゃうでしょう……私、バリ育ちだからその速さについていけなくって、パニック状態になってしまったの。ほんとうに、ごめん。とにかく若かったし。」

私は言った。

「その子、さやかの子？」

一郎は微笑んでみちるを見た。

ほんとうに優しい目をしていたので、嬉しかった。

「私、みちるです。おじさん、もしよかったら、ちょっとの間、私とおばあちゃんは下に行ってるから、ママと話して。今、おばあちゃんとそれを相談していたの。」

みちるは言った。

一郎は笑顔で、

「そんな必要はないよ、今、全部わかったから。君がいておばあちゃんがいて、ママが幸せだっていうことがみんな。」

と言った。

そして義母に頭を下げて、靴を脱いできちんと揃え、家の中に入ってきた。

一郎がここにいる、私の家にいる。

それはほんとうに不思議な感じだった。そして一郎は昔ここに住んでいたのだから、この空間のほうは一郎を知っている。骨になってしまった兄弟のことも知っている。

時間も空間もめちゃくちゃになったような気がした。

一郎は一郎で、遠くを見るようなぼうっとした目で私や私の家や家族を見ていた。

「おじさん……、あのさ、ええとさ。」

みちるは言いよどんだ。

義母も、笑顔だけれど固い顔をしていた。そしてみちると目を合わせてうなずきあった。

「なんだい？　なんでも言って。」

一郎は明るい笑顔を見せた。えくぼが両側にできて、細い眉がきゅっと上がった。

「なにか俺おかしい？　社会の窓開いてる？」

みちるは笑いながら首を振った。

お湯をわかしに行きながら、私はその様子をじっと観察していた。

「あのね、すごくすごく言いにくいことで、私の頭がおかしいと思うかもしれないんだけれど。」

みちるは言った。

義母は言った。今度はまじめな顔をしていた。なにかを引き受けるような顔だった。

「ばーばもそう思うよ、みちる。言っていいよ。」

みちるはごくんとつばを飲んだ。その音が、お湯のわいているうるさい音にまぎれて、しかしはっきりと聞こえた。

「おじさんのまわりが、きらきら光って見えたの。まぶしいくらい。」

みちるは言った。

私は全然そう思わなかったから、ますますびっくりした。

義母はまじめな顔をしてうなずいていた。ということは、義母からもそう見えたということだ。

しばらくのあいだ、お湯のわく音だけが部屋に響いていた。

あまりにも沈黙が重すぎて、遠くの車の音さえ聞こえてきた。

一郎は眉をひそめて考えていた。私には理解できた。彼は高速で考えていた。いったいどこまでをどういうふうにこの子に言うべきか、を。

「それってたまに言われるんだ。いったいなんだろうね？」

一郎は普通に言った。

そう言えば、人が光って見えたりもやっと暗く見えたりするのは、バリで暮らしていると日常の一部だった。

死んだ人が会いに来たとか、お葬式が気に入らなくて亡くなったお父さんが大きな壺を壊したに違いない、だってだれも触ってないのに落ちてきただとか、よくない場所に行って悪霊をつけてきたから祓わなくちゃとか、だれかに黒魔術をかけられてそれを解くとか、白魔術をつかう人は光って見えるとか、そんな話に慣れてはいた。

でも日本でのなんていうことのない毎日の中には悟の霊さえたずねてこない、せいぜいが夢の中で好きだった定食屋さんを教わるくらいの生ぬるい神秘がせいいっぱいの暮らしだった。でも、少しエネルギーが集中しさえすれば、人はこんなふうにまるで森の中にいるかのように、いろんなイメージや神秘と共に生きていけるのだろう。

「でも、今はもうなくなった。目が慣れたみたい。ただのおじさんになった。」

みちるがずけずけと言った。

こういう口数少なくずけずけしたところは悟にそっくりであった。

「恋したんじゃない？　ひとめぼれ。そういうときって周りがきらきらして見えるっていうじゃない。あ、おばあちゃんもいっしょか。おばあちゃんは恋のライバルだな。」

一郎は笑った。

「違うと思います。」

みちるはきっぱり言った。

私は思わず吹き出してしまったが、ごまかすようにあわててお茶をいれはじめた。お茶をいれるってほんとうに気持ちが落ち着く。いちばんおいしい緑茶をゆっくりいれようっと、と私は思っていた。

一郎は、今にも泣きそうな懐かしそうな顔をして、私を、そして家の中を見回していた。まるで、この場所に来ることこそが目的だったというように。なにかを大切に味わうように。

「とりあえず座ってお茶を飲みませんか?」

義母は私の落ち着きたい気持ちを察したかのように言った。

みなうなずいて、四人でまるでミーティングをするかのようにテーブルについた。

私はお菓子とお茶をゆっくりと出した。全員の気持ちを落ち着けるかのように、黙ったまま。

だれがしゃべりだすか、この状況ではわからなかった。しかし次に口を開いたものが流れを決めることになるのは明白だった。

こういうとき、いちばん急いで口を開くのはリーダーシップのある人だ。

私は安心して一郎を眺めていた。

少し痩せて大人の顔になった一郎の顔を。

一郎はため息をついた。

そして言った。

「どこからどういうふうに話したらいいのか。」

それで、今にも口を開きそうだったみちると義母が黙る姿勢になった。その采配(さいはい)はみごとだった。

「その骨は、僕の双子の兄の骨です。ふたりとも未熟児で、僕はなんとか生き延びました。兄は生まれつき心臓に欠陥があり手術をしましたが、一歳になる前に亡くなりました。お墓にちゃんと骨を入れたんだけれど、母はかけらをもらっていつも持ち歩いていたそうです。でも、弟ができたときに庭に埋めたそうです。お墓は納骨も終えてしっかり閉じてしまったからこんな小さなかけらを今さらお墓には入れられないけど、どうしようと思って、とにかく土に還してあげようと思い、大好きな庭に埋めたと言っていました。」

一郎は言った。

骨が訴えていたのと全く同じ話だった。

「昔はそういう人、たくさんいた。たくさんの子どもが死んだから。」

義母は言った。

そのしみじみした言い方には重みがあった。

なにかとひとりで動くくせがまだ私にはいっぱい残っていた。

面倒だから、そしてひとりのほうが軽いから。

でもこうなってくると、それぞれの反応でものごとが動いていくから、大勢には大勢のよさがある。チームで動くことを学んでいる私だった。そのほうがいろいろなことがずっと自然に早く動くのだから。

「きっとお母さまは亡くなる前に、ほんとうに骨が土に還っているか、急に気になって、心のこりだったんでしょうね。でも、今回掘り出せてよかったと思う。和紙も少しも傷んでいなかったし、骨はもちろんそのままそこにあったし。さやかさんが掘り返したとき、ハイビスカスの根っこにくるまるようだったんですって。植物って残酷に伸びていくけど、そういうときにはちょっと意志があるみたいにじんとくることがある。」

義母は言った。

「ありがとうございます。」

一郎は言った。

みちるが言った。

「だいたい予想通りだったね、ママはスーパーサイヤサイコメトラーなんだもん。捜査に協力して難事件を解決したことだってあるんだよ！」

「しっ。」

私は言った。

「全体的に話が誇張されてるんだって、それじゃあ。」

私は立ち上がり、和紙に包まれた骨を持ってきた。

そして一郎の前に置いて、言った。

「お兄さん、やっと一郎のもとに戻ってきたね。」

すごく触りたいふうに身を乗り出してきたみちるをそっと制し、優しい目でそれらを見ている義母に感動しながら、そうした。

一郎は、宝物を見るような目で和紙を広げて骨を眺め、そしてそっとその手で触れて言った。

「僕が生き残って兄貴が亡くなったこともあって、ずっと兄貴にはどこかで守ってもらっているような気持ちがあったんです。」

「双子っていいね。『バスケットケース』みたい。」

みちるは言った。

「おやめなさいって。」

私は言った。

「なに、その『バスケットケース』って。」

一郎は言った。

それは、双子の兄弟と言っていいかどうかわからないような、なんとも言えない見た目の兄弟が恐ろしいことをしでかすとんでもない映画の題名だった。お兄さんのほうはもはや人間ではない形態をしている。

でもみちるの言っていることはある意味では合っていたのかもしれない。一郎のお母さんが常に人の相談に乗ったり、困った人の面倒を見ていたのは、赤ちゃんを亡くしてからなのだから。

「ええと、昔はやったとんでもない映画です。忘れて、忘れて。」

体の前で両手のひらを振って、私は言った。

「だいじな人を失うと、人はそこになにか深い意味をどうしても見いだしたくなるから。」

義母は言った。

その深い瞳の輝きに、ああ、この人もまたいろいろなものを見てきたんだと思わずにはいられなかった。彼女の息子ももうこの世にはいない。圧倒的な悲しみの量が彼女の人生にのしかかっていた。

楽しそうに見えるから大丈夫ということはない。

ただ楽しそうでない自分がいやなのでそうふるまっているというだけで、そこに悲しみはいつも大きく重く存在するのだ。そういうことを一郎のお母さんだってずっと抱えてきたのだろう。

今の大人になった一郎は義母を松崎さん、私のことをさやか、みちるには私のことをママと言う。一見礼儀正しくないように見えるがこの人は昔のまま、芯のところはしっかりしているのだと思って安心した。

「ところで、おじさんのおうちの仕事はなになの？　きらきらして見えるくらいやんごとなき育ちなわけ？」

みちるが言った。

一郎も私も義母もみんな笑った。

その、みんながいっせいに笑ったときに、とてもすばらしいなにか、薔薇（ばら）の花のようないい香りの、光る雲のようななにかに私たちは包まれている感じがした。

というよりも、私たちの中にある明るいよきものが、小さな骨のかけらによって支えられている、そんな感じがした。

四人ともそれを静かに味わっていた。

人がいたり、いなくなったり、別れたり、出会ったり。それでいろいろな優しいことを思う。その余韻がみんなを温めているんだ。

「うちは、隣町にある小さな小さな神社。俺がきらきらしてるのは、天国で兄貴やおふくろが守ってくれてるから、きっとね。あと毎朝神社の掃除してるからかもね。」

そして一郎は義母に向かって説明した。

「もともとそこが父の実家だったんです。しばらくよその人が管理していたんですけれど無人になってしまい、父の兄が跡を継いだんです。敷地が広々していたので僕たちもあっちに越しました。今では家も建てて、すっかり落ち着いています。でも、母は、この家にずっととても感謝していたんです。母は、昔からいろいろな人の相談に乗っていました。お嬢さま育ちでのほほんとしているから、どんな人もつい心をひらいてしまうタイプの人だったんですね。それで、よく人を泊めたりしていました。常に手伝いが必要だったので、僕も出たり入ったり、他でバイトしたりしながらできるかぎり関わってきました。さやかさんも一時うちに居候していたんです。」

そしてまた懐かしそうな目で天井を見上げた。

「ママっていつでも居候ね。」

みちるは言った。

「今は、いちおうそうじゃないんだけれどね。」

私は言った。

それを聞いて義母がぷっと笑ってくれたのでほんとうにほっとした。

「私はじーじとばーばとママがいるから大丈夫だけれど、いつかそんなふうに困ってしまって知らない人の家に転がり込んだりするのかな。」

みちるは言った。

「自分だけは大丈夫ってことはないからねえ。」

義母は言った。

「どんなきっかけで、お寺さんや神社や、カウンセリングの人や、あるいは親切なよその大人に助けてもらうようになるか、だれにもわからないのよね、人生は。近くにお友だちがいなかったら、なおさら知らない人のところに行くことになるのよ。」

みちるはまだピンと来ないという顔をしながらも、神妙にうなずいた。

もしもだれかがみちるを肉体的に傷つけたとして、悟が生きていたらたいへんなことになっただろう、と思う。そう思うと、彼の生きた肉体がみちるのセーフティネットのひとつとしてこの世にないことがとても心細く感じられた。飛んで来てくれたり、抱き上げてくれたり、病院まで運転してくれたり、そんな具体的なことをする悟の姿を私は知らない。

みちるが来てからは、少しだけ心細さというものがわかるようになった。

昔は大好きだった台風の夜、枝が窓ガラスを割らんばかりに打ちつけられるのを見てもなんとも思わなかった。いいぞいいぞ、割れちゃえくらいに思っていた。今は少しだけ不安になる。少しでも違うことが起きるとこわくなる人たちの気持ちがほんの少しだけわかるようになった。

「このお骨は持ち帰って、母といっしょのお墓に入れてあげることにします。母はうちの神社の庭をだれよりも愛していたので、実家のお墓ではなくて新しく塚を作ってそこに埋葬したんです。

落ち着いたら遊びに来てもらえますか？　お茶とお菓子でもごちそうします。これまでこの骨といっしょに過ごしてきたみなさんだから。表立ってはいなかったけど、きっと母はあのあたりにお花を供えたり、話しかけたりしていたんだと思うんですよね。」

一郎は微笑んだ。

みちるは言った。

「みちるもパパが死んじゃったから、おじさんの気持ちはわかるよ。」

「そうか、パパ死んじゃったんだ。」

一郎は驚いた顔で言った。

「私ね、別に息子が死んだのはついてなかったとは思っていないの。人には寿命というものがあるし、こうして孫を遺してくれたし。でもね、そのあたりから私は、もともと神様はいると思っていたけれど、神頼みはしなくなったの。でも神様の計らいみたいなことってやっぱりあるよね。よかったわ、あなたの手元にお骨がちゃんと戻ったこと。」

義母は言った。

「なんだか夢みたいです。母の願いを叶えたら、そこにさやかもいて、大岡裁き(おおおかさば)みたいな感じで急にいろいろなことがすっきりしたことが。」

一郎は言った。そして、義母を見て質問を言いかけて黙った。

「あの……。」

「なあに?」

さっぱりした顔で義母は一郎をまっすぐ見た。

晴れた日に港で船を待っているような、遠く輝かしい目をしていた。

「神様がいるのは信じるけど、神頼みはしないっておっしゃいましたね。」

一郎は優しい目で言った。

「そのことです。」

「ああ、そうね。」

義母は言った。男の子のお母さんは、男の人を見るときに息子を見るような目をする。そのまなざしが悟を見ていた義母を思い出させて、私には懐かしかった。

「神様はいるって、息子が死んだとき思ったのよ。ちょうど息子を産んだときと同じような白い光が部屋いっぱいに満ちていたわ。

人が亡くなるときには不思議と命の光があふれているのよ、不思議だね、死んじゃったのに。泣いている私たちもみんなその勢いのある光に包まれててね。この骨もすごく似たような感じがする。きっと人間はあっちとこっちの世界を行き来するときすごい光を発するんだろうね。

この骨はきっとまだ半分こちらにいるのよ、あなたの体を使ってね。

それでね、そこに私はずっと大きなものの存在を感じていた。神様とか、仏様とか、そういうもの。だからこわくなくて淋しくもなかったし、息子も淋しくなかったと感じている。家族がいるくらいではフォローできない大きな力がそこにあったの。

でもね、それはどうしてかわからないけれど、私たちの都合では動いてくれない力なんだよね。いっぱいお祈りして、お願いしてもどうしても届かないんだ。そういうことがたびたびあるんだよ、生きてると。でも、恨む気にはなれないんだな。私たちには計り知れないこの世の大きな掟があるって、いろんな人がいろんな形で本に書いているよね。きっと、あれってほんとうなんだ。」

義母はお茶を一口飲んで、話を続けた。

「私は確かに、息子の命よのびろ、奇跡よ起きてくれ、私の命はいらない、と何回だって、血を吐くくらい祈った。そしてそれは叶えられなかった。でもその間に私はたくさんのすばらしいものを見たのよ。神様がくれたとしか思えないタイミングや、息子のほんとうの気持ちを知ったり、健康だったら絶対にはぶいてしまうような和やかな時間を家族で過ごしたり、最後の日まではいろんなことがありました。

それでね、息子が死んでからは、あっちの世界にいる息子がいつも共にいるわけではなくて、なぜか神様と共にいるようになったの。私には特定の信仰はない。だから私の言っている神様だって、きっと八百万(やおよろず)の神様みたいな昔からの意味よ。それでもね、私はなぜか神様がここにいるって思うようになったのよ。

……私ね、運動選手をしていたものだから、なんでも体の判断に任せちゃうのよ。とにかく私の体はそう感じるようになったの。息子が死ぬのを見るのは自分が死ぬことよりもずっとこわかった。だから、いろんなことがもっとこわくなるはずだった。でも、なぜかそれから後の私はこわいものが少し減った気がする。」

一郎は静かにうなずいて、

「わかる気がします。」

と言った。

「亡くなったお母さまが持っていたのであれ、埋めたのであれ、お骨をだいじにしてずっと人助けをしていたのは、きっと彼女の中の神様に亡くなった赤ちゃんの名前をつけただけなのよね。」

義母は言った。

骨の幸せまで考えてあげられて初めて人類なんだな……と私はぼんやり思っていた。

骨の幸せを考えるということは、自分の幸せを考えることと根っこではほとんど同じなのだ。

それが知らない人のものであっても、義母のように考えることが肝心なのだ。

私は小さい頃、親についていって、あるいは親の本を読んで、いろいろな文化の様々な風習を知った。

とんでもなく中途半端な過渡期の文化もあったが、たいていは遺体は手厚く葬られ、いつまでも一族の心の支えとなっていた。様々な埋葬法があったが、どれもその文化にとって最大の敬意を持って扱われていた。

そんなふうに悟が育った家で、一郎のお兄さんの一部がずっと安らかに眠っていたのだ。

それを思うと、私が自分だけの考えで自分の人生を扱えると信じてどうこう思っていたことがちっぽけに感じられる。

「勝手に母がここに人によっては気味悪く思うようなものを埋めていったというのに、しかもそれを勝手に取りに来たというのに、なぜか僕のほうが励まされました、ほんとうにありがとうございます。」

一郎は言った。正直な言葉だった。

「ぜひ、みなさんで遊びにいらしてください。小さなパーティをしましょう。」

「ガーデンパーティ？」

みちるが嬉しそうに言った。

「まあ、ガーデンと言えなくもないかな。神社だけど。」

一郎は笑った。

もともと決して堂々としていない人ではなかったのだが、さっきよりいっそう輝いて元気に見えた。

人の言葉は人をこんなふうに直接力づけるのだ。

こんな変な夜、変な集いだというのに、いろいろなことがとても自然だった。まるで前から用意されていたような、そんな不思議な感じだった。

空間がきらきらしたものに満たされて、私の過去の悔いも少し和らいだ。

あのときの私にはああするしかなかったんだ、という気持ち、昔の自分を許してあげられる感覚がほんのりと私の内側を照らした。

「市田さん独身？」

義母は言った。

「はい、そうです。」

一郎は言った。

「さやかさんはどう？　よりを戻したら。」

義母は言った。

「やめてくださいよ、お義母さん。」

私はあわてて言った。東京の人は話が早すぎて困る。思いついたことをとりあえずみんな言ってしまうのだ。

「あのねえ、お義母さんやお義父さんが思ってるよりも、ずっとずっと私は悟さんを愛していたんですよ。いなくなってますますそう思うんですよ。」

「そんなのわかってるわよ。」

義母は言った。

「でもね、言わずにいられないのよ。若くいられる時間はすごく少ないからね。このままうちでもっさりしててほしくないの。」

「わ、私、もっさりしてます？」

私は言った。

「もののたとえよ。だって、私とお父さんが引っ越しちゃって、みちるが大人になって、そのときのさやかさんが心配じゃない。それが親心ってもんよ。あなたにご両親がいない分、二倍の親心を注がないと。」

義母は笑った。

私も笑った。

一郎も、みちるも笑った。

「だんなが亡くなり、悔いのある別れ方をした昔の彼氏が急に家にやってくることになった、それってもうお膳だてされてるようなものだから、さあ、つきあおうかって、そんなものじゃないもの。一郎だってそうでしょ？」

私は正直に言った。

「後になって、さやかさんのことを自分はすごく好きだったことに気づいたのは確かです。ほんとうに好きだったこと、そのときはただ変わったすごい人だし、圧倒される思いでひきつけられてるんだと思っていました。」

一郎は淡々と言った。

いつもこうだった。彼が思わぬ場面で落ち着きを見せるのに男を感じた。

「さやかさんとつきあっているあいだは、うちも激動の時期で、いろんなことがありすぎてなにがなんだかわからなかった。いなくなって初めて、当時の僕の幸せがわかった。年々深く気づきます。」

「ママはともかく、私たちのほうは、初対面なのに話が深すぎない？」

みちるが言った。

「いいじゃないの、またお友だちから始めれば。」

「いいこと言うね。」

一郎が言った。

「僕はむしろみちるちゃんにノックアウトされたよ。」

「待ってくれたら結婚してもいいよ。」

みちるは言った。

「なんだかねえ。」

私は言った。

「亡くなった兄が結んでくれたみなさんとのご縁ですね。」

一郎は言った。

「どれだけ自分の中に思い込みがあって、それにどれだけしばられているか、それは偏見がない人たちに接してみないとわからないものなんですね。僕、赤ん坊だったからもちろん兄貴の顔を覚えてはいないんですけれど、だれかが横に寝ていた感じだけは、覚えているように思うんです。これからこの人とずっといっしょに生きていくんだ、っていう安心感を。おなかの中でか、外に出てからか、あるいは自分で作った記憶かもしれないんですけれど、自分と同じ大きさの温かいだれかといっしょにベッドにくっついて寝ていたこと、なんだか覚えてるんですよ。」

一郎はいいな、と思った。ひょうひょうとしているところは全然変わらない。

恋とか愛とか、そういうものではない。その素直さに、ああこれは確かにあの一郎だ、と果てしない懐かしさを感じたのだ。

インドネシアではいつも南国特有のおおらかな気質を持つ無邪気でなまけもののかわいい人たちに囲まれていたのに、日本に帰ってきてから私はただ素朴だったり素直だったりするものになかなか接することができなかった。一郎は例外だったのだ。

そして松崎家の人たちもそうだった。

私はまるで懐かしい、昔の日本の良さのまゆにくるまるように、この家で癒されていた。それがなかったら、私だってこんな向いていないことはしなかったと思う。

喜怒哀楽がちゃんとしていていろんな経験をした、確かに歳を重ねた目上の人に守られているような環境にいることは、私に親がいた時代をすんなり思い出させた。

ひとりで生きていくために失ったいろんな素朴さを、ここで私はみちると共に取り戻していたのだ。

たとえその骨にどんな事情があろうと、自分の足元は崩さない、歩んできた道をはずさない、人のためによかれと思うことがあれば隠さずに、自分だけいい目を見ようとせずにしっかり実行する……そんな良さは悟にもきちんと受け継がれていた。だから私は彼と長い間友だちでいられたし常に憧れていられた。

「いやあ、いろいろ意外でしたし、考えさせられることも多かったです。ありがとうございました。また会いたいです。」

一郎は言って、立ち上がった。

「そういう意味では、この家の建っている土地はとてもすてきなものなのかもしれないね。」

義母は言った。

「お兄さまが亡くなったり、ご両親が引っ越されて遺骨を埋めるその前から、案外この土地がみんなの縁をつないでくれたのかもしれないものね。」

「そうですね、不思議な感じがします。亡くなった息子さんも僕も、同じようにこの家で大きくなっていったんですものね。どちらも人生のいちばんだいじな時期を、ここで過ごしたんだ。」

一郎は言った。

「今は私が育っていってる。」

みちるは言った。

「生きてるかぎり、ちゃんと生きたいなあ。」

その言葉を、私も胸の中でかみしめた。

生きているかぎりは、ちゃんと生きる。それは悟が言葉ではなくみちるに伝えたかったことだ。死ぬ瞬間まで自分は生きている、だからそこまでは自分でいる、と悟は言っていた。そして最後の最後まで、みちるに話しかけていた。

最後はやせ細っていたけれど、手は変わらず大きく、みちるの頭を包みこむようになでていた。そんな姿のひとつひとつに、確かに悟はここにいると感じさせられた。

最後までほとんど弱音をはかなかった悟。

「さやかって、すごいな、天使みたい。」

モルヒネでうとうとした悟がそう言ったのを覚えている。

「なんでよ。」

私は言った。

私は悟の足や手を必死でさすっていた。つなぎとめるように。

ぼんやりした目で病院の窓の外の空を見ながら、悟は言った。

空が青くて、遠くにかすかに見える山のシルエットが美しくて、息が苦しいほど悲しかった。

「急に飛んできて、大岡裁きみたいになんでも解決してくれちゃってさ。」

悟は言った。

「それじゃあ、天使みたいじゃないじゃない。大岡越前みたいなだけじゃないの。」

そう言いながら、よくわからないけれど私は嬉しかった。赤くなってから、涙が出た。悟は笑った。

そしてその瞬間、悟に強く恋をした。

もう時間はなかったというのに。全てが遅かったのか、いや、もしかしたら間に合ったのか。

私は悟がいない悟の世界、悟のご両親と子どもと思い出のたくさんある家の中に身を置いていて、とても幸せだったのだ。

悟が死んだことを忘れて、今もいっしょに生きているという感じ。

そしてもう一度、世の中に出ていってむき身のままひとりになる時間をひきのばしたいという感じ。

一郎を見ていると、まるで自分を見ているような気がした。

中途半端な状態にいる、でもそのことがちっともいやではない。むしろこのまま時間がずっとたって、そのままで人生が終わっても後悔しないくらいに、なぜか今は幸せで思い出の中に生きていたい。その思い出を礎にした未来以外は認めたくない、そんな気持ちが手に取るようにわかった。

「一郎は、ちっとも不幸じゃないね。よかったです。私、自分の子どももじみた態度をずっと後悔していたから。」

私は言った。

「確かに過去のせいにしてたところは少しだけあるかも。なんだか生まれ変わったような気分、すっきりした。」

一郎は言った。

「まだまだ人生は長いのよ。立ち直るのだってのんびりでいいんじゃない？」

義母が言った。

私たちがこれからどうなっていくのかはわからなかったけれど、少なくとも曖昧なものは私の人生から消えて、クリアな世界だけが目の前に残った。

「さやかさん、送っていってあげたら？　お茶でもしてきなさいよ。」

義母は言った。

「なんだかお義母さんの考えが見え見えなんですけれど……私も、ちょっとふたりで話をしたいこともあるので、そうしてきます。すぐ帰ってきますね。三十分くらいで。」

「ゆっくりしてきていいよ。」

みちるは言った。

「チュウとかはまだ早いと思うよ。時間かけてね。お友だちからね。」

「はいはい。」

私は言い、携帯電話と鍵だけ持って、つっかけを履いて、別れのあいさつをする一郎といっしょに外に出た。

戸がばたんと閉まると、とたんに時が戻った感じがした。

ふたりともちょっとくたびれた三十代になっていたけれど、一郎といるときの不思議な安心感はそのままだった。

「お茶でもしようか？」

私は言った。

「ほんとうにさやかなんだ、しかもこんなに近くにいたなんて。」

一郎は言った。

「俺、まだ全然信じてないよ。」

「私も。きっとばったり会うとは思っていたよ。でも、こんな不思議な形で会うなんて。」

私は言った。

空には夏の星がちらほらと輝いていた。遠くのビルの赤いライトが星に混じって瞬(またた)いている。

「お茶はもういいや、少し歩こう。もう会えないわけじゃないし。」

一郎は言った。

「バリに来てくれたとき、どのくらい待った？」

私は言った。

「二週間。さやかのいないさやかの部屋で二週間。そしてあのおじさんとおばさんとすっかり仲良くなった。気持ちもだんだん健康になってきちゃって、最初はさやかを連れて帰っても結婚とかしないで今まで通りにつきあえればいいなって楽観的になっていたんだ。そうしたら、夢にこわいものがいっぱい出てきて、これはそんな軽い問題じゃないんだ、ってだんだん気づいた。だいたい、家族ぐるみっていうのが無理なんだって思った。だから、いったん帰ったんだ。」

まるで昨日のことを話すように、一郎は言った。

「さやかには、さやかが思っているよりもずっと、心の中にどうしようもない傷みたいなものがあって、体の傷は心の傷と同じことになってしまっている、そう思ったんだ。」

「ごめんなさい。私、その頃のんきにヌガラでバッソ食べて、友だちの家でジェットスキーに乗せてもらってた。さっきも言ったけれど、帰ってすぐは傷が膿(う)んで、ものすごい熱を持っていたから、高熱が続いてほんとうに死ぬかと思った。それにさすがにほんとうに落ち込んでいたし。でも、治ったらすごく元気になってしまって、じっとしていられなくて。おじさんたちが心配して見張ってるしさ。自由になりたかったの。」

私は言った。

「すごく早くに親が死ぬと、早く大人になる面と、いつまでも子どもみたいな面が混じっちゃうんだよね。」

「あの行動は、子どもが子犬助けようと思って川に飛び込んじゃうみたいなものだったと思うけれど、傷が大きすぎた。なんで自分を犠牲にしたんだ？　この話、ずっとできなかったけど。」

一郎は言った。

背が高い一郎の横顔の向こうに夜空が見える。

その光景はあの頃の私にとっていちばん大切だったものだった。

駅の明かりが見えてきたので、また今度、と別れようとしたら、送っていくと一郎は言った。

「いいよ、このへん安全だもの。」

私は言った。

「その手で、夜道をひとりで歩いて帰らせられない。当時できなかったことを一個くらいさせてくれ。」

と言って、一郎は私を家まで送る道を引き返した。

「私たち、ばかみたい。行ったり来たりして。」

私は笑った。夜風は少し涼しく、私の顔や肩をなでていった。

「さっきの質問の答えだけれど、私は、人間はいつ死ぬかわからないものだと本気で思ってるの。そのことを忘れているときはあっても。で、だれかが自分や自分の家族を攻撃してきたとしたら、死ぬか生きるかでしょう？　その判断の中で、腕がけがするくらいはなんでもなかったのよ。私は、襲われて無事でいられると思うほど楽天的ではないし、それほど人を信じているわけでもないから。」

「その現場に俺はいなかったから。それも悔やまれる。なんで学校なんかに行ってたんだろう。滑稽だと思う。結婚するとかしないとか言ってるような段階でのんきに授業を受けてたなんて。」

一郎は言った。

「結婚は親が熱心に進めようとしてたけど、さやかは家族がほしいって言っていたから、別にいいと思ったんだ。俺はさやかのことなら一生嫌いにならない自信があったから。」

「ほんとうに楽天的な一族だよね。だからこそ、あんなふうに人を慰めたりかくまってあげたりできるんだろうけど。」

私は笑った。

「世話好きのおふくろが死んだから、俺たちの仕事がすっかり減っちゃって。残務処理のような毎日です。」

一郎は言った。

「さっき、さやかがほんものの家族と笑い合っているのを見て、よかったなと思うと同時に、少し嫉妬した。なんでそこにいるのがおふくろじゃないんだろう、俺じゃないんだろうって。」

「そんな……だって、みんな過ぎたことじゃない。」

私は言った。

「わかってはいるし、すばらしい人たちだったからほんとうに嬉しかったけどね。泣いている姿がさやかの最後の姿だったから。いや、泣いている姿でさえない。なんでわかってもらえないの？　っていう顔が最後の顔だったから。上書きされたことが、いちばん嬉しい。」

一郎は言った。

「友だちから始めようじゃないか。」

「考えておくね。急すぎて、あまりにも急すぎて。」

私は言った。

「もうだんなさんとの恋は終わっているって、わかってるんだろう？」

一郎は言った。

胸がぎゅっと痛んだ。

「私も残務処理の日々です。割り切れないことが多くってね。」

私は微笑んだ。

一郎も微笑んだ。

「なあ、さやか。もしも、今いっしょにいる人たちに危険なことがふりかかったら、君はあのときと同じように、自分がどうなっても動いてしまうのか？　その気持ちはあのときと変わってない？　それとも考えを変えた？」

一郎は言った。

私はしばらく考えた。

痛みや、血や、恐怖や……理解してもらえない苦しみや、そんなものが一瞬ぐるっと頭の中で渦巻いたが、私は答えた。

「うん、多分あのとき以上に体が動いてしまうと思う。今の家族なら、あのとき以上に。」

一郎は笑顔を見せた。

「うん、それならいい。後悔してないならいい。俺は、さやかのそういうところをいちばん尊敬してたんだ、実は。若いときは自分のふがいなさで頭がいっぱいだったから、うまく言えなかった。でも、俺は、問答無用でさやかが正しかったと思っている。」

それを聞いて、私はほっとした。

もうすぐ家につく。大好きな家の明かりが待っていた。ありがとう、と私は言った。

並んで歩く私たちを星が見ていた。

家につくとなんとなく雰囲気がさっぱりしていた。すっきりしたような、あるべき場所にあるべきものが帰っていったような。

なによりも、私が変わっていた。

長くて悪い夢からやっとすっきりと覚めたみたいな、そんな感じだった。

「ねえ、さやかさん。」

義母は真顔で言った。

「みちるが寝てから、ちょっとふたりで話せない？　私、わかんないことがあってもやっとしてるのがいやなの。でも、市田さん、ほんとうにいい方だったわ。私、あの人好きよ。」

「了解です、みちるが寝たら下に行きます。」

義母の、よりを戻してつきあえば？　と今にも言いそうな言葉をさえぎって私は言った。

「うちのお父さんも寝かしつけておくね。」

義母は笑った。

みちるは眠かったらしく、お風呂に入って歯を磨いて暗くしたらすぐにぐうぐう寝たので、私はいつものように外階段を下っていった。

すっかり夏の夜の匂いが満ちていて、空気がもわっとした。

湿気のある暑い夜にはいつもバリを思い出す。でも、ここはあんなに虫の声もしないし、目が痛くなるほどのにじむような星空もなかった。

私は自分の少し曲がった左手をそっとなでた。そうだよね、今まで詳しく聞かれなかったのがおかしいくらいだよ、と思いながら、私は義母の家のドアをノックした。

「どうぞ。」と言われて入って鍵をかけてから居間に向かうと、義母は山崎のウィスキーの瓶をどっしりテーブルに置いて待っていた。そして氷の入ったグラスを持ってきた。

義父の大好きなお酒だった。

「さあ、さやかさん、お話しして。いったい市田さんのおうちとなにがあったの？」

義母は言った。

そしてグラスにウィスキーを半分くらいついだ。

私は義母の向かいに腰かけて、口を開いた。

「なにから話せばいいのか……。」

私は言った。

「どこからでもいいし、つらいところや言いたくないところがあったらもちろんはしょっていいから。なんでもかんでも聞き出そうっていうのではないのよ。」

義母は言った。

「あの一郎さんっていう人と、さやかさんは昔おつきあいしていたんだよね？」

「そうです。うんと若い、二十代のはじめのことですけれど。そのとき、私、行くところがなかったので、ちょうど今の一郎さんみたいな感じで、住み込みで一郎さんのお母さまのお手伝いをしていたんです。

あのお母さまはですね、ほんとうにおっとりとした優しい人で、困った人の相談によく乗っていました。一郎さんのお父さまの実家が神社だったこともあって、家出した女の子を社務所の和室や結婚式の控え室に泊めてあげたり、家がない人のために炊き出しをしたり、バザーをやったり、暴力に苦しむ奥さんたちをかくまったり、そんなことをしていたんです。

私ははじめ何も知らないで、困った女性を数日泊めてくれるところがあるって友だちから聞いたので、そのとき借りようとしていた部屋が契約できる月代わりまで泊めてくださいって言って、たずねたんです。

ご家族みんなに気に入ってもらえて宿泊代の代わりにいろんな雑務を手伝っていたのですが、二週間のうちにすっかり慣れて、一郎さんとほとんどひとめぼれみたいに自然に恋におちて……自分の部屋が決まってからもバイトとしてしょっちゅう出入りするようになりました。でもほんとうにつきあいはじめるまではけっこう長い時間がかかりました。お互いにシャイだったたし、なんとなく好きな人が近くにいるな、くらいの時期が若いわりにはずいぶん長かったように思います。」

私は言った。

「なんか、わかるわ。その自然ななりゆき。はたちくらいだったら、さやかさんももっともっと風来坊だったんでしょうしね。」

義母は笑った。

「あちこちに友だちがいた分、あまり決まった人間関係を作らないようになってしまっていたんですが、炊き出しとか掃除とかふとん干しとか、そういうことには慣れていたので楽しかったのです。小さい頃からお手伝いさんや庭師さんたちとわいわい働きながら育ちましたから。うちの両親は、自分の子どもをそういう雑多な環境では遊ばせないというような気取ったタイプではなかったのです。」

私は続けた。

「日本ではそういう、体を動かして広々した場所で労働する施設があんまりないので、神社というのはけっこうぴったり来ました。私は一郎さんと恋人関係になって浮かれていて、みんな早婚のバリに育っていたので早く子どももほしかったし、すぐ結婚しようとおおまじめに思っていました。お母さまとも仲が良かったし、今思うと能天気なんだと思うんですけれど、なにも考えていませんでした。」

「わかるわかる、私もそんな感じだったわ、結婚したとき。条件とかなんとか、考えるひまもなかったし。」

義母は言った。

「それで、二十二歳のときに、その事故というか、事件があったんです。」

私は言った。思い出すだけで目の前が白っぽくなって、くらくらする。

でも、言ってしまいたかった。

その手はどうしたの？　と聞かれるたびに、事故でとごまかしてきてほんとうはちょっと気持ちが悪かったのだ。

「そのとき、神社の社務所がある建物には、ある三十代の女性が泊まっていました。ご主人と、ご主人のお母さんに暴力をふるわれて逃げてきたっていう人でした。

前の晩に来て、翌朝に警察を呼んであったので女性警官が来るのを待っていたときに、なぜか神職のおじさんの目やバイトの巫女(みこ)さんの目を逃れて、その方のご主人とお母さんが入って来てしまったんです。

一郎さんのお父さんは会社に行っていて、一郎さんのおじさんは団体さんのご祈禱(きとう)をしていて、一郎さんと弟さんは学校に行っていました。

私は洗濯をして、屋上に干しに行っていました。

階下でお母さんがそのＤＶを受けた傷だらけの彼女につきそっていました。

物音が聞こえたので警察が来たと思い私が社務所の入り口に走って行くと、その女性をご主人とご主人のお母さんが連れて行こうとしていて、一郎さんのお母さんはガムテープでしばりあげられていました。

いけないと思い、警察が来るまでなんとか持たせればよいと考えて私も彼らを止めようとしたんですけれど、その男が憎たらしいことにまたバカ力で、私はすぐにひねりあげられ、手錠をかけられて玄関脇の待合室の暖房のパイプにくくりつけられてしまいました。

その人たちは暴力のプロだな、と私は感じたので、とっさに、もうなにがどうなってもいいから今しかない、私が拘束されていることに安心している隙をついて警察を呼んでこようと思い、その女性が抵抗してご主人に殴られているあいだに、私は自分の手の骨を暖房機に叩（たた）きつけて折って、むりやりに手錠を抜いたのです。そして見張っていた変な豹柄の服を着た、その男性の派手なお母さんをそこいらにあった壺で思い切り殴って、ふたりが驚いているうちにダッシュで走ったのです。」

「あなたの手、そんなになるまで……痛かったでしょ？」

義母はびっくりした顔で、大声で言った。

ああ、こう言ってほしかったんだ、と私は涙が出てくるのを抑えられなかった。

ただ、そういうふうに言ってほしかった。責任とか、傷とか、障がいとかの話ではなくて。

「痛いなんてものじゃありませんでした。でも、あのとき自分から出てきた不思議な力をなんて言ったらいいんだろう、ほんとうにしなくちゃいけないと思ったことのために、いろんなことを置いておけた、そんな感じでした。

親指の付け根の骨が粉々になって内側にめりこんで、血だらけになって、私は手錠を抜けたんです。どこからあんな力が出たのか、ほんとうにわからない。あのおばあさんを私は殺しはしなかったけれど、傷くらいは負わせたと思います。男は女性を殴るのをやめたけれど、その女性も肋骨（ろっこつ）を何本も骨折したし、折れた骨で内臓も傷ついたと聞きました。ちなみにその人たちはみんな今も生きています。女性は弁護士さんの力で無事に離婚して引っ越し、その悪い人たちは大した刑ではないけどちゃんと罪に問われました。

とにかくそのとき私は玄関に突進して、驚く人たちを尻目に塀を越えて脱出し、神社の裏の民家に助けを求めて、警察を呼んだんです。

急行して来た警察に彼らは捕えられ、もともと呼んでいた警官さんものこのこやってきました。なんで昨夜に連絡しなかった、とさんざん言われたんですが、なにも起きていないうちに連絡しても多分なにもしてくれなかったでしょう。その現場だったから、一件落着となったんです。」

「さやかさん……あなた、なにやってんの。まるでスーパーヒーローみたい……。」

義母は言った。

「悟はその話、知ってたの？」

「知っていました。」

私は笑った。

「君はすげ〜女だって言ってました。」

「ほんとうにすげ〜女よ、あなたは。」

義母は言った。

「私は、あなたのその行動を、心配すぎて悲しすぎて、とても丸々たたえることはできないけれども、誇らしく思う。」

私は言った。

「お義母さん、そのリアクションだけを、当時の私は求めていたんです。そりゃあ、私だって暴力をふるったりふるわれたりするのはいやです。

でもこの世にはそういうことだって起きるじゃないですか。それに対処しなくてはいけないことだってあるでしょう。それだけのことだと思ってたんです。」

「まあ、びっくりしちゃったんだろうね、全部に。」

義母はため息をついた。そして言った。

「しかもさやかさんのことを、工作員かなにかだと思ったんじゃないの？　普通そんなふうには人は動けないもの。」

うなずいて、私は言った。

「ええ、そうです。その直後は、みんな興奮してほめてくれました。近所の人も、ご家族も。でも、訓練を受けた女スパイなんじゃないかとか、元警察官なんじゃないかとか、きっとキム・ハンアのモデルだとか、もうむちゃくちゃなうわさが近所でたって、みんなが手に包帯をした私を怪物でも見るようにじろじろ見るようになって、市田さんのご家族はますます私に気を使ってかばうようになって、さらに気に入らないことにまた一郎さんがそれをいちいちぷっと笑うわけですよ。

私だって人間です。それにすごく傷ついたんです。お母さんは寝込んでしまったし、お父さんと弟さんは私の経歴を疑って腫れ物に触るようにしているし、手は痛くて眠れないくらいなのに治らないし、警察では過剰防衛だとかいろいろいやなことも言われたし。今の私なら、あるいはけがしていない状態の私なら、いつかわかってもらえるさ、修復していこうとのんきに思えるんですけれど、あのときは弱っていたからほんとうにきつかったんです。

ふだんは、ぼうっとしていて全然使えないっていうのに、いざとなると突然適切な行動を取ったり、落ち着いたりできるんです。それが私の性格なんですよね。なかなか理解されにくいのですが、困った人を助けたいとか、そういうのではないんです。

ほんとうに正直に言って、一郎のお母さんを甘いなとさえ思っていました。

だって、困った人はこの世に、日本にもバリにもたくさん、たくさんいるんですから。知っている困った人の相談に乗るくらいでいいじゃないか、それ以上をできると思ったら、それは違うんじゃないかと思っていました。そのことを直接お伝えしたこともももちろんあります。でもお母さんは人の相談に乗るのをやめませんでしたし、知らない人でも平気で家に泊めていました。私はとても心配だったんです。

一郎のお母さんは私の手がこうなったことと、そのとき見た光景と、そんな人たちが乗り込んで来たこと、私の暴力性、その全てにすごくショックを受けて……そもそもその集まりも、お子さんを亡くした人たちの話を聞くことからスタートしていたので、暴力と関わることになるつもりはなかったのでしょう。それからは人をかくまうことにはすごく注意深くなられたとお手紙をいただき、ほっとしたんですけれどね。」

私は言った。

「ただ、それで一郎さんとの関係が、だんだんぎくしゃくしはじめてしまったんです。そりゃそうですよね。まだ二十代の男の子に、そんな重くてこわい話、受け入れられるはずがありません。帰宅したお父さんと一郎さんと弟さんは、家のあたりが救急車やパトカーでいっぱいなのにびっくりして、私が病院で手術中だというのにもびっくりして、お母さんが倒れて寝込んでいるのにも驚き、とにかくすごい罪悪感を感じてしまったんです。

それはボディブローのように私たちの関係を暗くしていきました。私には、命さえあれば手なんて少し曲がっていても大丈夫だったし、実際今でもそう思っていますけれど、こわくなかったわけでも痛みにショックを受けなかったわけでもなかったので、そっとして普通にしておいてほしかったんです。でも、そうはいかなくて……すぐ責任を取って結婚させるとか、お金を治療費以外にも払うとか、補償するとか、そんなことになってきてしまって、私は息が苦しくなって、バリに逃げ出してしまったんです。」

あの朝、ひとりになるんだとたくさん涙が出たのを覚えている。

ほんの少しの荷物をまとめ、不動産屋に連絡をして小さな衣装ケースと冷蔵庫の処分だけ頼み、成田へと向かう道は朝の強い光に満ちていた。

暴力に負けなかったのに、暴力が私の若くて平和な恋愛を破壊した。

優しくて陽気だった市田家のみなが、私の行動のせいで暗くしずみがちになってしまった。

夕食の席で腫れ物に触るように私の食事を手伝う彼らは笑顔だったけれど、もうついこのあいだまでの無邪気な笑いに満ちた食卓は帰ってこなかった。

帰ってきたとしても、それにどれだけ時間がかかるのだろう、と思うと、若い私には気が遠くなる思いだった。

とにかく本能は自然の元へ行けと叫んでいた。

水や山の風や滝や土の匂いのするところに行かないと、心まで病んでしまう、そう思った。

なんでこんなことになっちゃったんだろう、バリに行くのは嬉しいけれど、一郎と別れるのはちっとも嬉しくなかった。つい先週まで笑って動いて働いて、にぎやかに暮らしていたのに。一郎と手をつないで抱き合ってキスして、恋の果実を満喫していたのに。

私は暴力を憎み、そして不幸な家庭が無責任にまき散らす依存の香りを憎んだ。

憎しみを増やしたくないから、バリの自然に会いに行かなくてはと思った。

空港へのリムジンバスの中で、私は一郎の真ん丸いきれいな目のことや、久しぶりに家族的な人たちと囲んだ夕ご飯のことばかり、泣きながら考えていた。

若い力がみんな悲しみに向かって勢いよく注がれている感じがした。

痛い手で持つ荷物はとても重く、悲しい気持ちで待つ飛行機はいつもよりもずっと長く飛び立たないように思えた。

白い光に満ちたがらんとした成田空港で、私はこの世でほんとうにひとりぼっちな気がしていた。

あの日の私のまぶしいほどの自由と、行き場のない悲しみを思うと、今も目の前が暗くなる。

私は家族がほしかったあまりに、一郎の家に全身で入り込んでいってしまった。なんの考えもなく、素のままで、ものすごいスピードで。

そこにひずみが生じないわけがなかったのだ。


すっかり納得して、義母はよくわかったと言ってくれた。

そして普通におやすみなさいと別れた。私を見る目もなにも変わらなかった。比べるつもりもなかった。一郎のお母さんは当時もっと若かったし、理想にあふれていたから、血なまぐさいものを見るのが初めてだったというのもわかっていた。

それでも私はやっぱり感動していた。

ものごとをさらっと受け止めては流せる義母の静かな迫力をすごいと思った。そんなふうになにも思わなかったはずがないのに、すぐに自分の中で自分なりに調整して咀嚼できる、そういう大人になっていきたいと思った。

まだまだ道は遠そうだったが、希望みたいなものがわいてきた。

翌日の朝、義母は庭から清々しい顔で手を振った。

私はその笑顔につられて降りていった。

「いかにありがたいったって、知らない人の骨よりも、私にはこのハイビスカスがだいじよ。」

義母は笑った。

「覚えてる？　悟はいつもスーツケースじゃなくて、アウトドアの旅行用の大きなソフトなかばんで旅をしていたこと。スーツケースを買いなさいって言うのに、自社で扱ってるかばんを俺が使わなくてだれが使うって聞かなかったのよね。アルゼンチンでは一回かばんをナイフで切られて中身を取られてね、同じようなの買い直してまで使ってたのよ。」

「そんな歴史あるものだとは知らなかったです。」

私は言った。

まじめな悟らしいエピソードだった。

まじめに生きて働いて、まじめに死んでいった悟らしい。

そういうのってだれがどこで見てくれるのだろう。神様が？　家族が？　彼を愛した人たちが？

名もなく、すぐ忘れ去られてしまうようなその人生がこんなにも多くのものを遺していることに私はほっとした。

私の両親の話をすると、両親の友だちはみな言う。いい研究をして、論文もたくさん書いて、娘さんに本にもしてもらって、ちゃんと残ったからいいじゃないかと。

でも、私はその残るということがどれほどのものだろうと思うことが多かった。

私の知っていた父と母のいちばんよい部分は、その佇まいやふだんの言動やものごとに対する判断の機微はどこにも残されていない。

私の記憶の中だけにある。それは私の言葉や行動や遺伝子を通じて、みちるに少しだけ伝わっていく。

人が生きて死ぬということは、どんな人でもこのハイビスカスのように偶然に左右されながら土に根を張った、それだけのことだからこそいいのかもしれない。

「あのかばんの中に、ビニールで包まれたおみやげものの、小さなもう弱っている苗が入っていて、こんなの根づくわけないよって言ったのが意外にも根づいて、大きな木になったのよね。このハイビスカスは。

すごいよね、この生きる力は。そういう小さなこと思い出すとすごく幸せになるんだ。

『おふくろ、空港で買ってきたんだけど、これもうむりかなあ、生き返る？　ふつう植物って検疫で取られちゃうけど、これは空港で買ったからいいんだってさ』って言って、マカダミアナッツチョコレートといっしょに出してきた。あの子のかばんから出てきたラベルがしわしわのハイビスカスも、取り出したあの子の笑顔も、私はずっと持っていくんだ。生きてるかぎり、持っているの。いつもふところに抱っこして。」

義母は言った。

ハイビスカスの脇で、微笑みながら。

骨が掘り返されたのになにも変わらず、その木には今日もまだまだ花が咲いていた。蟻(あり)たちが蜜を求めて花に向かって行列しているのも見えた。

私はなにも言わずにうなずいた。

人の悲しみは癒えることがない。くりかえして、積もり積もっていく。死ぬ頃には大きなお団子になっている。

それでもやっぱり自分の悲しみは自分で持っていたいものなんだよね、と私は思った。

「さやかさんは、ご両親を亡くされているでしょう。だから、私の気持ちがずいぶん伝わる気がして、この家にいてくれたことがとても救いになった。救いなんてものじゃないのよ。あなたたちがいなかったら、乗り越えられたかどうか……。お父さんとふたり、そりゃあなんとかしたでしょう。私たちにはお友だちもいる。でも、お友だちと別れて家に帰ってきたら、だれもいないわけだもんね。今はみちるが動き回ってるし、さやかさんがその世話で走り回ってる。けんかする大きな声だって聞こえてくる。近くに孫のいる幸せをいっぱいに持ってる。」

義母は言った。

もしも悟がいなくなったこの家の老夫婦に、みちるがいなかったら。

上の階から聞こえてくる小さい足音がもしなかったら。

とても強いふたりだから、きっと猫と静かに過ごし、山に登り、散歩し、暮らしてはいけただろうと思う。でも、みちるのいないこの人たちを思うと心が凍りそうだった。

ありがとう、みちる。来てくれて。

私は今はもう中にみちるが入っていないおなかをそっとなでた。

「お義母さん、隣町の神社に、ほんとうに行きますか？」

私は言った。

「私はもういいわ、あの人に伝えることはみんな伝えた。」

義母はきっぱりと言った。

「あなた行ってきなさいよ、みちるを連れて。」

「一郎さんは、お義母さんにとても会いたいと思います。」

私は言った。

「うん、でもあの人、今から自分で強くならないとね。さやかさんにも再会したことだし、若かった時分から時計を動かしてしっかりしないと。今はまだちょっとへなへなしてるよね。」

義母は笑った。

「いつでも遊びに来てって伝えてよ。」

「じゃあ、お墓参りだけ行ってきますね。」

私は言った。

「そうそう、あなた、それはお墓参りしたほうがいいわよ。きっと気持ちがすっきりすると思う。それにみちるがガーデンパーティに行きたがっていたしね。」

義母は言った。

「はい、ちゃんとあやまってきます。」

私は言った。

「あやまることなんて何もないんじゃない？　何も悪いことしてないんだから。」

義母は笑った。

「極端なことが起きたから、極端なことをして極端な結果になってしまっただけだと思う。私たちはもう年齢的に雪山に行く企画はよほどの条件が揃っていない場合参加することをやめたけれど、山に登って凍傷で指を落とす人はたくさんいるのよ。その人たちは、山に登るのなんかやめて家にいたら、今だって指はあるはず。私はそういう話に慣れている。人にはそうなってしまうつもりはなくても、ベストをつくしていても、そういうふうになってしまうことはいくらだってある。」

どんどん気持ちが楽になっていった。

もっと早く言ってしまえばよかった、と私は思っていた。

それから、悟の愛した定食屋さんにいっしょに行くすてきな計画を細かくつめた。

緑がいっぱいの小さな庭の真ん中で。

その穏やかな期間にしたことでいちばんよく覚えているのは、義父と義母とみちると私で、平日の昼に悟の会社の近くの定食屋さんに行ったことだ。

土曜日にしようかと言っていたけれど、会社が休みだとごあいさつができない、と義父が言ったのが切なかった。義父は悟の会社にまず足を向けた。

しかし、当時の社長は闘病中で代替わりしていて、新しい社長は温かい言葉をかけてはくれたものの、悟を知らなかった。

営業部にいた悟と仲が良かった同僚も、今はノルウェーに研修に行っていて留守だった。

「たった数年でひとりの人がいたっていう痕跡さえもなくなっちまうものなんだな。」

義父は淋しそうに言った。

屈強な四角い肩が淋しそうだった。

「しかたないわよ、社会は絶え間なく回ってるんだもの。」

義母が言った。

のんびりした口調だったけれど、心の中にはもっと大きな淋しさを秘めているのがわかった。

不在をごまかすように過ごしているつもりはなかったけれど、悟がいないと行かないような場所をたずねることは、不在をいっそう際立たせた。

「出張とはいえ鈴木さんがまだ会社にいらしてよかったじゃないの。きっと悟の分もがんばって働いていているのよ。」

義母は言った。

私はその鈴木さんというお友だちが、お葬式でおいおい泣いている姿を思い出して、胸が熱くなった。

「やっぱり、悟さんは消えていないですよ。みんながいつも思い出しては懐かしんでいるんだから。表向きいないように見えるだけで。あなどられているということではないですよ。」

私は義父の肩に手を置いた。

義父はうなずいた。

みちるが言った。

「いいじゃん、私がいれば。パパからバトンを渡された私がいるもん。」

義父は微笑んだ。

四人で定食屋に入ると、いらっしゃいませ、と若いほうの板前さんが声をかけてくれた。

「この間もいらっしゃいましたね、今度はご家族で？」

私は笑顔でうなずいた。

「ありがとうございます。」

板前さんは言った。

みちるがオムライスを注文し、あとの三人はみんな豚肉の生姜焼きを頼んだ。

「みなさん、生姜焼きがお好きなんですか？」

お皿を運んできた若い奥さんが言った。

「死んだ息子がここを好きだったって言うから食べに来たの。」

義母は言った。

「息子さんのお名前はなんておっしゃるんですか？」

優しい目で若奥さんは言った。

「松崎悟です。」

義母は言った。

「ああ、松崎さん。」

若奥さんは言った。

そして厨房に向かって大声で言った。

「この方たち、松崎さんのご家族ですって！」

厨房にいた板前さんは、調理中のなにかを中断してこちらに出てきた。

「松崎さんが亡くなられて、ほんとうに残念です。」

板前さんは言った。

「平日はほとんど毎日来てくださってました。いつもおいしい、おいしいって言ってくださって。新しいメニューをお出しすると帰りに一声かけてくださるので、はげみになりました。」

「こちらこそ、お世話になりました。ありがとうございます。」

義母がていねいに頭を下げた。義父もそれに続いて頭を下げた。

「でも特にごひいきだったのは、生姜焼きでしたね。たれがちょうどいいって。」

板前さんは微笑んだ。

「今日はそれをいただきにまいりました。」

義母は言った。

一礼して板前さんは厨房に戻って行った。

義母の目には涙がにじんでいた。

まるで悟の面影を探すように、愛（いと）おしそうな目でお店全体をすみずみまで眺めていた。

ここに悟がいたことを心に焼きつけるように。

「いい感じの店だなあ。あいつ、外でもかわいがられてたんだな。」

義父が言った。

確かにそのお店は、チェーン店に比べたら少し高いかもしれなかった。

悟のように実家にいて恵まれた環境にないと通うことはできなかっただろう。でも、悟はきっとぜいたくをしたかったわけではない、とにかくこのお店を応援したかったんだろうな、と私は思った。

生姜焼きがつやつやのごはんといっしょにやってきて、みちるが歓声をあげ、私たちはみんなで味わってそれを食べた。

細かい理屈は抜きに、ただいっしょにごはんを食べることで育まれるものをまたひとつ育むために。

「うまいな、これ、うまいなあ。」

義父が言った。

「ごはんの炊きかげんも絶妙ね。」

義母が言った。

「あの子、外でもちゃんと楽しくしていたのね。そういう生活がちゃんとあったこと、こういうところをたずねてみないとわからないね。」

みんなが楽しそうなので、私もにこにこしてごはんを食べた。

彼らがちゃんと生きていて、毎日お店を見ていて、悟を覚えていて、そしてそれを伝えてくれた、その小さな行動で迷子みたいに浦島太郎みたいにこの街から浮いていた私たちはうんと救われた。

人のすることって、そういうことだけでいいと思った。

黒板には手書きで今日のメニューが書いてある。悟は毎日これを楽しみにしていたんだろうなあ、と思った。きっとその頃と同じ黒板なんだろうし、同じ文字だろうと思った。

板前さんがデザートにぶどうをサービスしてくれて、生姜焼きのたれもおみやげにつけてくれた。

「作って仏前に供えますね。」

義母は笑った。

のんびりと午後の道をみんなで歩いた。

みちるはコンビニエンスストアで義父にお菓子を買ってもらった。日本での子ども時代がない私にはそういう習慣全てが新しく見えた。今ではインドネシアにもコンビニエンスストアがあるけれど、当時は全くなかったからだ。

この暮らしを好きになればなるほど、自分はよそから来た旅人でこの人たちとは仮に過ごしているだけだという気持ちになってくるときがあった。

すきま風のように旅心がふっと出てしまう感じというか、義父がみちると手をつないで楽しそうにお菓子を選んでいる、その姿に感激すればするほど、自分が過去からやってきた子どもの幽霊になったような気がしてくる。

そしてこの気持ちを払拭（ふっしょく）してくれる義母の勢いと知恵があるから、それを見ていたくて毎日が楽しくてたまらない。

私は松崎家に住み込みでフィールドワークをしているようなもので、両親の生き方とやっぱりあまり変わらないのだろう。

人は変わらない、きっと生まれたときからずっと。そう思った。

だからあの赤ちゃんの骨にもちゃんと、育っていくはずだったすばらしい情報が秘められていたのだろう。

みちるとつながれている義父と義母の手を頼もしく切なく眺めながら、私は街路樹を見上げた。枝の間に昼の月が光っていた。

うっすらとはかなげに、ふんわりと空の色に溶けていた。

私が生まれる前も死んだ後もきっと月はそこにある。

死んだ後にも会社があるというのよりも、そっちのほうがなんとなくほっとする。

きっと今日もいい日になる。みちるが生まれてから、たとえ悟が死んだあの日だって、悪い日が一日もない。生きていることが祝福と思わない日はない。

人がいるっていいなと思った。

つながりのない生き方はよくないよ、せめて私たちとはつながっていて、と義母はいつも私に言う。

自由なのはいい、うんといいことだ、でもだれともつながってない、いつ切れるかわからないようなつきあいばかりの人生はほんとうの自由というものではない。

ご両親が亡くなってひとりで生きてきたあなたには、ちょっとそういうところがある。ひとりで闇の中に消えていってしまいそうな、心もとなさがある。それはもしかしたら魅力につながっているのかもしれない、でも、そんな魅力ならもう捨ててしまいなさい、わずらわしくても、つながっていてちょうだい。

そんなふうにいつも義母は私に説教する。

それもちょっともうるさいなあとは思えない。

それを聞くといつも私は泣いてしまう。

ほんとうに信用できるリアクションをする大人に出会った。期待を裏切らない。こんな人はとても少ないが、こんな人がいるなら、自分もなんとかやっていけそうだ、そう思う。

一郎から小さな家族だけのパーティをやるから日曜日に遊びに来てというメールが来たのは、それからすぐのことだった。

神社だけどガーデンパーティだそうだよ、と言ったら、みちるは本気で喜んで義母と服を買いに行った。そしてシックでかわいいドレスを買ってもらっていた。

日曜日の午後は義父は山の会のトレーニングで留守だけれど、義母はあいているというのでみちるが強烈に誘い、三人で仲良く行くことになった。

あんなことのあった場所に娘を連れて再訪することになるなんて、思ってもみなかった。私はしみじみと自分の人生を思っていた。

第三章　大切なもの

小さい女の子が新しいドレスを買って、喜んで着ているようすを見るのは人生の喜びの中でもかなり上のほうだと思う。

女性の権利とか、装うことが媚(こび)だとか、そういう話にもたくさん耳を傾けてきたし、水商売が長かったから言っている側の気持ちも痛いほどわかる。

でも、とにかく理屈じゃなかった。

みちるがていねいに紙袋から服を取り出し、外側のビニール袋をそうっとはずして、ハンガーにかけてしばらく眺めてから、そっと自室に持っていって着替えて出てきたときの笑顔。

ほほは紅潮し、動きも軽やかになって、にこにこしていて。

女の子が新しい服を着たときのようすって、ほんとうに最高、女の子を産んでほんとうによかったなあ、と思わずにはいられない。

私の母は私がかわいい服を着る前の年齢で亡くなってしまったし、私も思春期はデニムばっかりはいていてちっともかわいいかっこうをしなかったけれど、レゴンダンスの子ども練習会に行くときに正装したりすると、母がきゃっきゃ言って喜んで写真をたくさん撮ってくれた気持ちが今になってやっとわかった。

「たけが短くない？」

みちるが言い、

「そんなことないよ、足が出てるところがかわいい。」

と私は携帯のカメラで写真を撮った。天国の悟に見えますように。

「ママ、うすいタイツ買ってくれる？　これに合うやつ。」

みちるは言い、

「いいよ。水玉がついてるようなかわいいのをね。あるいはストライプか。土曜日デパートに行こうか。」

私は言った。

「う、嬉しい〜！」

みちるは言った。

こんなに素直に育ってくれてありがたいなと思った。ふだんはわりとスポーティなかっこうが多いから、女の子っぽいかっこうはいやがるタイプかな、と思っていたら、どっちでも楽しめる子になってくれた。

みちるがピンクのロンパースなどのかわいい服を着ていると、悟が涙を流して喜んだ、そんな光景がみちるの魂にしみているのかもしれない。

「ほんとうにほんとうにかわいいね、みちるを産んでよかったよ。」

私は言った。

みちるはそんな言葉にも全然ひかずに、そうでしょ、そう思うでしょ、などと言っていた。

魔法がとけて普通の服になってからも、みちるはどことなくはしゃいだようすだった。

普通の毎日の中にガーデンパーティは小さな光をもたらしたのだった。

小さな幸せっていうのに全く、ひとかけらも興味がなかった私なのに、こんなに大きく変わるなんて、やっぱり生きてたほうがいい。

窓の外の大きな星空を見上げて、私は小さくつぶやいた。

悟の死ほどにただ残念なことには、残念だったと言うしかない。理屈や後悔が通用しないさっぱりした残念さだったし、本人もそう思っていたと思う。

残念なことって、あるんだね。

もし、自分にもそんなことが起きたら、どんなふうにふるまおうか、死のうか。

両親は事故死だったので、そんなことを考える余地がなかった。天候とか運とかそんな話がからんでしまうからだ。

着陸の失敗はよく聞くけれど、たいていけが人くらいで助かる。そのときは小さい空港にほぼセスナみたいな大きさの飛行機で着陸したのだから、しかたなかった。

彼らをねじふせた死の力は、飛行機が壊れた圧倒的なようすを見たら、もはや残念を超えて、妙な納得に私を誘った。こんなすごいことなら、どうやっても避けられなかったのではないかと思えた。

後から何回もそう考えたけれど、同時に、もし乗らないでいてくれたら今頃どうだっただろう、というのもよく考えた。

両親は歳をとったら日本に住んで、年に一回インドネシアに調査に行き、もう一回は他の場所を見つけられたら面白いとよく夜中に話していた。

蛇に嚙まれようが、マラリアになろうが、ヒルに吸われようが、サナダムシがわこうが、父など一度初期の胃がんになったりしていたが、そんなことがあろうが、ぴんぴんしていたのに。

あの大きな力の前にはあっけないものだった。

市田家から離れてバリに行ったとき、私の手は思いのほか回復しなかった。

日本を出るあたりまでは落ち着いていたのだが、ウブドに着いてから猛烈に腫れてじんじんと熱を持ちはじめ、体全体がいやな熱を持ちはじめた。

地元の病院で一度切開してもらい、ゲストハウスのおじさんとおばさんが両親の友だちだったバリアンさん、薬を処方したり体を治してくれるイダさんを呼んできてジャムウと呼ばれる漢方薬を処方してもらって、それをひたすらに飲んでは眠り、二週間以上寝込んでやっとなんとかなった。

熱に浮かされながら、変な夢をたくさん見た。

私は迷っていた。自分のしたことは気味悪い、恐ろしいことだったのではないだろうかという思いがなかなか出ていかなかった。

でも、何回同じ場面を想像しても、私の体はやっぱり同じように、生に向かって動いてしまうのだった。

大きな月や圧倒的な渓谷の景色を眺めながら、私はだんだんと立ち直っていった。

特に何をしていなくても、ただ自然の中に身をひたしているだけで、ある種の繊細さがなくなっていき、別の繊細さが育っていくのがわかった。

深い意味ではだれも私をおかしいとは思っていなかったし、私もおかしくはなかった。ただ、私を通して、みんなは現実の中にある裂け目を見てしまっただけだ。

たとえば道の脇で性器を露出しているおじさんや、通り魔や、交通事故の現場や、ものすごい傷跡や、そういうものを見ることは少ないけれど、確実にあるもの。そんなときにふと人間はこの世の幸福のもろさを肌で感じる。

そしてふっと目をそらしたくなる。

そういうことが起きただけなのだ、と思った。

自分は、まだ自分とさほど親しくなっていない人たちにあまりにも気を許しすぎた。恋愛関係にあった一郎はともかくとして、その家族まではまだ巻き込んではいけなかったんだ。もっとゆっくりと、悟や義父母との関係くらいに時間をかけすぎくらいにかけるべきだったのだ。

いや、これからかけようと思っていたのが、運命のいたずらで少しずれてしまって、私はすねていただけだったんだ。子どもみたいに、なんでだよって。だれもすねる相手がいなかったから、私のどんな姿も受け入れてくれるはずだった人たちを勝手に想定していじけていただけだった。

あんなインチキな奴(やつ)らに襲われたくらい、どうってことない。

そう思っていても、本物の手錠の感触は腕から抜けなかった。そのことが悔しかったんだ。

そうわかっても、私は一郎のところに戻る気持ちにどうしてもなれなかった。あれほど密な家族だったら、また同じことになってしまうだろうと思った。これはこれ、このさだめと受け入れて、別のことをしよう、若い私はそう思い切ってしまった。

相手の一度の失敗を、自分の早急な判断を、通したいという若さ故の傲慢(ごうまん)さで、私は一郎からすっかり離れてしまった。

そのくらい、完璧で潔癖な恋だったのだ。

一郎の実家は、昔とずいぶん違っていた。神社の手前と奥に土地が広がっていて、ちょっとした小さい公園のような憩いのスペースになっていた。

特に神社の鳥居をくぐる前にある庭がまるでそれ自体が植物園か庭園みたいに立派に成長していた。

一郎のお母さんがどれだけ苦労してそこを整えたのか考えると胸がいっぱいになった。

日本の植物が多かったけれど、日本庭園よりはどちらかというとイングリッシュガーデンのような植栽で、真ん中には小さな泉があり、噴水がわきでていた。よくあるロココ調の不思議な像などがあるわけではなく、とてもシンプルな噴水だった。

清々しく実にいい雰囲気だった。命があちこちでぷつぷつ音をたてているような空気、草の匂い、木の匂いの中で守られているような。義母もみちるも大きな木の下で楽しそうにおしゃべりしていた。

そんな平和な雰囲気だって、絶対的なものではない。

一度ずれると、ずれたことが日常に混じってしまうので、わからなくなる。ちょうど私たちが身元がわかっていることで安心して人の骨をいじくりまわしていたのと同じだ。

そんなことはあまり日常にないとわかっているのに、理解さえできていれば受け入れてしまう。

そんなふうにしてずれていって、ある日気がついたら人の助けがないと出られない場所まで来てしまっている、それは普通のことなのだ。

つるバラのアーチや藤棚、アロエやどくだみやローズマリーやディルなどの薬用と食用のハーブ類、サボテンや他の珍しい多肉植物、椿やびわやかりん、いろいろな国のいろいろな種類の植物が派手にではなくひっそりとそしてぎっしりと植わっていた。ハイビスカスはなかったが、ブーゲンビリアがいちばん陽あたりのいい壁に大きく這っている。そのとなりにはトケイソウもあった。そんな夏の植物たちはまだまだ勢いを増していく気配に満ちて花を咲かせていた。

一郎がにこにこしてやってきた。庭にとけているみたいに見えた。

ここにいるときの一郎は少し雰囲気が静かなんだな、と私は思った。

周りのトーンに合わせている。そういう人だ。

みちるのかわいい服をひとしきりほめたあとで、一郎は義母にあいさつをした。

「すてきな庭ね。ずいぶん変わった。」

私は言った。

来てしまえば意外になんていうことないな、と思いながら。

ここに来るのは自分にとってもっと大変なことかと思っていた。

一郎は言った。

「大学のときの友だちで有名な庭師さんの弟子になった奴がいて、その庭師さんにおふくろの希望を取り入れてむちゃくちゃ安く作ってもらったんだ。おふくろも土を運んだり、耕したり、植え替えたり、かなり力を入れていたよ。みんなで手伝ってさ。噴水の周りのモザイクはみんなで貼ったし、中にある花壇も作ったし、小さな畑もあるし。共通のやることがあると、人は元気になるね、やっぱり。明日はここまでやろうっていうふうに思うと何も考えないでいいって、みんな言う。」

「ああ、うちのお義母さんもよくそう言う。庭仕事の幸せはそこだって。」

私は言った。

義母が微笑んでうなずき言った。

「なにも考えずに体を動かせるし、結果も出るし。また、すぐ結果が出ないで忘れた頃にいつのまにかそのときやったことが実る感じがたまらないのよね。」

「僕はここを手伝ってはいるけど、な〜んにもやってないからね。弟はすごいんですよ。経営もしっかり手伝っていて。でも僕は、雑用と力仕事の便利屋だけ。だからけっこう庭にいる時間が多いです。おふくろは庭に思い入れがあったから、保ちたくて。」

一郎は言った。

「保たれているよ。」

私は言った。

「だれでも来ていいっていう、こういうところが街にはやっぱりないとね。でも、ここはほんとうに一時しのぎの場所だから。いくら戻ってきてもいいし、毎日遊びに来てもいいけど、住んだり、ずっといられるところではない。ほんとうに、お参りをかねてうちの家族のところに人が遊びに来るってだけのシステムだった。今はずいぶんと人が減っちゃったけどね。」

一郎は言った。

「でも、いいかげんにやってる分、ほんとうにいいかげんにうまく回ってた。おふくろがいたときは、いつでもみんなおふくろのとりあいみたいな感じだった。」

「私も、お母さんはほんとうにすてきな人だったと思うよ。忘れられないもん。気持ちが弱ると会いたくなる人だった。天使みたいな、あのふんわりとした笑顔を見ると、いやなことを忘れられた。」

私は言った。

「さやかもきっとすばらしいお母さんだよ。今どき、あんなふうに顔がぱっと明るい女の子をなかなか見ないもの。」

義母の手をひいて庭のはじっこを見に行ったみちるを眺めながら、一郎は言った。

「みちるねえ。」

私は言った。

「明るいのはとりえかもしれないなあ。赤ちゃんのときからずっと陽気だった。」

「きっとすごく愛されてるのがわかっているんだね。」

一郎は微笑んだ。

「みちるは、そういう意味では、ほんとうに恵まれていると思う。みんなにがっちり守られて、自分がいるということ、この世に自分がいていいということに疑問を持ったこともない。」

私は言った。

「それは、意外に稀なことだというのもわかっているの。特に今の世の中では。」

一郎はうなずいた。

一郎の後をついて、私たちは神社の本殿へと向かう小道を歩いていった。鳥の声が響き渡り、大きな木が何本も生えていた。

きれいに手入れされた小さな鳥居が見えていた。鳥居の向こうには階段があり、階段の上にはまた鳥居があった。上っていくと小さな本殿の屋根はぴかぴかに輝き、古びた床や柱は黒光りしていた。

「きれいにだいじに使ってるね。昔よりも深みが出たみたい。」

私は本殿を見ながら言った。

東京にいるのではないみたいな、心地のよい風が吹いていた。濃い緑の匂いに抱かれて、私は高原にいるような気分になっていた。

お参りをして階段を下り、昔はなかった庭の奥の敷地へと一郎は案内してくれた。そこには改築された社務所もあった。檜(ひのき)を使ったモダンで大きな建物になっていた。前は昭和の一軒家みたいな感じだったのに、と私は思った。

「それで、あの小さい石がおふくろのお墓。あそこを開けて、先週、例の、僕の双子の兄弟のお骨をおさめました。」

一郎は指さした。

一郎の指さしたほうを見ると、社務所の庭にあたる場所の片隅に小さくて白く丸い塚があった。

お墓と言うよりも塚だった。

そこには特になにも書かれていなかったが、小さい花の絵が彫ってあった。

「おふくろの描いた花なんだ。」

こんなふうにお墓といっしょに暮らしている人は今どき珍しい、と私は思った。こういうのってある意味では幸せなことなのかもしれない。

手を合わせて私は思った。

その骨からしみ出たわずかなカルシウムはハイビスカスの栄養になり、あのきれいなピンク色の一部になり、毎日私たちを微笑ませた。

花は毎日土の上に落ち、また土の養分になった。そんなふうに共にあったものだったのだ。

ここでもそうなりますように。たとえ石室の中にあり土には還らなくとも、ここで安らかにこの人たちと共にあってください。

私たちはお花を供えて、また手を合わせた。

一郎の生活はずいぶんと落ち着いているように見えた。

私を失い、大学を卒業して、実家の仕事を手伝って、ここに落ち着いて。

そうか、ある種の役割を心底受け入れると、こんなふうに落ち着くんだ、と思った。この中で彼がいっぱいに生きているような感じだ、と私は思った。

そして今また、彼の人生が変わろうとしている。私がどうとか言うのではなくて、お母さんを失い、私とのわだかまりがなくなり、兄弟の骨もお墓におさまり、流れが始まっているのがはたからも見て取れる。

一郎も、遠くまで行ってほしい、とみちるに思うのと同じように思った。

自分の人生がほんとうに始まる瞬間だから、気持ちよくはばたいてほしい、もう私のことを振り向かなくっていいから。

心からそう思った。まるで親のような気持ちだった。

お参りをして目を閉じているほんの短い時間に、私は悟のことを回想していた。

私が「その人の子どもを産む、人の親になる」という決心をしたときのことだった。

私はその夜、バーで悟の話を聞いて泣いて泣いて、私にできることならなんでもする、バリに行ってよく効くジャムウを処方してもらってくる、だから死なないで、私友だちが少ないんだから、と言った。

うそであってほしい、だって目の前にいる悟は屈強だし元気に見えたから。

でもよく見ると顔色は悪く、お酒を飲まずに炭酸水を飲んでいて、大好きなチーズにも手を出していなかった。なにかが彼の中で起きている、そのことが彼からはあまりわからなかったけれど、彼のジャケットをハンガーにかけようと持ったとき、ひしひしと伝わってきた。ものはいつでも私にそのままを教えてくれる。

ああ、この人の病気は重い、ほんとうなんだ、悟は病気なんだ。

愕然としながら私はそう思った。涙と混乱の向こうに見える真実をやっと認めた。

今、彼女がいない、でも子どもをどうしても残したい、協力してくれないか、と言われたとき、口ではいろいろ言ったけど、力になってやろうと私はすぐに決心した。それが自分の役割だと直感したのだ。

入籍とか同居の話を非現実的な気持ちで、まるで仕事のミーティングみたいな気持ちでつめているあいだ、私は何回も全部夢なんじゃないかと思った。

まず子どもを作る話をしていることも、悟が死に向かっていることも。

「わかった、とにかくやろう、今すぐ作りはじめないと。こんなことしてる場合じゃない。」

私はバーのスツールから立ち上がって言った。

「やる気まんまんだよ！」

悟は笑った。あの懐かしい笑顔で。

「順番がめちゃくちゃだ。」

悟は言った。

「順番がめちゃくちゃなのは悟だよ。」

私は泣きながら言った。

もういなくなっちゃうなんて、信じられなかった。

悟は言った。

「まず、しなくちゃいけないことは、お見合い結婚みたいなものだけれど、結婚することだ。結婚してください。」

そのあとにいつもなら当然続くはずのいろいろな冗談は続かなかった。そこに彼の品を感じた。

山の上でふたりきりなのがなんでさやかなんだ、だとか、土曜の夜にいっしょにいるのがさやかかよ、とか、いつも言ってくれたのに。

いつだってそう言ってくれたから、友だちでいられたのに。

私は泣きながら思っていた。

「いつでもいいよ。体の負担になるし時間がもったいないから式はやめよう。子どもができたら、すぐ入籍しよう。」

私は言った。

「でも、子どもはできないかもしれないから、できてからにしよう。」

「うちの両親はかなり話がわかる人たちだから、大丈夫と思う。」

悟は言った。

「それに今、とにかく俺の病気のことでしょげてるから、なにを言っても喜ぶと思う。さやかにご両親がまだおられたら別かもしれないけれど、そうでないからこそ怒る可能性はすごく低い。」

目の前の私のグラスにはスコッチウィスキーが丸い氷と共にきれいな色で輝いていた。たまにからんと音がするたび、そのきれいな響きにうっとりしながらも、私は全てを悪い夢だと思いたかった。

悟の目の前には炭酸水にライムと氷の入ったきれいなグラスがあって、そのはじけるような緑色は悟の命がまだここにあることを強く感じさせた。

バーテンダーたちは、私がおいおい泣いたりしている上に、私たちの話があまりにも深そうなのでそっとしておこうと思ったらしく、カウンターの反対側のお客さんと話していた。

そんな周囲の環境をおかまいなしに、私たちの結婚話は進んでいった。

「女っていうのはしょうがないね。」

私は言った。

「私、結婚したいなんてこれっぽっちも思ってなかった。ひとりで生きていくのが気楽だって。それに子どもを産むなんてあまり考えなかった。その上、悟はもう治らないっていう。それなのに、結婚しようって言われたらなんか嬉しかったよ。そういうところがあるんだね、やっぱり人類っていうものには。」

「そんな大きなところまで考えられない。」

悟は笑った。

「でも相手がさやかでよかったと思ってる。」

「私、今日からあなたとキスとかセックスとかすることになるの？　わあ、考えたことなかった。信じられない。」

私は言った。

「俺もまだ信じてない。自分が死ぬこともまだ。」

悟は言った。声が少し震えていた。

「希望は捨てないでいよう。」

私は言った。

「もしかしたら、治療がうまくいって何年も何年も生きられるかもしれないから。その間には恋をすることだってあるかもしれないよ。そうしたら私のことなんか追い出して好きな人と行けばいい。」

「そんなことはしない。するはずがない。」

悟は言った。

子どもを作ろうと思ってするセックスは、恋人としたり、だれかと知り合ってお互いを知るためにするセックスとまるで違う、ということを、私はその夜に知ることになった。

生き物としてするセックスは、楽しみのためにするセックスと違う。

もっと真剣で残酷でそして優しいものだった。

私たちは軽口も忘れて、新宿の立派なホテルの部屋でただただ交わった。

悟がこういう人だったとは知らなかったな、ということもたくさんあった。

ほんとうにまじめでいい人なんだな、ということと、男としてとにかくすてきな人だったんだな、ということが体で伝わってきたのだ。

私たちの体は磁石のようにひきつけあい、ぴったりくっついた。

一郎をのぞいてだが、よく体験していたどこかよそよそしいような、距離がある人とのセックスとはまるで違った。

子どもを作ろうという気持ちですることは真剣勝負なのだということがわかった。殺されるような、死ぬような迫力を秘めながら、とてつもなく守られているような……、そんな感じだった。

ものになっているようで、かつ女神のようにあがめられているような。

いっしょに寝て起きたら、朝の光の中、なんとなくすっぱいシーツの上で私たちはもう恋人というか夫婦としてある意味できあがっていた。

恥ずかしいからお互いにそうは言わなかったけれども。

残念ながらそのときは妊娠しなかったけれど、何回かそういう夜をくり返すうちに、私は妊娠した。

悟は男泣きに泣いた。

肩を震わせて、ありがとうと言った。

どういたしまして、と私は思った。

そんなふうに、変わった順番で人を男として好きになることはなかったし、この世にいる時間が短い人の最期のセックスなら、どうかよいものであってほしいと、そのために自分の体でよかったらどんどん使ってくれと思ったことも初めてだった。

そして、そんなふうに全てを明け渡したりあげたりしても、まだ自分というものが確固として残っているということを、私は知った。

こわがることはなにもなかったんだな、そう思った。

悟のことを思い出して心からくつろいだ、ほのぼのした気持ちになったのは初めてだったかもしれない。

　時がたったからなのか、神社の力か。

　インドネシアを思わせる、熱くてむっと空気がこもったうっそうとした緑の力なのか。

　みちるを得たことを含めて、あのできごとの全てが私を急激に成長させたのだと思った。暴力に暴力を返しておいて、逆ギレして逃げてしまった破壊的な若き日の私から、もう少しだけ人のことがわかる私に。

「とてもいいところになった、時間を忘れてしまう。」

　立ち上がって私は言った。

「そして、心の空間にゆとりができるというか、いろいろなことをゆっくりと思い出したり、整理したりするのにほんとうにぴったりの静けさね。私、遊びに来たわけじゃないのに。」

　昔ここで、ものを運んだり、お掃除したりしているとき、神様が近くにいるようだと感じたことを思い出した。

　静かで、私はひとりであっても、だれかがいっしょにいるような気がしたものだった。

　一郎は義母に向けて言った。

「ここは『1Q84』に出てきたようなすばらしい場所ではないです。あれほどの財源にも恵まれてないし、暗殺者もいないし、タマルさんみたいな強い用心棒もいない、ただの庭付きの小さい神社です。

ただ、ここに遊びに来るとなんとなくみんな、幸福とか幸運とか、そういうものの感触を思い出すんですよね。安らぎを思い出すならわかります。静かだし緑が多いし。でもみんな、ここでしばらく過ごしていると活気が出るって言うんだ。それって、なによりもだいじなことだと思う。神社ってそういう場所であってほしいから、昔、さびれていたときには機能していなかったそういうだいじなことが、僕たちが越してきてから機能するようになったのが嬉しいんです。」

「そうね、神社にいると瞑想しているみたいだし、ただお参りするだけで無心になれるしね。人にはそういう場所が必要なのかもね。だれかがいつもいて、体を動かせて、ちょっとした会話もできて、お金がかからなくて。あたりまえの場所だけど、ないとすごくその大切さがわかるかも。お父さまのお兄さんが跡を継がれて、ほんとうによかったわね。」

義母は言った。

当時の古い駆け込み寺みたいな感じから、今ではすっかり街の憩いの場になっていて、私はこのほうがいいな、とやっぱり思わずにはいられなかった。

なによりも空気が軽いし、子どもたちも走り回っているし、お参りに来るジョギングの人もたくさんいるし、ここはちょっとした句読点みたいにすっかり街に根を下ろしていた。

一郎のお母さんも、庭でまず人の心を和ませようとほんとうに無心でがんばったんだろうな、と思った。

そんなふうにみんなで作った空間は神聖な光が宿っていて、きっと神様も戻ってきただろうなと私は思った。

だれかが一方的に相談に乗る空間よりも、みんながちょっとずつ出し合っているほうが力が強いように思う。悟を亡くしてから、特にそう思うようになった。

悟を愛したいろんな人が足を運んではいろんな手助けをしてくれた。なんとなく人がいて、おしゃべりしたり黙ったり。そんなことをしているうちに流れた時間は、ちょうどよく発酵して、悲しみを取り込んでいった。野生動物のようにひとりで傷をなめる時間と、ただなんとなく人といる時間が交互にどちらもどうしても必要だったのが、新しい学びだった。

「ええ、ほんとうにそう思います。人にいちばん必要なのは、そういうものだと思う。活気とか、ちょっとした目標とか、未来が楽しみだと願う心とか。」

私は言った。

「社務所を見る？　ずいぶんと変わったけど。」

一郎は言った。

私の血で汚れたあの空間……、目の前がくらっとしたけれど、私はうなずいた。

義母が私の手をぎゅっと握り、何も知らないみちるは私の服のすそをいつものように握った。心強い現在が私にはある。そういう自信が私を平気で歩ませた。

社務所だったところは一回取り壊されたらしく、二階建ての立派な建物になっていた。

「一階がゲストルームと社務所で、二階におやじと弟の家と、おやじの兄貴夫婦の家があります。」

「不思議な作りね。」

義母が言った。

「一度みんな壊して建て替えたんです。」

一郎は言った。

「もう、全く当時の面影はないのね。」

私は言った。

社務所のとなりのゲストルームも社務所も全く覚えのないぴかぴかの空間で、私はほっとした。

ただ、ゲストルームのソファだけが昔と同じだった。

お互いに生き残ったね、とソファに言われたような気がした。

なにもかも夢だったような気がした。でもあのときの気持ちだけは残っていた。

あのときの、自分の内側から静かな強さが立ち上がってきて、この部屋の人たちをなにがなんでも救い出そうと思った気持ち。

若い私が闇雲（やみくも）に力を使って、まるで忍者みたいに速く動けた不思議。

時間が止まって見えた。人々の動きもみなゆっくりに見えて、やるべきことがすっとわかったようだった。

なので、私は手のことはやっぱり今でもそんなに気にしていなかったのだ。

交通事故にあったり、崖から落ちたり、犬に噛まれたり、バリではいろんなことを見てきた。

人生にはそういうことはありうると思っていた。

しかし平和風味に味つけられた日本では反響はもっと大きかった。まるで私が悪いことをしてしまったような、そんな気持ちになった。それがいちばん悲しかった。

いなくて当然だけど、よくやったと言ってくれる人はいなかった。そんな人が村にひとりくらいいてもいいのに、と当時の私は思っていた。

浅はかで、無配慮で、乱暴な行動をしたような、そんなふうに見られた気がした。

でもみんなすんだこと、こんなに時間がたったんだ。戻ろうって言ったって戻れないくらいに。

みちるのなにも知らない小さな手と手をつないでいたら、そう思えた。

この子になにかあったら、私、やっぱりためらいなくあのときと同じ動きをするな。人の頭を割らんばかりに殴ったりできると思う。すごくいやな感触だったし、できればしたくないことだけれど、そう思った。だから後悔しない、やっぱりしていないと。

「二階は住居でぐちゃぐちゃなので案内しないけど、社務所の庭にちょっとした会場を用意してあるからね。」

一郎はみちるにそう言った。

みちるは嬉しそうにうなずいた。

社務所の裏口から庭に抜けると、そこはそこで、大きないちょうの木の下にかわいいテーブルがあり白いクロスがかけられ、いろいろな飲み物が並んでいた。

「竹中(たけなか)さ〜ん。」

一郎は厨房に向かって声をかけた。

私がよく入り浸っていた厨房はすっかり様変わりしている様子だったが、場所は変わっていなかった。

白髪の上品なおばさんが厨房からやってきて、

「ようこそいらっしゃいました。簡単なオードブルとサンドイッチをご用意してますからね。」

と言った。

「もう説明したけれど、こちらは松崎さんご一家。うちの兄貴の骨を庭に預かってくれていた人たちで、美代(みよ)さん、さやかさん、みちるちゃん。

そしてさやかさんは昔、うちのおふくろの命を助けてくれた人。こちらの竹中さんは、おふくろのアシスタントをずっとやっていてくれた人です。」

一郎は言い、私は顔の前で違う、と小さく手を振った。

「ああ、この方が！」

竹中さんと呼ばれた人は目に涙をためて私をじっと見つめた。

「奥さまがよく言ってらした。あの人が助けてくれたから今の私があるって。すごく会いたがってらした。」

「生きておられるうちに、たずねてくるべきだったのです。あまりの不義理に顔を出す決心がつかず、お手紙でやりとりをしただけでした。ごめんなさい。お墓に手を合わせて、しっかりとあやまってきました。」

私は言った。

一郎のお母さんがほんとうにそう思っていたのだろうことは、よくわかった。

「いいんですのよ。だって、今こうしていらしてくださったじゃない。」

竹中さんは言った。

私がいなくなってからも、ちゃんと一郎のお母さんを手伝っていた人がいた、そのことが私をなによりも幸せにした。私のいなくなった大きな穴、深い傷をちゃんと埋めてくれたこの人の半生を思った。私は頭を下げて言った。

「ありがとうございます。」

庭で、スパークリングワインとオレンジジュースの乾杯をして、きれいな木を見上げながら私たちはのどかにサンドイッチと生ハムをつまんだ。

「立派なガーデンパーティじゃなくてごめんよ。しかもサンドイッチは俺と竹中さんの手作り。」

と一郎は恐縮して言ったが、みちるは外でピクニックができるだけで嬉しくてごきげんだった。

義母は歳の近い竹中さんとベンチに座って街のあれこれを話し込んでいたので、私とみちるはそのへんを散歩した。

午後の光は暑かったけれど、冷たく冷やされた飲み物がいっそうおいしく感じられた。

木陰が多かったので、光がレースのように踊っているのを、少し酔った目でただ眺めていた。

ここにもう一度来るなんて、思わなかったな、と思いながら。

「あの小屋、なに？　隠れ家？」

みちるが言った。

庭のはじっこに掘建て小屋としか言いようがない小さな木造の家があり、私は倉庫だと思っていたが、みちるはもっと興味がありそうだった。

「なんでわかるの、みちるちゃん。すごいね。あれ、俺の隠れ家。大人の男には隠れ家が必要なんだ、いつまでも実家になんているわけにはいかないんだぜ。」

一郎は言った。

「なに言ってんの、ほとんど実家じゃん、ここじゃ。でも入りたい、入りたい。」

みちるは言った。ドレスのすそをひらひらさせながら。

一郎は小屋の前に行って、ポケットから出した鍵でドアを開けた。

「ここが、俺んちなの。かっこいいでしょ。」

私とみちるはのこのことついていった。

木でできた子どもみたいなサイズのベッドと、大きな机。

シャワーとトイレのありそうな小さなドア。

ソファと観葉植物。小さなキッチンとコーヒーメーカー。

あとは天井までの本棚にぎっしりの本。

ただそれだけの小屋だった。

私は昔自分が遊びに行っていた、改築前の社務所内にあった一郎の小さな部屋を思い出した。場所は違うけれどだいたい雰囲気はこんなふうだったなと思った。もう一度若くなって、みちるほどではなくていいから若くなって、この部屋で過ごしたい、そう思った。

「かわいい家、すごく気に入った。いいなあ、こんなところに住みたいな。」

みちるは言って、ベッドに転がった。

「ご家族があっちにいるのに、ここにいるの？　変な人ね。」

私は言った。

「距離を置いていたかったんだよ。一家で神社にどっぷりというのも、どうかと思って。」

そんな一郎の子どもっぽい様子も生々しく懐かしかった。

どうも自分でこつこつ床板など貼ったみたいで、あちこちがでこぼこしているし、台所のタイルは曲がっていた。それに壁に隙間があってうっすら外が見えたりしていた。

「夏は暑くて冬は寒そうね。」

私は言った。

「その通りなんだよ。今日なんかまだいいけど。ただ、小さいのにむりやりにクーラーをつけてるから、効きは意外にいいんだよね。」

当時、ここは一郎の部屋ではなくほんとうにボロボロの倉庫だったことを思い出した。

昔、一郎の超小さいほとんどベッドだけの部屋の窓から見えた。

私は社務所の二階の市田家にしょっちゅうあがりこみ、一郎のベッドでいつも密着して抱き合って過ごした。抱き合いながら本を読んだり、しゃべったり、黙ったり、ＤＶＤで映画を観たり、なんでもかんでもベッドの上だった。ふたりで小さな船に乗っているみたいに。

男に飢えているわけではなく、ただあの肉欲を懐かしく思った。若き日の欲望はもう戻ってこない。

一見同じふたりだけれど、あの磁石みたいな力はもうどこにもない。

長い間ひとりでいた私には、各国にいろんな知人がいる。中にはたずねていけばいつでもやれる、そういう人だってもちろんいる。

泊めてくれるけど、そういうこともお互いフリーな状態だったらありだよ、という関係のまま、もう十何年も会っていない人もいる。お互いがフリーじゃなかったら、普通に友だちとして時間を過ごせる、そんな隙間のある関係の人たち。

そんな人がいるというだけで、別にいいやという感じになる。まだ悟の死のショックだって体の芯に残っていた。なにかがもぎとられたような感覚が消えない。

だからこの切なさは、一郎のベッドにこのままもぐりこんでしまいたいような気持ちは、名残とか、気配とかそんなものであって、直接的なものじゃない。体がそう言っていた。

「ここだって緑あふれ神がいる楽園じゃないからねえ。」

一郎は言った。

「ありとあらゆるいやな話が毎日普通にどんどん押し寄せてくる。まあ、それが人生なんだからしかたない。せめてものいいところは、ここは防波堤なのに全然がっちりしてないってことだ。ざるみたいなもので、あるいはスポンジみたいなもので、ここに来られるならどうぞ、あ、これもこれも使っていいですよ、でも自分でやってくださいね。みたいな感じ。」

「だからうまく流れていったのかもね。」

私は言った。

「あのまま、おふくろが無邪気にいろんな困った人を泊めていたらと思うとぞっとする。人の相談に乗るのは悪いことじゃない。でも、ある程度線をひけるタイプでないとむつかしい。おふくろの優しさは、作為がない分、いくらでも危険になりえた。俺たちもよくそう言ったんだけれど、聞かなかった。さやかがいなかったら、ここはこんなに緑があふれる場所じゃなかったと思う。困った人があふれる地獄みたいなどろどろがある場所だっただろう。」

一郎は言った。

「ありがとう、感謝してるんだ。」

「そんなことないよ。お母さんはきっと気づいたと思うよ。場所がだいじで、人がだいじなんじゃないってこと。

私は、毎朝お供え物をする文化の中で育ったから。あんなにブラックマジックに満ちた島でも、お供え物をして、聖なるものに捧げるダンスがあって、場所の力もみんな借りて、やっとうまくバランスが取れているんだから。

公に『だれでも泊まれる場所があるみたい』なんて宣伝してしまったら、警備員とかスポンサーとか、別方向のもっとたいへんな話になって、鳥居も緑も本殿もしょげてしまったんじゃないかなあ？」

私は言った。

「やっぱりね、一郎のお兄さんが亡くなったことで、そのとき人に助けられたことで、極端に人を助けたいって、お母さんは思われたんじゃないかなあ。

でもそのとき助けてくれたのは、きっと訓練をつんだプロの人たちで、そうなるより前にお母さんがそれを公にやろうとしたら、やっぱり危険だったんだと思う。ねえ、お母さんの人生の最後のほうは幸せだったの？」

私は言った。

「うん、穏やかだったよ。よく相談には乗っていたけど、知らない人をむやみに泊めることもなかったし、庭を手入れして、小さい今日みたいなパーティや炊き出しもやっていたけど、ちゃんと日にちを決めて人を招いていたし、神社ありきの人間関係になっていたから。そう言えば。」

一郎は言った。

「あれから、借りてきて観たよ『バスケットケース』。」

「あちゃあ。」

私は言った。

「もう、大爆笑したよ。みちるちゃんはセンスがいいな。確かに俺、いつもあんなふうに双子の兄貴を亡くしたことを引きずって生きてたかも。

だいたいおふくろがいつもそう口にしていたしね。弟は能天気に育ったからいいけど、俺はやっぱり兄貴のこと考えるとちょっと厳粛になった。今でも、もし兄貴がいたらどうなんだろう？　とかよく思うからねえ。さやかにはこの話をしたことがなかったけれど。」

一郎は笑いながら言った。

「なんか骨だけの兄貴っていうのが、ちょうどあの映画を思わせたんだよね。」

みちるはオレンジジュースを飲みながら笑っていた。

「あれを観てそう思える人もこの世に少ないよね。」

私は言った。

明日にでも、今日の夜中にでも遊びに来て、この窓からひょいと顔を出して、ねえ一郎、入ってもいい？　と言って、窓から入れそうな気がした。そして若かったあの日のようにただ抱き合ったりお茶を飲んだり、星を見に行ったり、深夜のカフェでナポリタンを食べたり、ワインを飲んだり、そんなことが今にもまた始められそうだった。

でも違う。

私たちはもう、そんなことをしてただ満たされ楽しいっていう年齢ではなかった。

全てが変わっていることに私は安堵(あんど)のため息をついた。

窓から見える庭は変わらず緑に包まれ、人々は思い思いに過ごしていた。まるで普通の公園みたいに。

一郎のお父さんが通りかかるのを見て、私は少しだけ体が固くなるのを感じた。今は会わなくてもいいかな……そう思った。でも、一郎のお父さんは私を見つけ、笑顔で大きく手を振って、そのあと手招きをした。

ああ、もうほんとうに全てが過ぎ去ったことなんだ。

私はしみじみと、またそう思った。ひとつひとつ、確認する感じで。

一郎の部屋から自分の娘といっしょにこの神社の庭を見るなんて、そんな日が来るなんて。

私は立ち上がり小屋を後にして、一郎のお父さんにあいさつをしに行った。

ひとつひとつ、重荷を降ろしている気分だった。

私はみちるの親でも松崎家の義理の娘でもなく、ただのひとりの女性としてそこにいた。

その全てが懐かしくて悲しいような感じだった。

もう時間は戻ってこない、いろいろなことを後にしてきてしまったんだな、そんな感覚だった。

悟を看取(みと)り、みちるを育てて突っ走り、隙間のない毎日を送ってきた。

一郎のことを思い出すこともなくなっていたし、あの事件の曖昧にかすむ記憶もほとんどなくなっていた。

自分がたまらなくひとりだと感じることはすっかり少なくなっていた。しかし、それが人の営みの自然な形だと思う。群れになって寄り集まって助け合って生きていくのが。

あの頃の一匹狼（いっぴきおおかみ）みたいな私はきっといろんな意味でずれていたに違いない。でも、もっと恐ろしいことが起きる前に、いや、起きなかったのかもしれないけれど一郎のお母さんを救う手助けが少しでもできてよかった。

この場所に来たら、一郎のお母さんの不在だけを強く感じた。

まだ彼女の気配があった。だれもがまだ彼女を悼んでいる、懐かしく、そして今心細く思っている、そのことがこの空間には満ちていた。息苦しいくらいに。

きっとここには一郎のお母さんを慕って単に出たり入ったりしている人や、出たけれどうまくいかないことがあってまたここを頼ってきた人や、それで引け目を感じたり投げ出したくなっている人ももちろんいただろう。

常にそういう人たちが人生のすぐそばに大勢いるという生活を一郎は送ってきたんだな、と思った。

他人に好かれすぎるお母さんというのも、それはそれで問題だろう。

確かにこの場所は世間の縮図であって、安心できる楽園ではないのだ。

「どうした？　ぼんやりして。うちのおやじもすっかり老けたでしょう。」

一郎は言った。

「うちの両親もね……。」

私はふと思い出した。

「見た目がわかりやすいので、そして子どもが好きだったので、よく人類学者夫婦みたいな感じでTVに出てた。子どもに教える番組だったり、子どもも観るクイズ番組だったり。そしてよく同業者に陰口を言われていた。

ちょっとした集まりで、よその家の子どもが『おまえのうちって、ほんぎょういがいで食べてるんだってな』と言ってきたり、あからさまにいじわるをされて母が家に帰ってから怒ってバッグを床に叩きつけたり、ブラックマジックをかけられてバリアンさんにといてもらったり、してた。私はいつも、どうして人はそんなふうなんだろうと思っていて、その気持ちは今も変わってない。」

一郎は微笑んだ。

「ああ、そうだね。そういうところから抜けられないのも人っていうものなんだね。だから、俺はこの仕事の中でも向いてるしたいことだけをするんだ。おやじは土日しか関わってないし、弟はやがてもっと関わるだろうけれど、それは神様ごとに限られてるし、俺は今のところ雑用だけだし。

だれかにこうしてあげなきゃと思ったり義務感だったら、続けられない。場所を整えることだけが、俺たちにできること。

それでもこの中で子どもたちがきゃっきゃと遊んでいるのを見るのはかなりいいもんだよ。この中にはいつも俺たちの家族がいてちゃんと見ているから、安全な場所だって彼らも彼らの親もわかっているから、みんな楽しそうに走り回ってる。そんな場所を作るだけでいいんだって、おふくろもしまいにはほんとうに悟ったんだ。俺たちのあとにあのうちに住んだのが、松崎さんたちでほんとうによかった。」

一郎は言った。

「あなたたちみたいな人たちが街の中にひそんでいることは、希望。」

「そうかなあ。でも、時間をかけて仲良くなったというのもあるし、なんといっても松崎さんたちはみな山登りで自然と命のやりとりをしていたから、なれあわなかったのが大きいかもしれない。」

私は言った。

「チームの構成員がみなそれぞれすごいから、問題の解決能力は人より優れているし、すてきなチームだけれど、別になにごともないわけではないから。やっぱりひとつのつらいことをみんなで乗り越えると人って絆が強くなるし、大きくなるね。」

「うちも同じ。」

一郎は言った。

「こういう場所にいると、悲しい考えぐせに多く触れる。でもそれほど俺を鍛えることはない。その人たちにとってはむりもないと思うし、他人の考えは変えられないから、とがめる気は全くないけど。どう考えたら淋しくないのか、うまくいくのか、それが、残念な人たちを見てると逆にすごくよくわかるようになる。

でも、たまに、最もとんでもないことを抱えた人たちの中に宝石みたいなすごい人がいる。それが俺の心をはげまし、目を覚まさせる。松崎さんたちは、そういう人たち。さやかがそこにたどりついたことが、どんなに俺を幸せにしたか。

うそじゃないよ。このあいだは嬉しい反面、正直に言うとちょっと淋しい気持ちにもなった。なんで俺たちといないで、その人たちといるんだ、って思った。今はもう嫉妬もしてない。

とにかくよかったと思う。どこでどうしているのかずっと気にしていたのを気にしなくなったことがどんなに楽なことか。」

「ありがとう。」

私は言った。

みちるが赤いほほで走ってきて言った。

「ハムのおかわりが出たよ!」

空は高く空気がきれいで、ものごとが収まるところに収まったとき特有の安堵感が私にまで伝わってきた。

これでここの土とうちのハイビスカスも親戚になったような気がした。

うちで起きたいろいろなできごとが、ここにすっかり収まって供養してもらえたような。

ふと見ると、義母が泣いていた。

ハンカチで涙をおさえることもせず、涙を流していた。

「お義母さん、どうしたの？」

私はみちるみたいに無邪気にたずね、義母の手を取った。

「ずっと幸せだったなあ、と思って。」

義母は言った。意外な言葉だった。

私は少しびっくりして義母の顔を見つめた。

「私たちがあそこに住んでいる時間を、あの骨は見ていたんだよね。そう思ったら、ずっと楽しくて幸せで、悟だって死んじゃったけど最後まで不幸じゃなくて。そりゃあ、悲しいことはたくさんあったよ。だれにだってあるよ。でも、もしもあのハイビスカスの陰から見ていたら、そんな私たちだってずっと幸せに見えただろうなあと思うよ。」

義母は続けた。

義母の刺繍が入ったぞうりと地味な色の帯と足袋を私は見つめた。短く揃えられたきれいな襟足も見た。この小さな体で、テニスをし、山に登り、昭和を生き抜いてきたんだなあ、と思った。私がいいかげんにふらふらしている間に、確かに時代を歩んできた人の姿だった。

「最高だったのは、さやかさんががにまたで病院から帰ってきた日。みちるを連れて。悟はまだ車を運転していたし、赤ちゃんを籠に入れてそっと抱いてきたよね。」

「なにせまたをけっこう縫いましたからね……。」

私は照れ笑いをした。

子どもを産んで、がにまたで義理の両親の家に戻ってくる……昔の私だったらそんなださいことはありえないねと言っただろうに。

その日は私も最高に幸せだった。義母特製のわかめスープを飲んで、赤ちゃんにお乳をあげて。生まれたての赤ちゃんからは四方八方にまるでビームみたいに真っ白い幸せの光が放たれていた。こんなに光るもの見たことがない、と私は思っていた。

あんなにも奪い取るだけのはずの生き物なのに、時間も場所も乳も。なのに、なんで赤ん坊というのは、ひたすらに与えるだけの存在なのだろう。

帰り際に私たちはもう一度塚に手を合わせた。そうせずにはいられなかった。私は、手を合わせるみちるの姿を心に焼きつけた。

このところの変なできごとが一応の終わりを告げた。私たち家族にいろいろなことを思い出させてくれたすてきなできごとだった。


一郎の弟やおじさんもやがて帰ってきた。私はけっこう仲がよかった彼の弟と抱き合って感動の再会を果たした。おじさんには当時あまりちゃんと接していなかったのだが、懐かしいと言ってくれたし、全てをわかった上で神職らしい堂々とした温かい雰囲気で接してくれた。

会は思ったよりも長引いたし、居心地も悪くなかった。私はあのときのとんちんかんで幼いさやかとしてではなく、松崎さんの家のお嫁さんとして笑顔でいることができた。

じゃあまた、とみなと握手を交わし、市田家の神社を後にしたのは夕方だった。

夏の夕暮れが神社の建物を美しいシルエットにしていった。

あいかわらず不思議な場所だったなあ……と私は思った。すでに夢だったように思えた。心の中で何度もたずねた場所に実際に行くのはすごく不思議なことだ。

泣きながら、あるいは震えながら、許しをこいながら、あるいは自分はなにも悪いことしてなかったのに、なんでこんなことになったのと責めながら。

あるいは意外に陽気な笑顔で、頭の中だけでそこをたずねた。

記憶の中の一郎と微笑み合ったり抱き合ったり、よりを戻したり永久に決別したり、当時は眠れない夜の果てにいろんな夢を見た。

今日のことも、その夢の中のひとつに過ぎなかったような、そんな気がした。

街に出てみると、急に音が戻ってきたようだった。

木の中はそれだけ静かなのだ。

街の音がいっせいに私たちを取り巻いた。人々はざわめき、車はうるさく行き交い、街路樹はその中にしんと佇んでいた。夕暮れのこもった空気が街を包んでいた。

初めてのガーデンパーティに大満足のみちると義母と三人で駅前でお茶をすることにした。

テラスのある昔からのお店で、みちるは洋風あんみつみたいなものを注文した。

「あんこもクリームも！　最近はすごいんだねえ。」

義母は笑った。

三人で外でお茶をすることがあまりないので、ほろ酔いの頭にその雰囲気は新鮮に感じられた。

店はがらがらで、店員さんたちもリラックスしていた。テラスには少し遅い午後のゆるんだ暖かい光が降り注いでいた。

大通りもあまり人がいなくて、まるで旅先のようなのんびりした雰囲気だった。

「やっぱり、一郎さんはさやかさんにまだ未練があると思う。」

義母は言った。

「男女としての気持ちはないと思いますよ。」

私は言った。

「ないと思いますよ。」

みちるも言った。

私は言った。

「そうだよねえ……。」

義母は言った。

「あの人生、あれじゃあ、島流しだよねえ。でも、バランスっていうのに関しては、外の世界だっていっしょじゃない？　多少気がまぎれることが多いだけで。」

「それもそうですねえ。」

確かにそうだと私は思った。そして言った。

「でも、お義母さん、神社にお世話にならざるをえない人たちと、私のあいだにはそんなに差がないと心から思うんです。私だって、つきあう相手ややっている仕事が少しずれたら、いつああなるかわからなかったわけですし、たとえばみちるを連れて結婚したとして、相手の男性がいつ暴力をふるう人に変わるか、それは社会や仕事など、私たちを取り巻く状況次第でいつどうなるかほんとうにわからないでしょ？　それでもね、なにか、ひとつ薄い膜だけれど、膜のようなものがあって、私はなかなかあそこに世話になる状況にはなりにくいと……ならないとは決して思いませんので、そう言いますけど、なりにくいと思うんですよね。」

「やっぱりあなたは鼻がきくんじゃないかな。」

義母があっさり言った。

「そんな、そんなひとことで。」

私はぷっと吹き出して、言った。

「そうとしか言いようがないよ。危険な匂いがしたら撤退する、そういう勘があるってこと。それはけっこうだいじだよ。」

義母は言った。

「それを言ったら、この件はもう撤退間近ですよ。見れば見るほどあの場所はすばらしいけど、私はああいうことを手伝うタイプじゃないですからね。」

私は言った。

「それに私、まだまだ悲しくて人を好きになったりしないです。」

「そう言ってくれると本音は嬉しいけれどね。想像するとほんとうに淋しくなる。一郎さんとあなたがまた仲良くなって、結婚して、みちるもあなたもあっちに住んじゃったりしたら、どんなに淋しいだろうって思って、目の前が暗くなった。

あとさ、言っちゃ悪いけど、あのご家族は、今はもうすっかり変わられたのかもしれないけれど、当時あなたの行動を評価しなかったんでしょう？　それって、なんていうか建前っていうか、きれいごとっていうか……さやかさんが苦労したらいやだなって思う。そんなことはないってわかっているけど、ちょっと悔しく思った。」

義母は言った。

「でも、それでもいいってやっぱり思う。自由に生きてほしいから。悟の分までね。」

「はい。それはないですけどね。私、もう結婚とかそういうのはいいです。シンプルでない行動はしたくありません。恋愛はするかもしれないけど……それを人生の設計に結びつけるくせは私にはないんです。相手が望んでも、少なくともみちるが成人するまでは、ありえないでしょう。もし不治の病で子どもがほしいからって言われたって次は断りますよ。あれは悟さんだったからだし、あんなすてきで悲しいこと、人生に一度でも多すぎるくらいです。でも、お義母さんは？」

私は言った。

「ほんとうはもう海辺で暮らしたいとか、もっと山の近くに住みたいとか、あるのではないですか？　自然が好きなおふたりだから、私たちのためにここにいてくれてるのかなっていつも少しだけ申し訳なく思っています。」

「みちる、おばあちゃんとずっといっしょにいたい。ママが一郎さんとよりを戻しても、あそこに住みたい。なんならママだけあっちに行って。私遊びに行くから。」

みちるは言った。

「ふたりとも勝手に私を神社の中の汚い小屋に住ませないで。」

私は笑った。

いなくなってほしくないがゆえの突き放しだとわかっていたから、笑顔になれた。みちるは続けた。

「なんで人は死ぬの？　ずっといっしょの時間を生きて、いちにのさんでいっしょに天国にいくわけにはどうしていかないの？　どうしても死ななくちゃいけないなら、私はおばあちゃんと少しでも長くずっといっしょに暮らしたい。」

それを聞いて、義母は涙を流した。

「今日は涙もろいなあ、私。おばあちゃんだって、みちるとずっと暮らしたいし、みちるがどうなっていくか見たいよ。お姉さんになって、だれかと結婚するところまで生きていたい。」

その会話を聞いていて、私の中にあったどこかに行きたい気持ちや、引っ越してのびのび暮らしたいような気持ち、なにかを限定されたくない気持ちの最後のひとかけらがくだけちった気がした。

一郎とはまた会うだろうと思う。

でも、私だってあの家に少しでも長くいたい。切に思った。

「私も、いつまでだって今の暮らしができます。一郎に限らず、もし恋人ができても、外で会います。そんなのへっちゃらです。私は、だれかと結婚して子どもがもっとほしいって、はなっから全然思ってないんです。みちるが成人するまでは、私、全然このままでいいです。ただ、ほとんど居候なのでそこだけは気がひけますが。」

私は言った。

「いいのよ、家賃は慰謝料の代わり。今はねえ、こうしておじいちゃんもおばあちゃんもモテモテだけれど。湘南のほうでもいつでもおいでって言ってくれているしね。でも動けなくなったらまた話は別だよね。」

　義母は言った。

「おばあちゃんの年齢は、もうそろそろ、少しずつ後始末していく年齢なのよ。」

「それは、そのつどいっしょに考えましょう。私も手伝いますし、お手伝いさんやヘルパーさんだって、そのつどいっしょに考えたらなにかいい考えがわいてくると思います。」

　私は言った。

「いっしょに暮らしていると、どんどん絆が強くなっていくね。」

　義母は言った。

「いいか、別にだれでもなくっても。息子がいないのに息子の嫁なんて思わなくっても。仲のいいお友だちで、その上自分の孫のママだって思えばいいか。」

「私もそれがいいです。」

　私は言った。

「はじめからイレギュラーな関係なんだから、ずっとそれでいいんだと思います。夏休みはバリに行ってきますけど、必ず、帰ってきますから。だから、決していなくなったりしないでくださいね。」

昨日の夜、とてもとても悲しい夢を見た。

私とみちるはバリに行って、たくさんおみやげを抱えて帰ってくる。

子どもの頃の私みたいに日に焼けて真っ黒くなったみちるも帰宅が嬉しくてはしゃいでいる。

久しぶりに会うから話したいこともいっぱいある。

ふたりともわくわくして義父母の家のドアチャイムを鳴らしても、だれも出てこなかった。

家の中がしんとしている。

おかしいね、たいてい午前中はいるはずなのに、それに帰る時間を知らせたのにね、と私たちは首をかしげる。

おみやげだけでも置いていこうか？　そう言って、私は合鍵を使って下の部屋のドアを開ける。

ふだんそんなことはしない（たまに雨が降ってきたからいるなら洗濯物取り込んでおいてと電話がかかってきたりして、使用するだけ）し、合鍵は引き出しにしまってあるのだけれど、そこは夢の中らしく、私はなんのためらいもなくさくさくと鍵を取り出して開けていた。

ドアを開けると、そこにはもう何もなかった。

いくつかの大きな家具があるだけで、部屋は引っ越しの後、全てががらんとしていた。

やかんも、義父がいつも座っているロッキングチェアも、観葉植物も、なにもない。電気もついていなかった。

みちるが泣き出した。

私はおろおろして家にあがり、机の上に置いてあるものを見る。

土地の権利書と「おかえり。さやかさんには幸せになってほしいから、今すぐ湘南に越します。この家によかったらずっと住んでください。」

と義母の字で書いてある。

「おじいちゃんとおばあちゃん、私たちの人生の足手まといになると思って、私たちがいないあいだに越しちゃったんだ！　もういないんだ。」

とみちるがおいおい泣いている。

私は夢の中でみちるを抱きしめて、ほんとうに真っ暗な気持ちになった。

義母の字は、いつだって優しい情報だけを伝えるためにあった。

「炊き込みごはん炊きすぎたからあげるね」とか、「来週のみちるの父兄参観私が行きます」とか、「角のスーパーでこわいくらい安く産直野菜売ってたよ」とか、そういう楽しくて優しいこと。こんな悲しい知らせが書かれているなんて、いやだいやだ！

そう子どもみたいに泣いているところで、目が覚めた。

ほんとうに悲しい夢だった。

私の胸は切実にしくしくと痛んでいた。

「なに言ってんの。待ってるって。おじいちゃんといっしょに。」

義母は笑った。

あれは夢だ、ほんとうになるわけじゃない。そう思って、自分の今の幸せさにまた愕然とした。なんでこんなにいい場所にいるんだろう。小さい子どもと手をつないで、明日がある暮らしをしてる。急にいなくなったり、あてがなかったりしないんだ。

それでもあの夢を見たときの生々しい淋しさは、現実にもしもそれが起きたときよりもひどいのではないかと思わずにはいられないくらいのきつさだった。

私は何回も言った。

「お願いですよ、絶対に、いなくならないでください。私、家もいりませんし、お金もいりません。おふたりが引っ越すのもそうしたければじゃましません。でも、黙っていなくなるのはいやです。それだけはやめてくださいね。」

「そんなことしないって、おかしな子ねえ。だいたいだれが家をやるって言ったよ。」

義母は笑った。

ほんとうのお母さんみたいにそう言った。私は泣き出してしまった。ばかみたいに。

義母は私を抱きしめた。

「あなたはただでさえご両親に置いて行かれちゃって、私も息子に置いて行かれちゃって、この世のはじっこで置いて行かれたもの同士で親子になったんだから、もう大丈夫よ。この世を去るまでまだまだ家族でいられるから。

たとえどこにいてもね。さやかさんこそ、みちるといっしょにバリに永住しますなんて言い出さないでよ。まあ、言い出してもいいんだけれど、とにかくいったんは必ず帰ってきてね。

ウブドですてきな絵も買ってきてね。鳥と森の絵みたいなのを。それを私は玄関に飾るんだから。うちには珍しいことなのよ、絵を飾るなんて。そんな夢を楽しく見てるくらいなんだから、いなくなるはずがない。」

私の涙はどうしても止まらなかった。

私が親に言ってほしかった言葉を、義母が全部言ってくれたからだ。

悟が死んで、この人たちには泣くところをたくさん見せた。恥ずかしくなかった。

長い間、だれの前でも泣けなかったというのに。親が死んでもあまり人前では泣かなかったのに。

甘くなって、つまらない人間になってはいないか、長年つちかったシャープなものを失ってはいないか？　と私は思う。

しかし、そんなことはなかった。失いたくないものを得てから、私のうすっぺらだった強さはほんとうの底力に変わった。そう思った。

　みちるが私を見て、

「どうした？　姑にいじめられた？」

と笑った。

「そんなことあるわけないじゃない。優しくされて泣いちゃったんだよ。」

　私は言った。

「ママはほんとうに泣き虫な人だね。」

　みちるはさらっと言った。

「昔は泣かないことで有名だったんだけどね。」

　私は言った。

「ありえない、ありえない。」

　みちるは首を振って言った。

　自分が泣き虫な人間として子どもの心に刻み込まれていることを嬉しく思った。

　そうそう、みちるが生まれてからの私は、昔と違うんだ、そう言いたかった。

「さやかさんは大丈夫。」

　義母は言った。

「あなたは泣き虫でも、みちるを泣かせることは一個もしない。そこがすごい。悟はよくあなたを見つけてきたわね。私は親だからわかるんだけど、きっと悟はさいしょっからあなたのこと好きだったのよ。」

「まさかあ。」

私は言った。

「だって、あの遭難しかけたときはふたりだったからまあ別として、いつだって現地の友だち交えて登山してましたし。たいてい最後はふたりだけで帰国しましたけど、これっぽっちも、なんにもありませんでしたよ。」

「それはあなたのほうがなんでもなかったからでしょ。」

義母は大笑いした。

「気づかなかったんだよ。」

「そんなあ、私そこまで人の気持ちがわからない人間でしょうか？　だから賊に突撃してスーパーKYとして街のうわさになったりしたんでしょうか？」

私は言った。

「ものの気持ちはえらくわかるのにねえ。」

義母はあきれたような顔でそう言った。

「ほんとうかなあ、私、そこまで鈍かったかなあ。」

私は言った。

「悟が上手に隠したんじゃない？」

義母は笑った。

「あの子は、好きでないものを好きと思ったり、子どもがほしいから友だちだけど子ども作ってとか言えるタイプじゃないよ。どう考えたって。」

「そう言えば、そうかも。」

私は言った。

「もうすぐ死んじゃうけど、やりのこしたこととして、君が好きで好きでしかたないから、結婚してくれっていうふうに悟には言えなかったんじゃないかな。生きて残ったさやかさんの負担になるから。」

義母は言った。

「ばかだねえ。」

「いやいや、もしそうだとしたら、私がばかなんですよ。」

私は言った。

「時差のある恋愛をしてしまいました。」

「悟はきっと、さやかさんのそういう鈍いところがすっごく好きだったんだと思うよ。」

すっごく、と言う言い方はみちるから義母に移ったものだった。

いいなあ、こういうのって、と私は思った。

いなかった人がこの世に現れて、おばあちゃんの言葉づかいを若くしているなんて。

「だからね、私は別にたきつけてるんじゃないの。行きたいところに行きなさい。そしてしたいことをしなさい。遠慮なんかなんにもいらない。そしてみちるといっしょにしょっちゅう会いに来て。それでいい。それが悟のいちばんの望みだと思う。あなたがどこまでも自分の道を歩むことが、その中に私たちもいるっていうことが。」

義母は言った。

「若くして死んじゃったのに、夢は一個だけ叶ったんですね。」

私は言った。

「だったら、ひとつでも力になれてほんとうによかったんだ。」

「さやかさんねえ、普通はまずそれほど好きでない男の子どもなんて産んでくれないよ。それから、その人が亡くなったあとにいっしょに住んでくれたりもしないし、こんなふうに楽しい関係ではいられないよ。

私だってマリアさまでもマザーテレサでもないんだからさあ。あなたがいやな人だったら、そして私たちを嫌ったら一発でおしまいでしょ、そこで孫ともちょっと遠くなるわけだから、こんな楽しい時間が来るとは思わなかったよ。

あなたの鷹揚(おうよう)さは神様の贈り物だよ。普通人はこうなりたいとかこうしたいとか、はっきりしたことがあるんだって。それに合わないことはしたがらない。でも、あなたはすごく鷹揚だから、どんどん流れていっちゃう。でもちゃんといいほうにいいほうに飲み込んで進んでいくんだよね。ご両親がどんなにあなたをかわいがったか、わかる気がする。」

義母は言った。

どこでも今ひとつ冴えなくてできることもなかった私にそんなことを言ってくれる大人が初めてできて、私はただ嬉しかった。

「バリでもインドでもなんでもいいから、遊んできなさい。私たちだって来月浅間山に行くし、今度いっしょにオーロラ見に行くでしょ。生きてるうちに、思い出いっぱい作らないと。」

「オーロラツアー、行きましょう。」

私は言った。

「いい季節になったら、日程決めましょう。」

義母はうなずいた。

家族みんなで寒い中空を見上げてオーロラを眺めることを考えると、わくわくした。

「一郎さんも誘ってもいいよ。お父さんは私が説得しとくから。どっちにしてもさ。」

義母は言った。

義母のきれいなグラデーションで染めた赤っぽい髪の毛はまだまだ元気だった。手もよく働いている動きのある手、まだまだ生きる、しっかりした瞳の色だった。

だれかをこんなに愛おしく思ったことが私の人生ではあまりなかった。

悟に似たきれいな形の唇も肩の上品なシルエットも、自分の親みたいにだいじだった。もしかしたら、いっしょに住みたくて離れがたいのは、ずっと私のほうだったのかもしれない。

「どっちにしても?」

私は問い返した。

「今回のことは、結局骨とか土地とか昔の恋愛とか、まあ簡単に言うと縁に動かされてるんだよね、巻き込まれてるの。私たちが。でも、人生巻き込まれないとね。」

義母は言った。

「面白くないもん。」

「お義母さんとみちるはほんとうに巻き込まれ好きだなあ。」

お茶を飲み干しながら、私は笑った。

「そりゃね。面白好きだから。いい遺伝よね。」

義母は笑った。

「でも、お義母さん、私、一郎さんが就職もしていないし、かといってお母さんの仕事を継いでいるわけでもないっていうことが、少しショックだった。彼の時間だけが止まっているようで。」

私は言った。

「私は違うと思うな。」

義母は即答した。

「はじめの数年は、さやかさんが失踪してもうなにもできなくなったんだと思うけど、そのあとは、常にあの家の人たちを支えてきたんじゃないかな。女手ひとつであの庭ができるはずもないし、外から雇われた人はあんなふうに継続して世話をしないと思う。あの庭は、実はほとんどあの人の作品だと思う。あの小屋を見たって、そうとうの工夫がしてあるよ。

あの家の人たちが人を助けたり、勤めに出たり、神社の仕事に従事できる陰にはしっかりとあの人がいるんじゃないかな。そういう人っているんだよね。住み込みの頼りになる庭師みたいなものなんじゃない？

もし他にやりたいことがあるならちょっと気の毒だけど……お母さんが亡くなったから、彼も考えどきなのかもしれないね。いずれにしてもあの人は別に実家のお金に寄りかかってぶらぶらしてきた人じゃない。ちゃんと体を動かしてきた人だと思う。私にはわかる。でも、あなたがそれを心配に思う気持ちはわかるけどね。」

その判断を聞いて私は、自分の奥底がほっとしたのを感じた。

「マツコの番組始まるから、もう帰ろう。」

義母はマツコ・デラックスの大ファンなのだった。頭が良くてはっきりしているところが好きだといつも言う。

「はい。今日はありがとうございました。今日は私がごちそうします。ついてきてもらったお礼に。」

私は立ち上がった。

「じゃ、ごちそうになります。」

きちんとおじぎをして義母は言った。

「バリ、気軽に行ってらっしゃい。あなたのふるさとなんだから。人はたまにふるさとを訪れたほうがいいのよ。そうすると思ってもみないくらい素直に、気持ちが原点に返っていくから。」

義母は言った。

流れ流れてここまで来た私のふるさと……それはやはりバリなんだろう、そう思っていた。清潔で、虫もいなくて、あそこまで暑くもなくじめじめもしていない日本をどんなに恋しく思ったか。

どんなに日本人の子どもの友だちがほしかったか。

でも今になるとあの強烈な陽ざしが、大きな夕焼けが、道で和む人たちが、緑の連なる渓谷が、そしてゴミの山さえも、なんだか恋しい。

「ねえ、ガーデンパーティ楽しかった？　昔ママ、短い時間だけど、あそこに暮らしていたんだよ。みちると行くことになって、不思議だったし、心強かった。」

私は夕ご飯を食べているみちるにそう声をかけた。

みちるは食べるのがやたらゆっくりで、ていねいなのだ。

私はみちるが確実になにかを食べているのを見るのが大好きだった。私みたいにざざっと食べてしまうのではなくて、順番に静かに口に運んでいる。

私は先に食べ終わって、お茶をいれていた。

私たちは食事中ＴＶを観ない。それは悟の習慣だった。

しんとしているし、階下に義父母がいればその音も聞こえてくる。

義父母は食事中でも大きな音でＴＶを観ているので、悟だけの好みだったのだろう。

このあいだ生姜焼きのお店に行ったとき、私は夢の中の悟がごはんを食べていた感じと、みちるの食べ方の感じがあまりにも似ているので驚いた。

みちるはまだ小さかったから、いっしょにこういうふうにテーブルを囲むことはなかったのに、ふたりの食べ方がこんなにも似てるのは面白い。

そんな小さな幸せをひとつ見つけて、私の心は温まった。

「ほんと、全体がちょっとしたホラーか都市伝説みたいだったよね。家の庭に骨が埋まっていて、それは母の元カレの死んだ双子のお兄さんの骨だったのです……って。」

みちるは言った。

「そうだよねえ。」

私は言った。うまいこと言うなあ、と思いながら。

いつもの夜がふけていく。それでも少しずつ違う。みちるは育っている。少しずつ私から離れていく道を歩んでいる。すれ違っていく力と力。私の持っているものをみんなあげるから遠くまで走っていってほしいけれど、今の幸せもいつまでも消えないでほしい。会えばこの時間に戻れるようなものを今作っておきたい。

「ママの力のせいもあるのかなあ？　ものと話ができる力。それがいろんなことを引き寄せてしまうこととかってあるのかもしれないよね。」

みちるは言った。

「ママなんて、たいしたことないよ。素人に毛が生えた程度だもの。」

私は言った。実際、今回そんな力はほとんど役にたっていない。

でももしかしてそうかもしれないとも思った。あまりにもそのままに生きているからなにもかもがまっすぐにそのまま来てしまう。

恋も暴力も変わった生い立ちから来るできごとも。

「そうか、じゃあ、その娘なんて全くたいしたことないね。」

みちるは言った。

「わからないよ。みちるはずいぶん勘がいいもの。それだったらママもいろんなわからないことみちるに聞けて嬉しいんだけどなあ。」

私は言った。

「でもさ、子どもの心を失うと見えていたはずのものが見えなくなるとかってよく言わない？」

みちるは真顔で言った。まだ子どもなのになに言ってるんだ、と私は思ったけれど、みちるが真顔だったのでうなずいておいた。みちるは続けた。

「私、少し前よりもどんどんなにかが鈍くなってる気がするよ。毎日学校に行って、いろんな人にいろんなことを聞いたり、合わせたり、決めたりしてるうちに、元気とかなにかだいじなものがもれてくみたいな感じ。」

「それでも残るものが、大人になっても残るのかもしれないし。なんといってもあなたにはパパゆずりの丈夫な骨が体の中にある！　それで充分よ。」

私は笑った。

変な特技や才能がある人は、特に日本では生きにくい。

ああ、古代にはそういう人もいたから、たまにはそういう人が現代にいてもおかしくはないよね、とはなかなかならないからだ。

だからなんとなく身をひそめて生きる感じになるけれど、みちるは今のところバランスがよさそうだから大丈夫だと私は思った。

みちるは自分の分のお皿とお箸を流し台に運んで、ざっとゆすいで置いておいてくれる。それはいつもの行動なので「ここでママの分も運んでくれるともっといいんだけど、まだ自分のことだけの年齢だよね」と毎回少し思いながら見るのだが、今日のみちるはそのあと流し台でちょっと考えこんでいた。

「どうしたの？　みちる。」

私は言った。

「あのさ、小さい頃から、あのハイビスカスのそばに立つと、たまに話しかけられてるような感じがするときがあって、私はパパかな？　と思っていたんだけれど、もしかしたらその子どもの骨だったのかな？」

みちるは私をじっと見て言った。

「どうだろうね、どっちもありうるよね。ママはいつもものとお話ししてるから、いろんなものがいろんなことを言いたがってるっていうのはあると思うんだ。よくさ、急にいろんな人の声が聞こえてきて病院に行かなくちゃいけなくなる人がいるでしょう。きっとああいう人って、そういう訴えがくまなく聞こえすぎちゃうんだろうね。」

私は言った。

「自分を強く持ってないと、ふらふらになっちゃうかも。なにがなんだかわからなくなっちやうかも。」

　みちるは言った。

「沖縄では、そういう人は特別な職業につくんだよ。だから、昔の日本では、もちろんバリでもアラスカでもあったけれど、昔の人たちはそういう敏感な人の心の病気を病気にしないでぎりぎりの線で役にたてる道筋をきっと知っていたんだね。」

　私は言った。

「こんなに家の近くで、スリルあふれるサイキックウォーズが展開してるなんて、もう私、たまらなく嬉しいよ。やっぱり、世の中って掘れば掘るほど面白いことがいっぱい出てくるんだね。」

「ああ、そういうふうに思うなんて、みちる、いいね。すごくいいよ。こんな時代でもみちるは人生楽しんでいけるね。」

　私は言った。

「私、まだわからないけど。多分すごく守られてるから。でもね、楽しいこと見つけないと、やってられないよ。子どもだってさ。ママもずっと手伝って。楽しいこと見つけられるように。」

　みちるは言った。

「それって今がどういう時代かっていう話？　それとも、今みちるの年頃がつまんないこと

「うんとねえ、ちょっとうまく説明できないんだけれど、どこに行っても『面白いことをしちゃだめだよ』『これをやったらとりあえず少し面白い雰囲気になるから、それでがまんしなさい、ほんとうに楽しいことは危険ですよ』みたいなこと言われてるように思う。じーじの山の会の子どもの部門に遊びに行くと、火を起こしたり、崖を登ったり、高いところで細い道を歩いたり、こわいことばっかりなんだけど、こうしておしゃべりしてるときのゆるんだ気持ちのままそこにいちゃいけないとか、ひとつ失敗するとどんどんこわくなってくるから、失敗したら同じことをこわがらないようにしなくちゃいけないこととか、いろんなことがわかる。そうすると、楽しい、面白いって思う。」

みちるは言った。

いつも、無事でいてほしい気持ちとうらはらに、もっと冒険してほしい、とも思う。

みちるのまだ小さな手足が切り開いていく未来なら、なんでも受け入れたいと思う。

そんな気持ちをとことんくじかれた人たちがこの世にはたくさんいるのだ。

だからたまに寄れるああいう神社みたいな場所が必要になるのだ。

そう思って、少し暗澹(あんたん)とした気持ちになった。

一郎の仕事だってけっこう大変な仕事だ。若い頃のなんの責任もなかった一郎と、今の一郎は確かに違う。私のことや、お母さんが亡くなったことだけではない、あの場所の神聖さや意味深さが一郎を大人にしたんだろうと思う。

大変でない仕事なんてこの世にはない。毎日がそれぞれにとって大変で、それぞれが現場でベストをつくせる、それが人間の良さだよなあ、と私は思った。

確かにこの事件は私の中になにかを呼び覚ました。

ここ数年、看取りと育児でせいいっぱいだった私の中にたまっていた、生きることへのとても強い楽しい気持ち。知りたい気持ちや、なにかを感じたい気持ち。

私も、小さい頃にはいろいろなものを感じた。バリは特にそういうところだ。触れるくらいにリアルに精霊がたくさんいる感じが満ちているし、自然の力は強く健やかだが、人はどこでも呪い合っていた。そのせいで愛はいっそう結束がかたかったが、たいていの谷底や海にはその呪いの死骸がいっぱいに浮いていた。通りかかっただけで悪いものもよいものもがんがん拾ってしまう、激しい土地だった。

その中で、敏感な私はいろんなものを見たり、熱を出したり、呪われたり呪いをはねかえしたりしながら、ひとつひとつ強くなってきた。それは容易な道ではなかったが、もしも親にひたすら守られていたら今の自分はなかっただろう。みちるだって生まれなかっただろう。

あるものをないことにするのがいちばんいけないのだ、そう思った。

私はバリでたくさんのブラックマジックが効くところを見たし、人々の集合意識がもたらす奇跡的な治癒もたくさん見た。人と人がつながっていることや目に見えないものが飛び交って人に影響を与えることはあそこでは自明のことだった。

あのような場所、自然はその地形に合わせて力を持っていて、人々のあつい信仰がその上にしっかりと積み重なり、あらゆる場所に祈りが蓄積しているようなところでは、人と人の関係にも目に見えないものがたくさんはりめぐらされている。

私はそこで育ってそれを普通に見てきたからこそ、ものと話ができるようになったのだと思う。

人はクリアじゃないし自分で自分をごまかしさえする、でもものはクリアである、子どもの私は子どもらしくあっさりとそう思ったのだった。

みちるがどう思っているのかわからないが、一人っ子の私はずっとものと共に過ごしていた。親がいないとき、闇になにかがいて恐ろしかったとき、私が大切にしているものたちは確かに私に寄り添ってくれた。

死んだおばあちゃんがくれたぬいぐるみと話して、親が探していたけれど見つからなかったおばあちゃんの記録帳を見つけたとき、父も母も初めて私がものと話せることを信じてくれたと思うし、彼らが文化人類学の観点でバリの文化を見るときにも大きな力になったと思うのだ。

いつかそのことを、本にするためとかではなく自分のためにもっと書いてみよう、そう思った。またひとつやることができて、未来の色が少し変わった。

両親が死んじゃってから、私は心のどこかで早く人生が終わってもいいと思っていた。いろんなことして時間をつぶしさえしたら、いつかまた両親に会えるしひとりぼっちじゃなくなるのかな、とずっと思っていた。

でもいろいろな国にいろいろな友だちが、そして家族がいる。そう思うとまるで薔薇の花束をいっぱいに抱えているような気持ちになる。もともとなんにも持ってなかったからこそ、神様がくれた幸せだった。

手ぶらで、ポケットも空っぽで、せいせいしているけれどひとりぼっちで、どこにでも行けて、だれにでも泊めてもらえるけど家族はいない。もうそんな日は私には来ないのだ。そう思っただけでなにものかに包まれているような幸せを感じる。

バリの東側に住んでいるとき、私は海に入ると必ず足をひっぱられたり、人の漕いでいた船のオールが頭に当たったりした。なにか私と合わないものがあるんだなということだけは子ども心にもわかった。

そして、その反対に、私が心穏やかでいるときはいつでもいい匂いのふさふさしたものに抱かれていた。

少し成長してから親にくっついていって寺のダンスを見て、あれはバロンという精霊だったんだなということを知ることができた。真っ白くてふさふさしていてかわいい大きな犬みたいなものが、いつも私に夢で会いに来た。

まずはじめにその犬みたいなものを感じてから精霊バロンを知ったので、むしろ寺にいるほうのバロンが作り物にしか見えなかった。

とにかく足がふさふさしていて、白くて、いつも包んでくれるのである。

バロンがいつもいてくれたからこそ、ほかにもだれかに確かに愛されることがあったからこそ、わかったことがある。

よく人はなにかに守られているというが、それは確かにとてもすばらしい感覚だ。大きなものが自分を気にかけてくれている、それ以上に心強いことはない。

しかし、守られているということは、当然守っているものの敵からも目だちやすくなるということだ。

私はバリにいるときは、裕福な日本人インテリ家庭のひとり娘として見られ、そんなふうにしょっちゅう溺れそうになったり、熱を出したり、ブラックマジックをかけられたりした。いるだけで目障りだというものから。守る側も敵も短いスパンでうとみあっているので、そんなに大きな害はない。

ただ、特技を持っていると目をひきやすくなる。

人の目をひき、心を波だてる。どうにかしてからみたいと思わせてしまったり、自分のいやなところに気づきたくないから、その人がいるせいにする。

そういったことが、最後は呪いや暴力につながっていくのかもしれない。

「まさか、ママ、一郎さんとほんとうによりを戻すことってありうる？」

みちるが急に言ったので、深い考えから我に返った。

「いや、そんな気持ちはないよ。人の種類としては気が合う、好きな人ではあるけど。」

私は首をふった。

「もちろん男女なんだから、お友だちでいるうちにいつかなにかが変わる可能性はゼロではないけど。でもさ、もはや、ちょっと変わった種類のお友だちとしか思えない気がするな。」

「でもかまわないよ。」

みちるは言った。

「その場になったら私も焼きもち焼いていろいろごねるかもだけど。」

「まだ言ってるの。」

私は笑った。

「そういうこと考えたことがなくって、わからなかった。ママはずっと私とふたりでいたから。でも、一郎さんのお母さんがすごくいい人だったこと、あの場所に行ったらなんだか伝わってきたの。それから、きっとあの人たちはものすごくママのことを好きだったんだだっていうことも。ただ、扱いがわからなかったんだよ。ママのような自由な人を見たことがなかったから。」

みちるは言った。

そしてみちるの言っていることは、多分合っているのだろうと思った。

「みちるのパパが死んでしまったから、ママはきっと当分だれかに恋したりしないよ。なんだか今は自分が植物になったような気持ちだよ。でも、そりゃあいつかは恋もするし、だれかと過ごすと思うよ。でもみちるをいちばんにだいじに思う気持ちに逆らってまでなにかをしようとは思わない。

　みちるとの生活をまずいちばんにして、余裕があれば会いに行くし、みちるがいやがるなら会わせないし、会いたければ会わせるけど、そのときはちゃんとじーじとばーばに説明して、もしうまくいかなくなったらいつだってここを出ていくよ。それが、親になるっていうことなんだよ。」

　私は言った。

「ねえ、じゃあどうして、市田さんの神社にかけこんでくるような人がいっぱいいるの？　あの家のおばあちゃん死んじゃっても、来るんでしょ？　あれってさあ、たとえばお母さんになったのに、男の人がだいじで、自分がぶたれたり子どもがぶたれたりしても、男の人といようとしたり、男の人がだいじだから子どもを捨てちゃったり、そういう人だって中にはいるんでしょう？」

　みちるは言った。

「それは、ママにはわからないことなんだ。ママはだれかに恋をして、別のだいじなものをないがしろにしたことが、今のところないからね。

　でも人生にはそういう失敗しちゃうことだってあるし、しなかったらわからないことだってあるんじゃないのかな。ママは、若いときに、お父さんとお母さんがいなくなって、とても淋しかったけど、その分ひとりで軽かったから、楽しいことをたくさん、たくさんしたんだ。

　楽しいことのなかには、つらいことも失敗もい～っぱい入ってたよ。でも、それだからあとになって失敗しなかったんじゃないかな。だれもいないとき、みちるがすごく夜泣きしたり、それはそれはたいへんだったこともあるよ。パパがいなくなることを恨みそうになったこともあるし、じーじとばーばが早く死んじゃって手伝ってくれなかったことも、悲しく思うことがあった。

　でもママは、みちるのパパが遺してくれたお金のおかげで、そんなに働かなくても今暮らしていけている。そういうことも大きいよ。もしパパがなにも遺さず、家もなく、一生懸命働いてもみちるを育てていけないかもと思ったら、ママだってきっとあのような場所に頼ったと思うんだ。みんな同じなんだよ、そこは。なんだって大丈夫な人なんていないもの。」

　私は言った。

「私にはまだわかんないや、わかっているのになんで失敗しちゃうのか。」

みちるは言った。

「それでいいんだよ。でも、もしみちるにじーじもばーばもいなくって、ママも家にほとんどいなくって、だれかにいつも殴られたり、もっとひどいことをされていたら、みちるだって変わっていくかもしれない。そういうことがわかるようでいてほしい。自分は違うって思わないでほしい。周りのせいにするのはいちばんいけないいけど、自分だけは大丈夫っていうのも、きっと違うんだ。」

心をこめて私は言った。

わからないけれど、うなずきたい、そういう気持ちをこめてみちるはうなずいた。

私はそれを母としての目で確認して、頼もしく思った。

みちるに見えないものが見えたりすることは遺伝だからしかたないな、と私は思っていた。私だって、ものとは話せるけれど、亡くなった両親なんて夢にも出てきやしない。選べないものなのだ。その選べなさに憤慨する時期だってこれからやってくるだろう。

みちるにとって、市田家のもろもろとか骨とか、全部どうでもいいものなのだ。だからこそ判断ができる。

だからもしも自分のこともいい意味で「どうでもいい」と思えたら、ぎゅっと握った手をゆるめられたら、自分のこともいろんなことが見えてくる。それを学ぶのはきっとまだまだ遠い先のことなのだろう。

なんてことないことってなんてすごいんだろう。

日常こそがすばらしいとか、普通のことこそ尊いとか、いろんな言い方があるけれど、そういうことではないのだと私は思った。

人生の特別な一日にジャンプするためにはどうしたって、この確かに積み上げた土台が必要なのだと。


その後で、みちるが学校に持って行くバックパックをひとつ大きいのに換えたいというので、悟の部屋のクローゼットを開けた。黒くてちょっとがっちりしたのがきちんと整理されて置かれていたので、すぐに見つかった。

私はそれを取り出し、ふと棚の上を見たらアルバムがあった。デジカメになる前のプリント時代のものと思われた。

今まで何回もそこを開けたのに、そのアルバムがあることに気づかなかった。

私はそれを手に取ってみた。

自分のことが少しでも入っているとものとはなかなか話せないのだが、そのとき、私には私のイメージが強烈に伝わってきた。私の少し猫背な様子、声、寝ぼけているときの目線、そういうものが私自身に向かってがんがんと解き放たれた。

それは、現像するときおまけでついてくるようなぺらぺらのアルバムだった。

開いてみると、昔、まだ二十代の頃にいっしょに九州の小山めぐりをしたときの写真だった。他にも友だちがいっしょにいたし、私の現地の友だちをたずねていったのでその人やその人の友だちも写っている。

そんな気持ちで見たことがなかったけれど、義母の言葉を聞いてよくわかった。私が写っている写真にこもった悟の思い入れが。

どれもごく普通の場面だけれど、別にすごい美人でもなく、すごくスタイルがいいわけでもない私に対して、悟はとても温かいまなざしを向けていた。いてくれればそれでいいや、みたいな感じだった。温かすぎてだんだん体が温もってくるくらい、悟のまなざしが私の手に伝わってきていた。

もっと早く言ってくれればよかったのに、そんなにしょっちゅう会っていたわけではないのになあ、と私は思った。

きっと自分が死ぬのかもと思ったら、急に私のことがすごく好きに思えてしかたなくなったんだろう。私のことをどれだけ好きか気づいたのだろう。確かに子どもはほしかったのだろうけれど、それだけではなかったのかもしれないなあ。

人の心の中には入れない。悟が私を思っていた分量は決してだれにもわからない。

でも義母が言っていたことも、ものが語っていることも確かだろうと思う。悟が撮った私を見ていると、私本人よりもずっと甘くかわいく優しい私がそこにいるのがわかった。

私は少し泣きながらそのアルバムをそっと棚に戻した。

このクローゼットからもどんどん悟の匂いが消えていく。

でも、このバックパックをみちるがぼろぼろになるまで使って、外に連れ出して、いっしょに過ごしてくれれば、新しい空気がここにも入る。

そのことによって、私の亡くなった両親も喜んでくれる、そんな気さえする。

私は若いのにまるでおばあさんみたいに思い出に包まれている。そしてどんどん弱くなっていく。昔はこわいものなんかなかったのに、今はみちるがいるからいろんなことがこわい。

でもそんなことを考えているひまはない。私には私のやることがある。

少しだけこうして立ち止まったときに、自分のこわいものがわかるのだ。

よし、こわいものがわかった、とうなずく。そしてすぐ忘れる。それがいちばんだ。

そう思いながらみちるに渡すバックパックを持ち上げたら、なんだかわからないけれどずっしりと重かった。

私は、なんだろう？　と思ってチャックを開けた。

中には数本のエロＤＶＤが入っていた。

「ううむ……外国の方がお好きだったとは……！」

私はそれらを手に取って、げらげら笑ってしまった。悲しむな、深刻になるなよという悟のメッセージみたいな気がした。

最高のタイミングで笑ったから、気持ちがほんわかと温かくさえなった。生まれてから今まで、エロＤＶＤの下品なデザインのジャケットと色とりどりの写真を見てこんなに心が温かくなったのも、幸せな気持ちになったのも初めてだった。

「お義母さんにはこの笑える話、ないしょにしておいてあげるよ。」

私は泣き笑いしながら、それらを棚の奥に突っ込んだ。これも形見と言えなくはないから捨てないでおこうと思った。

私の写真が棚の上のほうにあって、ＤＶＤはバックパックの中に隠してあったんだから、逆よりいいよね、と私は思っていっそうおかしくなった。心の中の位置が出ているんだといいなと思いながら。

金髪の方たちのほうが棚の上だったらちょっと悲しかったかもしれない。

「悟、おやすみ。」

と私は電気を消して、部屋を出ていった。

素知らぬ顔でみちるにバックパックを渡してあげなくちゃ、とくすくす笑いながら。

重かった過去に会いに行ったのにそれからはずっと明るい気持ちでいられたのは、天国からの悟のいたずらのおかげだったろうか。

深刻にならなくていいよ、全ては過ぎていくんだから楽しめよっていうメッセージだったんだろうか。

実際にちょっと気が楽になった。

一郎の部屋にいるときの、ふるさとに戻ったみたいなあの気持ち。やっとそこに戻ってきたみたいな安堵感を少し後ろめたく思ってしまっていたのだ。

全ては過ぎ、変わっていく。

どんなに呼んでも悟は戻らないし、みちるも大きくなっていく。

その中で自然に、むりのないことだけをしたい。

切にそう思った。

もういいんだよ、次に行けよ、と悟に言われたような気がした。


その夜、不思議な夢を見た。

私は真夜中の神社にいた。一郎の実家の神社だった。

昔私が一郎と思いを確認し合った場所だ。

ふくろうが鳴いていて、あの日と同じ真珠みたいにはっきりと光る月が木の枝の間から見えて、葉が風でざわざわと鳴っていた。

見渡す限り、人はだれもいなかった。

私はとにかくお参りをしようと神社の階段を足早に上っていた。深夜の神社には魔物もたくさんひそんでいそうで、こわかった。

それが今のあの神社なのか、当時のあの神社なのか、わからなかった。夢の中の私はそれを特に問わなかった。

第四章　奇妙な夢

ひんやりとした手すりにつかまって、一段ずつ階段を上り、拝殿の前にたどりついたら、ひとりの小さな女性が大きく鈴を鳴らし、手を合わせていた。

それは一郎のお母さんだった。私が好きだった花柄のカーディガンを着ていたからすぐわかった。

「幸子さん。」

私は名前を呼んだ。

彼女がどんな顔で振り向くのか、私はこわかった。

でも、一郎のお母さんは微笑んでいた。大きな笑顔ではなくて穏やかな満ち足りた微笑み。

その微笑みをたたえたまま彼女は黙って私のほうを向いて、感慨深げに私を眺めた。なぜか若い頃のままの姿であった。

そして彼女は言った。声は出さずに、口だけが動いた。でも私にははっきりとわかった。

ごめんなさいね。

私は首を振った。そして一気に言った。声に出したのか、思いだけだったのか、夢なのでわからない。

「会えて嬉しいです、会ってあやまりたかったんです。あんなこわいことをしてしまってごめんなさい。幸子さんが一生見なくてよかったような、曲がった手や、血まみれの袖口や、私が人に暴力をふるうところを見せちゃってごめんなさい。でも、幸子さんがそんな目にあうくらいなら、私は全然かまわなかったんです。生き物の本能としてやってしまったことだから、後先考えてなくて、ごめんなさい。」

月明かりが一郎のお母さんの顔をうっすらと照らしていた。とても優しい目で私を見つめてうなずいていた。

私も若かったから、あなたも一郎も若かったから。

一郎のお母さんはそう言って、顔の前で手を合わせてもう一回、ごめんなさいの仕草をした。

赤ちゃんを失って、えらく深刻なまま固まっていたの。世界中の人を助けないと赤ちゃんを死なせた罪は消えない、一郎に悪いことが起きちゃう、そんなふうに思っていたみたい、心のどこかでね。

人生のほんとうの姿は、赤ちゃんの遺体や、獣みたいな目をした血まみれのあなたの叫び声や、食うか食われるか、そんなものなんだ、穏やかな毎日なんてうその面なんだ、だから幸せでいてはいけない、人を助けて時間を割かなくては、と思おうとしていたみたい。ばかねえ。人生はこんなによいものなのに。そしてそういうものはこのよきものの中に確かにある一面に過ぎなかったのに。

私のしていたことって、お花はきれいだけど葉やプランターの土は汚い、って言ってるのと同じことだったみたい。

そういう思いが伝わってきた。

もう、その手を曲げてなくていいのよ。今はもう何回だって私はあの場面を見ることができる。死ぬってそういうのが平気になるってこと。

一郎のお母さんは、お賽銭箱の前でそう言った。

「いいんです、別に曲がったままでも。命があったわけだし。」

私は言った。

「いっしょにお参りしましょう。私、両親と悟と一郎のお兄さんと幸子さんが天国で幸せでありますようにって祈ります。あと、生きている人たちが天寿を全うしますようにって。」

そういうことを言うとき、あなたはいつもこわいくらい真摯で本気で、だからあなたが大好きだった。あなたみたいな人はいそうでなかなかいないの。

あなたがいなくなってから淋しくて庭いじりを本格的に始めたの。庭はやったことを全部返してくれた。そしてここの庭が結果的にはいちばん多くの人々を救ったの。私がひとりで必死になってかけずりまわるよりもずっと。ありがとうね。体をはって教えてくれて。私、理解したわよ。自分ひとりでできることなんて小さいって。だからって人と力を合わせればできると思うのもとっても安直だって。できることをやっていたらいつのまにか叶うのがほんとうの夢なのね。

一郎のお母さんはそう言って、拝殿の奥の闇に向かって、もう一度ゆっくりと二礼二拍手一礼を始めた。

私もそれにならって、いっしょにお参りをした。

月明かりの下で、並んで。

空を渡っていく風が、気持ちを同じくしているもの同士なら天国も地上も関係ないと歌っているように思えた。

そして一郎のお母さんは私に向き直り、半透明に見えるその真っ白い手、若いときのままのしわのない手で私の左手を包んで、恐ろしいほどの力をかけた。

私は夢の中だから痛くないはずなのに、痛い！　と叫んでしまった。

大丈夫、少しがまんして。

一郎のお母さんは言い、私は耐えるために目を閉じた。

体が裂けるかと思うくらいの痛みが走り、気絶しそうになったが、次に目を開けたら、一郎のお母さんは消えていた。拝殿の前の、闇と緑に囲まれた静かな空間がぽかんとあるばかりだった。

幸子さん、幸子さん！

私は呼んだけれど彼女の気配はすっかり消えていた。

そして私の曲がったままの親指は元に戻っていた。筋肉が変なふうについていて少しぎこちないけれど、動かすこともできた。

私の目になんだかわからない、痛みなのか恐怖なのか喜びなのかわからない涙がどっとあふれた。

ひとりでいつまでもそこにいて一郎のお母さんを待っていたけれど、戻ってこないので私は階段を下りはじめた。

そして暗いざわざわした森を抜けて、一郎のお母さんの命の庭を見た。そこの木々や草は柔らかい光に包まれているみたいにふんわりと輝いて見えた。そしてその向こうには一郎の掘建て小屋があった。

真っ暗な中、そこには明かりがともっていた。オレンジ色のカーテンがその明かりを透かして、中には一郎がいるということがわかった私は窓の下に走っていった。

そして窓をノックした。

けげんな顔の一郎がカーテンを開けた。

そして私を見てすぐに笑顔になった。

その照れたような笑顔は、私にとってとても懐かしいものだった。

「一郎開けて。」

私は言った。

一郎は窓を開けた。

「どうした？」

「あのね、今、お母さんに会った。」

夢の中の私は子どもみたいに一生懸命だった。きっと目をきらきらさせて、息を切らして、まっすぐに一郎を見上げていただろう。

「そして、手を治してもらったの。ほら。」

私はまっすぐになった親指を一郎に見せた。

一郎は目を丸くしてなんとも言えない驚いた表情をした。夜の闇が押してくる中で私はただ部屋に入れてほしいと願っていた。次の言葉を待っていたら、目が覚めた。


朝の光が私の顔にさんさんと当たっていた。

カーテンを閉め忘れて寝てしまっていたのだ。

となりにはみちるがおなかを出して寝ていた。私はみちるにタオルケットをかけて、左手を見た。手はいつものように曲がったままで固まっていた。

「そんなうまい話、あるわけないよね。」

私は笑って、起き上がってリビングに出ていった。

ところが、やはり様子が違った。

私の親指の動く範囲はぐぐっと広がっていて、ふだん閉じていた分、開きすぎて気持ち悪いくらいに大きく開いた。閉じているか開くかのどちらかで全然安定しないし、筋肉がおかしくついているから機能はしていないのだが、なにかがはがれたみたいに動くようになっていたのだった。

夢とは違ってすぐには動かせなくても、リハビリをすれば数ヶ月で手が元に戻る、そんな可能性がかいま見えた。

ほんとうに何かが起きたんだ、と私は驚いていた。

一郎のお母さんがほんとうにやってきて、私の傷を癒してくれたわけではないのかもしれない。一郎のご家族に会って、わだかまりがとけて、私の中で何かが起こって、治癒が始まった、そんなふうな解釈がいちばん正しいのかもしれない。

でも、あの月の光の中で光っていた一郎のお母さんの微笑みを、私は現実以上にリアルなものとして感じていた。

どんなことが起きたのでもいい、だいじなのはとても長い間固まっていたこの指が、くっついて変に固まってしまったのでもう治らないといろいろな病院で言われ続けたこの手が、今は少し動いているということだった。

嬉しいのと、不思議なのと、それを当然のように受け入れている自分と、いろんなものが混じって泣き出したい気持ちだった。

私がいろいろ指を動かしていたら、起きてきたみちるがパジャマの中に突っ込んでいた手を出して、私を指さした。

「あ、ママの手が動いてる！　なんで？　どうしたの？　時間切れ？」

「そうなの、急に少し動くようになって……なによ、その時間切れって。」

私は言った。

寝起きで少し腫れぼったいかわいい顔で、みちるは言った。

「いや、時間切れって、そういうことが言いたかったんじゃなくって、あの、つまりね。呪いがとけたみたいな。時効みたいな？　そんな感じかなって。」

みちるの言っていることがあながち間違っていないような気がして、いや、もしかしたらぞっとするほど合っているような、そんな気がした。私はうなずき、みちるに近づいて抱きしめた。

「これで、カヤックも、バレーボールも、運転も、なんでもできるよ。」

「どれももともとしないことばっかりじゃん。」

みちるは私の腰に手を回して言った。

子どもの髪の毛のいい匂いをいっぱいにかぎながら、私は言った。

「するかもしれないじゃないの、これから。」

「これから」ってなんていい言葉なんだろうと思いながら。


みちるが出かけてから、やはり伝えたいと思ってたずねていったら、階下の義父母は留守だった。

私は外階段の青空を見上げて思った。

夢の中の一郎のお母さんは、一郎のお母さんそのものよりももっと鋭く深いなにかだった。亡くなって天国に行ったからそうなのか、それとも私が会ったのは一郎のお母さんの魂のエッセンスがぎゅっと濃くなった存在なのか、それはわからなかった。

ただ、私は確かにあの人に会った、そう一郎に言いたくてメールをした。

「会えないですか？　話したいことがあり、見せたいものがあります。さやか」

すぐに返事が来た。

「じゃ今からおいでよ。一郎」

私はがっくりと気が抜けた。

そして一郎の家に向かって電車に乗った。

人があまりいない平日の神社はひっそりとしていた。

夢の中と全く同じだったけれど、闇の中にいろいろな力がうごめいているあの感じはすっかりなくなっていた。ただ暑くなりそうな気配と蟬(せみ)の声が、そっと湿った緑を満たしているだけだった。

数人のジョガーと、散歩のおばあさんと、ベビーカーを押す母子とすれ違った。一郎のおじさんもきれいな衣を身に着けて立ち働いていた。私はあいさつをした。

「一郎なら部屋にいるよ。午後は草むしりするって言っていたから、もしいなかったら庭のほうにいると思います。」

一郎のおじさんは、笑顔でそう言った。

こんなふうに普通にここに来ている自分が、ずいぶんと歳をとったんだなと思った。時間が解決しない問題はない。味噌や醬油(しょうゆ)が発酵するみたいに、放っておいてもワインが熟成していくみたいに、大変だったことは時間の要素に抱かれてなんでもないことになっていく。

こだわり続けるのは人間の心だけなのだ。

庭に行くと、一郎は草むしりをしていた。無心に、ひたすらに。

庭はいつもながら命の光に満ちていた。微生物がここでも猛然と働いて、虫の死骸も落ち葉も雑草の根っこもみんな使って、ひとつの歌を歌っていた。一郎はその中にすっととけ込んで、植物のように体をしならせていた。

「一郎。」

私は言った。

「あ、さやか。みちるちゃんは？」

一郎は言った。

「学校。」

私は言った。

「草むしり、そこまで終わったらお茶にするよ。ちょっと待ってて。」

一郎は言った。

「手伝うよ。」

私は言って、草をむしりはじめた。

「あんまり完璧に雑草を取っちゃうのはおふくろが好まなかったから、見苦しくない程度にやってるんで、てきとうでいいよ。」

一郎は言った。

「オッケー。」

並んで草をむしった。さすがに左手はまだ草むしりをするほどには動かなかったが、今までとは明らかに違って、右手を手伝ってくれた。

獰猛（どうもう）な雑草の短い命を思いながら次々に抜いていく。夏にどんどん背が高くなり、土の中のいろいろなものを吸い上げながら勢力を伸ばしていく草たち。ひたすらにむしっていると、汗がたくさんたれてきた。風の凪（な）いだ蒸し暑い空気の中、ひとつの場所に草を集め、袋に入れてしばった。

どんなにたくさんの言葉を交わすよりも、確かな絆みたいなものを思い出した。

今の一郎は今の一郎、その一郎がここに生きているということが、実感として伝わってきた。

手を洗って、腰を伸ばして微笑みあったとき、わだかまりはすっかり最後の一滴まで消えていた。私は今の時間の中にいた。

「俺、ゴミ捨てに行くついでにコーヒーいれて持ってくる。外で飲もう。」

一郎は言った。

「ちょっと待ってて。」

汗をふきながら、水道の水をごくごく飲んで、ついでに水やりをした。

ここの水やり、懐かしいと思いながら。乾いた土にどんどん水は吸い込まれ、葉についた水滴は陽ざしを浴びてきらきら光った。

ブーゲンビリアが他の枝を伝い、巨大なアーチになっていた。この花は一郎のお母さんが好きだった花だ。冬は部屋に入れてだいじにされながら、だんだんと日本の土壌に慣れていった。日陰にはきれいな苔（こけ）の山ができていて、ぷちぷちと音がしそうなふくらみを持っていた。

この庭が結局いちばん人を癒したと、一郎のお母さんは夢で言っていた。

ほんとうにそうかもしれない。日常のうさを抱えて神社に散歩しに来る人たちは、ただこの中にいるだけで少し気分を緩めただろうと思う。

普通の神社の庭と違って、ただ整然としているのではない季節の臨場感みたいなものがここにはあった。

蟬の声が高く低く、いろんなメロディを奏でているのを小さなベンチに座って聞いていたら、向こうから一郎がポットとカップを持ってやってきた。

ずっとこんなふうにつきあっていたみたいだなあ、と私は思った。

きっと一郎もそう思っていただろう、顔にそう書いてあった。

そして、汗で額にはりついた髪の毛も、いつも生き生きと光って楽しいことを探している目も、みんな一郎が今生きているという感じにあふれていた。

「いいねえ、暑い日の熱いコーヒー。アウトドア用じゃなくて、単に家から持ってきた感じがまたいいね。」

私は言った。

普通の焼き物の白いカップを彼は持ってきたのだった。ポットも、ドリップしたのを引っこ抜いて来ただけ。

一郎がポットからカップにコーヒーを注ぐと、抜いた雑草の濃厚な匂いに混じっていい香りがあたりに立ちこめた。

「一郎、私、昨日夢で一郎のお母さんに会ったの。」

私は言った。

「また生きた殺人兵器としておふくろを守ってくれたの?」

一郎は言った。

「変わってないわねえ。」

私はあきれて言った。

「今はもうおばさんだから気にならないけど、当時はすごくいやだったんだから、そういうの。」

「ごめんごめん、俺としては、気持ちを軽くしてもらいたかったんだけど……でもさあ、くくっ、ほんとうに悪いけど、さやか、面白すぎるよ。

いや、不謹慎だっていうのはわかるし、けが人もいっぱい出て、さやかの手はすっかり壊れてしまって、なにひとつ笑えないのはわかってるんだけど、今だったら少し笑ってもいいだろ? だってさあ、自分のかよわいはずの彼女がいきなり、まるで映画の中のアクションスターみたいに立ち回って、おふくろを助けてくれたんだぜ。さやかが面白すぎて、もう、おかしくってさあ。ほんとごめん。」

一郎は懐かしく憎たらしい笑顔でそう言った。

「まあ、いいんだけどさ。そういう鈍いところとかなんにでもおかしさを見つけるところがいちばん好きなところだったから。ちょっとばかり度を超してるけど。」

私は言った。

「それでね、一郎のお母さんが、夢の中で、私の手を治すって言って、ぐいぐい押してきたら、朝になってなんだかほんとうに少し治ってたの。」

一郎はびっくりして私の手を見た。

「うそ、ちょっと見せて。」

そして私の手を押したり、開いてみたりして、驚いた顔で言った。

「ほんとうだ、もう固まってない。動いてるし、くっついたようになってたところがはがれてる。」

一郎は言った。

「信じてくれる？」

私は言った。

「俺、そう言えば、ウブドに行ってさやかがいなかったとき、バリアンのおじさんに聞いた。その話。今、はっきりと思い出した。」

一郎は言った。

「なに？　バリアンのおじさんって、イダさんのこと？　私をそのとき診てくれて、ジャムウも出してくれてた優しいイダおじさん？」

私は言った。

その人は日本で言うところのヒーラーみたいな人で、村の祭祀（さいし）をしたり、人々の相談に乗ったり、漢方薬を処方したり、病気を治したりするおじさんだった。

丸顔で優しくて、いつも奥さんが作ったおいしい食べ物をおみやげに持ってきてくれる。私の両親ともゲストハウスをやっているおじさんやおばさんとも懇意にしていて、みなのちょっとした体の不調を治してくれていた。

当時も、彼のおかげで私の手の腫れや膿はみるみる回復していった。

なによりも彼を見るだけでなんだかほっとするし、確実に体の悪いところを見抜いてくれるので、私はイダおじさんをまるで親戚のおじさんみたいに思っている。

私の手に関して、彼は「今はまだ治るときではない。そのときまでは抑えておくことしかできない」というようなことを言っていたのを覚えていた。

「うん。さやかがヌガラに行っちゃってて、俺はしょんぼりしてさやかのおじさんとおばさんに『好きなだけ待っててていいから』って居候させてもらってただろ、その代わりにここでするみたいに掃除とか手伝ってたんだよ。」

一郎は言った。

「その様子は、帰ってからおじさんとおばさんに聞いたけど……。ほんとうにふたりとも一郎のことかわいく思いはじめてて、日本に帰ってよりを戻したら？　ってすごく説得されたもん。」

　私は言った。

「そんなきれいなものじゃなくて、単にじっとしてられないんだよ。働き者なんだ。でも、確実にしか働けないっていうか、自分のペースで働くことしかできないんだけど。

で、そのイダさんが俺にマッサージをしてくれたわけ。頭に血が上ってるし、事件のショックで心臓が少しダメージを受けてるから、ただでやってやるって。

もちろんお金はそのとき払えるだけきちんと払ったけど。

俺はさやかのいないさやかの部屋で、イダさんにマッサージを受けたんだ。

はじめはとても悲しかった。さやかの服や読んでいた本が置いてあって、とにかく悲しくてしかたなかった。さやかがそこにいないことだけしか、考えられなかった。

でも、だんだんイダさんが俺をそのときの瞬間に連れ戻してくれたんだ。自分の人生のまっただ中に。

なんかさ、全く知らない感覚に襲われたんだよ。生まれて初めてほんとうに許されて、思われているような感覚。性的な愛でもなく、親子的な情でもなくて、ほんとうに正当にひとりの人間として、生き物として愛されて思われている感じっていうか。」

　一郎は言った。

「わかるわ。きっとああいうときって、イダさんはイダさんじゃなくって、神様みたいなものをイダさんを通しておろしてるんだろうね。なんか大きなものに守られているような、不思議なマッサージだよね。自分はいていいんだ、って思うような。私も手が完全に治るまではいかなかったけど、炎症はなくなったし、ごはんも食べられるようになったし、彼に診てもらえてよかったと思う。」

私は言った。

「でさ、彼に俺は聞いたんだ。背中をくまなくマッサージしてもらいながら。そうしてもらっていたら、自分の中の毒気のようなものや、凝り固まった感覚がどんどん抜けていくんだ。子どもの頃に戻ったような感じがした。

イダさん、さやかの手は治るのかなって俺は聞いた。答えを待つ間、胸がどきどきした。そうしたらイダさんはじっと考えて、小さく首を振って、今はむりだ、って言ったんだよ。ひどくなったり、切断したりしないようにするところまでは自分もがんばった。薬もバリの神様も彼女を助けているから大丈夫だ、でも、完全に治るのはすごく先だって。」

一郎は続けた。

「じゃあ、完全に治るんだね？　って俺は言ったんだよ。イダさんはうなずいて、ただ、すごく時間がかかる。あの手は、あの子が自分のことをだいじにしようとしないところがあるから、自殺したい願望がどこかにあるから、あんなにひどくなったんだ。彼女が自分を思ってくれる人たちのためにちゃんと自分をだいじにするような時期が来たら、一郎のお母さんが彼女を治すだろうって言ったんだ。」

「ほんとうに？」

私は言った。

「うん、ほんとうに。でも、俺、そのことすっかり忘れてた。だってもう十年以上も前のことで、さやかとは結局それきり会ってなかったんだから。」

一郎は言った。

「俺、ヌガラに会いに行こうともちろん思ったんだ。

でも、おじさんとおばさんから、さやかは日本人男性の家にお世話になっているって聞いて、つい嫉妬しちゃって、こわくなって行けずにいた。もしふたりが仲良くしていて門前払いを食わされたら、俺はもう立ち直れないって思った。

それにイダさんが、今はそっとしておいてやれ、必ず神はもう一度君たちを会わせるから、でもそれまでにはほんとうにいろんなことがあるって言ったんだ。今むりをしたら、永遠に別れることになる、時期を待て、って。いったん忘れた頃に、縁は戻ってくるから、って。

それで、俺はすごすごと日本に帰っていった。時期を待とうと思って。

でも、いったん忘れた頃ってどれだけ先のことなんだろうと思ったら、あきらめるような気持ちがどんどん優勢になっていって、結局忘れちゃった。」

「私もいつのまにかすっかり忘れて暮らしていたなあ、ちょっとつらい思い出として。ちょうど同じ気持ちだった。夜中に目が覚めて明日はきっと会いに行こうと決心するんだけれど、朝になると、そんなこととてもできないと思った。

そうしているうちに、もうとても会いになんて行けないくらい時間がたった。

思ったよりも手が動かなくて、ずっと固まったままで落ち着いてしまったのが、いちばんの原因だと思う。もっと治って、元気な姿で会いに行けると思っていたのに、だめだった。そのことで私は自分でももちろんがっかりしてしまって、いっそう思い出したくなくなった。」

私は言った。

「やっぱり、俺たちはいっしょにいるようになるべきだと思う。」

一郎は言った。私の手の治ったところをなでながら。

その手は温かく、よこしまな気持ちは少しもこもっていなかった。

「お友だちからだけどね。男女としては、ちょっとまだむつかしいけれどね。」

私は言った。

自然すぎてこわいくらいの会話だった。

私は空を見上げて、悟を思った。

ぽっかりと浮かぶ雲に面影を映して。

なんの罪悪感もなく、今の自分がいるだけだった。

「みちるとバリに行くから、イダさんにも会ってくるね。」

私は言った。

「それなら、俺も行こうかな。」

一郎はコーヒーを飲みながら、しばらくの沈黙の後で普通に言った。

彼のおびえが伝わってきた。

うちの娘といっしょに旅行なんて、そんなことむりに決まっていると私に言われると思ったのだろう。

私たちの間にはやっぱりまだ壁があるのだ、一生なくなるかどうかわからない壁が。

私は優しい気持ちで言った。

「ほんとうに？　私、ヌガラにも行くよ。お世話になった人のところにあいさつに行こうと思って。

その人は私にとってお兄さんみたいな人。バリの日本人の町内会長みたいな人。もちろん奥さまもお子さんもいる日本人で、土地持ちの大富豪なの。焼きもち焼かないなら連れて行ってあげてもいいけど。あと、みちるがいるから、私に対してよこしまな気持ちを起こさないなら。」

私は言った。

「もうそんなもの焼きようがないよ。みちるちゃんがいたら、みちるちゃんにメロメロで。」

一郎は笑った。

「一郎は、なんで結婚しないの？　彼女はいないの？」

私は言った。

「何人かつきあったし、結婚も考えないではなかったけど、なんだか気持ちが乗らなくて。結婚して、このあたりに部屋を借りて、子どもができて、みんなで神社で集まったり……全くいい感じの未来に見えるんだけど、どうもそこには足が向かない。他人事（ひとごと）にしか思えない。」

一郎は言った。

「そういうんじゃないんだ、したいことは。で、最近はもうだれともつきあってない。だいたいおふくろの看病をしすぎて、看護師さんたち以外には全くモテなかったし、モテたけど接点がなくてそれっきりだし。葬式だの納骨だの遺品整理だの、そんなことばかりしていたら、病院にいてモテていた日々なんて別の世界に行ってしまったよ。」

「そうなの？　好きになれる人はいなかったの？」

私は言った。

「いたけど……この話、してもいいのか、迷うけど、とにかく話してみる。」

一郎は話しはじめた。

「その人が思っているよりもずっと、俺はその人を好きだった。でも、どうしてだかわからない。すりガラスの向こうにいるような人だった。いくらそばにいても、自分の人生とその恋愛が一切リンクしなかったんだ。

その人は駅前のカフェのひとり娘で、ほんとうに自然につきあうようになっていったし、その一歩一歩はとてもゆっくりしていて平和なものだった。だから今度こそはほんとうに長くつきあえるのかもしれないと思ったんだ。

でも、やっぱりなにかが違っていた。たくさんの不幸な人に触れていたことで、俺のなにかがおかしくなってしまっているのか、どうしても女性が普通に望んでいるようなつきあいができないみたいなんだよね。

毎日いっしょにいる、みたいなことは意外にできるんだけれど、将来をひとつにするっていうのが……まだ自分の人生も定まっていないのに、そんなことができる気がしなかった。そこにおふくろのことがあったから、後回しにどんどんなっていたことだけれど、俺だってやりたいことが多少はあるんだ。俺はそのうち今来てる庭師さんのところにバイトだけじゃなくて本格的に修業に行って、いろいろ習って、庭師になってここをその形で手伝うかなって思ってる。別に人生をただぶらぶらしてたいわけじゃないから。遅咲きなだけで。

きっと俺が庭師になりたいと言ってあちこち回っていたら、それはそれで彼女はきっといくらだって優しく待ってくれるだろうとわかっていた。でも待たせたあげくに結婚できなかったら、それはもうとんでもない罪になっちゃう。

かといって保証できる気が全くしなかった。ほんとうにひどいこと言ってるってわかってるんだけど、たとえばサボテンを採りにメキシコに行って、いろいろ学んで、虫に刺されたり、星空見たりしていたら、彼女のこと、一〇〇%過去にしてしまう、そんな気がしたんだ。

懐かしくいい感じで思い出すことはあっても、早く帰って会いたいとか、そういうふうには思わないような。もし結婚して子どもができたとして、子どもをかわいく思うだろうけど、外にいるときは一〇〇%忘れて、家に帰ったら思い出して、っていう関係になる気がした。なんか俺……そういうのなら、お互いのために、長い目で見たらしないほうがいいっていうふうに思っちゃうんだ。

理由はわからない。さやかのせいじゃない。だって、俺さやかのことだって会うまでは一〇〇%近く忘れていたもの。

単にスピードの違いなのかもしれない。

それが合わないからずれていったということもあるだろう。

でも、うまく言えないが、さやかは、こうして会うとなにも変わっていないんだ。また一から始めるようでもあるし、かといって何も失ってない。お互いが別の場所で動いて、また会ったときにはお互いすごく違ってるけど息は合ってる、そういう気がする。

でも彼女はきっとずっと変わらないで待ってる。そう思うと、それが、普通男は嬉しいことだと思うんだけれど、俺は変なのか、ちょっとも嬉しくないんだ。

人の時間をもらっちゃったような、重荷を背負ったような、そんな感じがしてしまう。きっと俺がまだガキなんだろう。その上彼女は適齢期で、巡り合わせが悪かったんだと思う。もし俺が五十で、彼女が今の状態だったら、すぐ結婚したかもしれないもの。

こんなまじめなことはめったには言わないし、言いたくない気分のときが多いんだが、うちのおやじとおふくろは恥ずかしいくらい円満だったし、息が合っていたと思う。普通、勤め人として家に帰ってくるたびに困った異性の他人が入り浸っているっていうのは、あまり気分の楽しいことではなかったと思う。

でも、おやじはそういうところがわりと鷹揚だった。全面的に応援したりなにか協力したりはしないけれど、とがめることもなかった。

おやじは神社の跡継ぎ問題や土地の分かち合いに関してもかなり鷹揚だった。そういう性格を明らかに俺は受け継いでいた。

俺にやることがあるうちは手伝うし、だいぶ減ってきたなら、別のことをやろうか、っていうようなところは、すごく似ていると思うし、そういう自分をいいと思っている。社会の順番で生きていないところを。

でも、彼女の世界ではそれはほんの少しだけ、マイナスな印象を与えることだった。

家にお金があって余裕があるから、親や親戚をなんとなく手伝ってぶらぶらしている、俺のことを簡単に言葉にするとそうなってしまうんだが、それは若干違うんだ。その若干の中に俺の人生にとってだいじなことの全てがある気がする。

さやかを追ってウブドに行ったとき、いきなり信じられないくらいの勢いで雨が降ってきてさっきまでの天気が思い出せなくなるほどだったり、停電して暗くなった村の上に満天の星が出ているのとか、どこまでも田んぼが広がっていてそこにあひるがただただ行列しているようすや、そのあひるをおいしくいただいて骨までしゃぶって食べることや、イダおじさんが遠くからバイクに乗ってきてにこにこしながら奥さんの作ったイモの天ぷらを食べさせてくれるようすや、そういうのを見ていたら、ああ、さやかはここで育ったんだ、とよくわかった。

初めてさやかの行動がほんの少し理解できたし、それはさやかにとって自然なことだというのが少しだけわかった。

さやかがとても勇気ある大きな人間になったわけがわかるな、と思った。

そして実はほんのちょっとだけ引け目を感じていた、当時の『卒業しても就職しないで、親の仕事を手伝います』っていう自分のあり方に、急に自信を持ったんだ。

今の日本ではおかしいことかもしれない、でも、あそこではそれを言うとおじさんもおばさんも、お手伝いさんも庭師さんも門番さんも、みんな家族をだいじにな、いい仕事しろよって言ってくれた。なにもしないわけじゃないんだろ？　おふくろさん喜ぶよなって。

あの感触、俺は心の中で一度も失っていない。

だいじなものとしてずっと持ってる。

そしてそれを、どんなに変な目で見られたって決して手放すまいと決めた。

それから、俺は、やはり自分のささやかな夢は悪くない、と決めた。

そのとき心の中でさやかという女を特定していたわけではない……っていうのは、これ以上おふくろの道楽やうちの家庭の事情……たまたまおじさんが神社を継いで、敷地がいっぱいあるからその中に住んで、おやじは土地を少し買って、さらに家を建てて、おふくろはそこで人を助けたり庭作りをしたりして、街の人に憩いの場を作る、っていううちの一連の事業につきあわせちゃいけないと思ったんだ。

だから、さやかを思い描いてはいなかったけれど、やはり、俺は流されたくない、ほんとうに好きになった女と、ごく普通の、おやじとおふくろみたいな夫婦になって、平和な暮らしをしたいなと心底思ったんだ。

ほんとうにそういう相手にはどういう人が成りえて、どういう人が成りえないのか、俺にわかってるのか？　というようなことはその彼女にたっぷり言われた。

こんなにもお互いに静かに気に入っているのだから、これを続けていけばなにかが熟成されて、互いにかけがえのない存在になる可能性はたくさんあるって、彼女は冷静に言っていた。

その冷静さにとてもひきつけられたし、彼女の言うことはもっともだと思った。でも、なにかが違うということもわかっていたんだ。

はっきりとはわからなかったんだけれど、それは、だんだんなっていくものではないということはわかっていた。俺だって人間だから、人をいいなとも思うし、だんだん知り合っていくときは勢いだってつく。もしかしてこの人はそうなんじゃないかと思う。でも、そういうことじゃないんだ。

そこは状況に合わせてゆずっちゃいけないという感じがしたんだ。

だから今は違う、としか言えなかった。

それは俺がまださやかを思っていたとかそんなんじゃない。

ここの敷地をもう少し庭にもらえそうだし、俺の掘建て小屋の周辺もだんだんいい庭にしていけるかもしれない。なによりも、おふくろにかまけて過ぎてきちゃったから、そろそろ自分のための人生にも足を踏み出したいんだよ。まずそれしか考えられない。」

一郎は言った。

「だって、みんなとってもまじめなんだもの。こうしなくてはいけないという項目が多すぎて、俺にはどうしてもその意味がまだわからない。」

「な〜に言ってんの。まじめに生きなくちゃだめよ。」

私は言った。

一郎にはなにもかも他人事みたいなところが昔からあったが、歳をとってそれがいっそう強固になっているように思えた。

一郎のお父さんもお母さんも弟もしごく真っ当できっちりしているのに、彼だけが鬼っ子というかはずれものというか、少し毛色が違っていた。

それも双子の兄を亡くしたことと関係があるのだろうか。

「まじめに生きてるって。でも、さやかの強烈人格にノックアウトされた俺の初恋の日々を思うと、ある程度あの恋愛の影響がないとは言えないかもしれないけれど。

おふくろの影響を受けすぎて庭にはまっているのは自分でもわかるんだが……昨今はプラントハンターとか、面白そうな仕事もたくさん出てきて、幅が広がってる。

それを思ったら人生の時間が足りないくらいなのに、とてもこの街での人生設計なんて考えられない。かといってみんなを手伝わないわけじゃないんだよ。目の前のことに関しては一〇〇％コミットできる。でも、それと自分の人生はイコールじゃないじゃないか。」

一郎は言った。

「つきあったら結婚したいと思う、その気持ちはわかるよ。さやかがけがしたときだって、俺、そう思ったもん。でも、彼女は俺の結婚したい気持ちの千倍くらい結婚したがってるんだよ。そういうことが同じ速度や温度でなかったら、だれかがすごく疲れると思うんだ。」

「そういうのって、女から見たらひどい奴だと思うけど、でも、なんかわかる。自分で温度や速度を上げることだけはできないもんね、人間って。いつのまにかじゃないとねえ。」

　私は言った。

「さすがさやか、そうなんだよ。俺はきっと人生がおかしくなっても治らないくらいの『いつのまにか教』なんだ。心からそうなんだ。」

　一郎は言った。

「別に冷たかったり、不真面目なわけじゃないんだ。ただ、浮かばない将来は生きられないし、自分の気持ちをむりに高めることもできない。

　自分なりにはその人のことを充分好きだった。その人の姿を道で見つけると言いようがなく嬉しくなったし、道ばたの花壇に咲くすみれみたいに、その人の姿の美しさはみんなのものだと思っていた。でも、いざ自分だけでそれを独占してもいいと言われたら、そこまで熱心に望んでいないことに気づいた。

　かわいいから手を握りたい、キスしたい、そんなふうに思っていたけれど、それをもっと進めたり、そのことによって生じる責任を受けとめるような好きさではなかった。

　あの子も俺を好きだったらいいな……っていう段階がいちばん幸せで、ずっとそのままでいられたら、あるいはゆっくり進めたら案外ほんとうになにかを積み重ねられたかもしれなかったんだけれど、もう彼女の気持ちは俺たちは結婚してるくらいのところまで極まっていて、こちらにだって好きな気持ちはあるのに、それを表わすことさえこわくなってきてしまった。」

「それはしかたがないね。」

私は言った。

この会話の内容じゃあ、ほんとうに友だちだ。茶飲み友だち。

友だちから始めるどころではない。

「でも、お兄さんの骨をちゃんと埋葬したことや私の手が治ったことですっかり気持ちが軽くなって、彼女との関係を少し見直すことができるかもしれない。」

私は言った。

そうなっても、一郎が幸せならば、それでいいと思った。素直に思ったのだ。

話しているあいだすっかり手のことは忘れていたけれど、手が治ったと口にするだけで、花びらが降ってくるみたいに気持ちが明るくなった。

そうだ、治ったんだ。リハビリして、ほんとうにいろいろやりたかったことをしよう。まずは大きな池に行って、ゆっくりとボートに乗りたい。

両手にオールを持って気持ちよく風を切って、波をたてて、進みたい。

水面に映った空といっしょに自分の手を使ってリズムをもって漕いでみたい。

そんなことを考えたら、楽しみで自然に笑顔になった。

「……それはないと思う。」

一郎は言った。

「やっぱりさやかが面白そうだから。しばらくはさやか見てる。いざとなったら殺人兵器に変身して俺を守ってくれそうだし。」

「いいかげんにしてよ。あのねえ、その冗談がわかってくれる人はこの世にほんとうに数人だけだと思うよ。私だってぎりぎりなんだから。」

私は言って、立ち上がった。

「コーヒーごちそうさま。もう帰る。バリ、ほんとうに行く？　日程や飛行機の便名をメールするね。」

「うん、行くつもりにしてる。メール待ってる。さやか。」

一郎は言った。そしてとても幸せな顔で続けた。

「ほんとうによかった。手が治って。」

「いっしょにイダさんにも会いに行こう。私、手をもっと調整してもらう、彼に。」

私は笑った。

立ち上がって歩き、振り返ると一郎がベンチのところに立って手を振っていた。

もしも一郎の双子のお兄さんが生きていたら、この同じ顔の人がふたり、うろうろしていたんだなと思った。一瞬彼がふたりいるように見えた。木陰で、笑顔ですっくと立っている。

そもそも彼が幼くして亡くならなかったら、この全ての出会いも事件もなく、もしかしたらみちるさえもいなかったかもしれないのだ。そのときはとてもひどいことに思えるだけのことから、なにかが始まってやはり芽吹いていく。種が風に乗って、いろんな人のところで花開く。

そう思うと、一郎のお兄さんはただ死んだわけではない。なにかを始めたことになる。

運命の不思議、人生の糸の不思議。

そういうことを考えながら、歩いて行った。

しばらくはさやか見てる、はやっぱりちょっと嬉しかった。

こんなに嬉しいというのが意外だった。

川に二枚の木の葉が浮かんで、いつのまにか流れが同じ場所にたどりついたみたいに。

あるいは、鮭が生まれた川に戻ってくるみたいに。

いつのまにか、またとなりにいるというのはいいものだった。

いちばん意外だったのは、義父が私の手が動くのを見て泣いたことだ。

息子が死んだときさえも、病院では泣いたけれどお葬式では泣かなかった義父なのに、義母よりも先に涙を流した。

いかにこの手のことをみんなが実は気にしてくれていたのかがわかって、無頓着に過ごしてきた自分が恥ずかしくなった。

自分でも気づかない自殺願望、両親のところに行って楽になってしまいたい気持ち……確かにそういうものが自分の中に当時あったのかもしれないと思う。

自分では決して気づかなかったけれど、あの頃の私はすさんでいたし、どこか命を粗末にしてしまいたいような気持ちがあった。

この手がここまでひどくなったのは、自分の体をものみたいに壊してもかまわないという気持ちがどこかに潜んでいたからだったのかもしれないと思えてきた。

そしてそんな大事な情報を知らせてくれなかったばかりか、あっさり忘れていた一郎に少し腹が立たないでもなかったけれど、その性格は一郎を一郎たらしめている大事な特徴だから、しかたないなと思った。

それに、当時の私が聞いてもきっと聞き入れなかっただろう。

そんなことはない、私は生きたいから手を痛めてまで戦ったのだ、と反論したに決まっている。

命をほんとうにわかった今になったからこそ、聞いてよかったことなのだろう。

そう思うと、今になって当時のイダおじさんの言葉を聞けたのも、天の計らいだったのかもしれない。

「よかったな、さやかさん。俺は夢とかヒーリングとかチャネリングとかそういうのはわからないけど、山ではそういう不思議なことはいっぱいあるようだから、きっとなんだかわからないけどそういうこともあるんだろう。とにかく手が動いたら、もっといっぱいみちるとも遊べるし、いっしょにハイキングに行ってもっともっと楽しくなる。」

義父は泣きながら言った。

そして恥ずかしがって奥の部屋に引っ込んでしまった。

それを見てもらい泣きしていた義母は、にこにこして、

「きっとなにか期限があったんでしょうね。時間が動き出すまでの期限。」

と言った。

みちると同じような発言だったので、私は思わず吹いてしまった。このおばあちゃんと孫は気が合いすぎだ。

みちるが帰ってくる前の午後遅い時間、夏の西日が庭木を照らしているのを見ながら、私は左手を少しずつ動かす練習をしつつ、義父母に手のことを報告に来ていた。

「やっぱり、亡くなったらいろいろわかったこともあるんじゃないかなあ、一郎さんのお母さん。」

義母は言った。

「いずれにしても、ハイビスカスも双子の兄の死も悟の死もみんな報われるっていうか、流れっていうかね。一郎さんとうまくやりなよ。私、応援するから。」

「まだ、ぴんとは来ないんですよね。私、当時、奴隷になりたくなかったんです。」

私は言った。

「奴隷って……神社の嫁とか丁稚奉公とかそういうののこと？」

義母は笑った。

「いや、そういうのは別に、楽しめばいいからいいんですけど……運命の奴隷っていうんですか？　それになりたくなかったんです。人をかばった面も大きいですけど、私のこの手。」

私は言った。左手をくいくい動かしながら。朝よりもずいぶんスムーズに動くようになってきていた。

「これは、なによりも自分を守るために行った行為じゃないですか。あの人たちがかくまっていた奥さんを連れていくだけだったら、警察呼べば解決ですけど、私とか一郎さんのお母さんに暴力をふるう可能性だって高かったわけですよね。

そういうの全部ひっくるめて、自分の自由を取り戻すために行動したんだと自分で思っていたんですよ。

でも、人をかばって手がだめになったら、その家の人が同情して親のない私を息子と結婚させて籍に入れてくれたっていうことになったら、完全に私がかわいそうな人じゃないですか。

私の両親は確かに早くに亡くなりましたけど、人よりもずっと早かったという点では確かに私はかわいそうですけど、人としての私はちゃんと両親とたくさん時間を過ごしたから、別にかわいそうではないんです。だから、同情には人一倍敏感になっちゃって。いるんですよ、これがまた。君にはかっと来たけど、親がいないと思うと許せる、みたいなこと言う輩が。そういうのにさらされてきたから、少しでもそういう要素が入って人生を決めていくことに潔癖だったわけです。」

「なるほど。」

　義母はうなずいた。

「でもみんな過ぎたことじゃん、今は今だもの。」

「それはそうなんですよね。」

　私は言った。

「今の中に一郎さんがいるのに、まだ混乱してて。バリにも顔を出すって言っていたし。」

「いいんじゃない？　あの日に初めて会った人だと思えば。旅先で人に会うなんてあたりまえのことじゃない？　それにさやかさんはみちるが悲しんだりいやがることを絶対にしないってわかってるから、信頼できる。

　最近よくあるような、若い未亡人やバツイチの女性が次の彼氏にのめり込んでもともとの子を虐待したりとか、ああいう話はあなたにはないってわかってる。あなたって苦労人だから、そういうところ意外に老けてるから。

　それに私、あなたとみちるだけが旅をするのが少し不安なときがあるから、ほら、狙われやすいでしょう。日本人で、女ふたりで。向こうに着いちゃえばおじさんやおばさんがいるでしょうから安心なんだけれど、道中がね。男の人がいれば安心。

むしろ楽しくなってくる。私さあ、もしあの人がさやかさんとつきあってくれたら、また息子の世代の男の子ができるみたいな感じがして、嬉しい感じさえする。悟には悪いけど。でも、もうずいぶん長い間喪にふくしてきたし、たくさん泣いたし、もういいよね。」

義母は言った。

「息子が死んだ悲しみが癒えることはないよ。もちろん。でもね、たとえばさやかさんがバリで彼氏を作って向こうに移住したりしたら、やっぱり淋しいのよね。

でもそのほうがよほどありうることだったでしょう？　バリのおじさんとおばさんにはお子さんがいないわけだから、あなたたちが住むのは大歓迎だと思うし……その線がいちばんありうるなって思っていたの。もちろん反対するつもりもなかったけれど。私とお父さんが飛行機で移動できるのだってあと十年くらいの話だもんね。」

「どこにいたって会いに来ますけどね。」

私は微笑んだ。

悟が死んだ直後の、義母の身をよじるような悲しみぶりを思い出すと、今どんなにさっぱりしたふうを装っていても私にはわかった。心の中は悟でいっぱいだと。でも生きている人と共に生きていくという決意が義母をやたらに前向きにさせているということを。

「でもさ、あの人だったら隣町じゃない。しかもみちるともそりが合いそうだし。なんか、いいよね。それって。」

義母は屈託なく笑った。

私たちが離れていくとしても止めまいと、どれだけ決心してくれていたかがそれで伝わってきた。

「こういうとき、意地悪したり、嫉妬したり、みちるの親権を奪おうとしたり、家から追い出してみたり、そういうのがないと面白いドラマにならないじゃないですか、お義母さん、とにかく偉大すぎます。」

私は言った。

「それは韓流ドラマの観すぎだよ、さやかさん。」

義母は微笑んだ。

「だれだってね、ほんとうは楽で気持ちよくて風通しがいいほうがいいの。でもみんな山に行かないしテニスもしないからいろいろわからなくなっちゃうんだね。あとは退屈しのぎにどんどん止まらなくなっていっちゃうだけでね。

私にはそういう体を使うような、バランスを求められる場所があるし、その上息子を亡くしたら、もう充分なくらいにそう思うようになったわよ。

目を伏せて手元を見てると手元ばっかり気になっちゃうものねえ。

山は偉大すぎるし、テニスは奥深すぎるし、息子が死ぬのは受け入れがたいし、そういうのにずっと触れていたら、いやでも謙虚になるっていうか、自分がああだこうだ思うことなんてたいしたことないって体でわかるよ。」

私は宇宙の真ん中みたいなところにぽつんと生きていて、周りにまるで他の星みたいに他の人が浮かんでいて、たまに手を振ると笑顔で応えてくれるから、孤独だけれど悲しくはない……そんな感じがした。ちょうどよいかげんやバランスは確かにきっと存在するんだと。

ネット上での飛行機の予約がすっかり終わり、私はそれを一郎にメールで送った。

「了解、合わせられます。日程の初日にひとつ用事があるので一日遅れでウブドに追いつきます。あとで顔出せたら出して。細かいこと聞きたいから。　一郎」

という返事が来たので、私は出かけていった。

一郎は夏の陽ざしのせいでまた一段と真っ黒になって、あたまに手ぬぐいを巻いて水やりをしていた。

「いつも庭にいるね。」

私は笑った。

「ここが俺の職場だから……って言っても、さっきまで竹中さんといっしょに社務所の掃除していたんだけど。」

一郎は言った。

「おふくろが死んだショックが竹中さんでずいぶんと和らいでいる気がする。めしも作ってくれるし。もはやみんなにとっても家族同様だし。」

「ほんとうに、いい人がいてよかった。一郎のお母さんも、ずっと淋しくなかったね。」

私は言った。

ほんとうは私がするはずだった仕事をしている人が、いてくれてよかった。そう思った。今は違う立場から関わって、いっそう風通しがよくなった。

あの頃のすさんだ私があのまま嫁に来てここにいても、ここの気が乱れただけだろう。それこそ神社の庭の木や草も私のかげりを反映してしまって、ここまで大きくならなかったかもしれない。あるいは、一郎のお母さんは人間の世話にかまけて、こんなふうにすてきな空間を生み出す方向に心が向かなかったかもしれない。

きっとあのとき私が逃げ出したのは、よかったんだ。

またひとつそう思うことができて、心の中の泉から水がまた豊かにわき出したような気分になった。

「今買ってきた梅みかん水、飲む?」

私は言って、二本のうち一本を一郎に差し出した。

一郎はそれを飲んで、

「なにこれ、うまい！　庭仕事に最適な飲み物じゃん。どこに売ってるの？」

と言った。

「うちの駅の駅前スーパーでだけ売ってるの。今度まとめて買ってってくるね。」

私は言った。

汗が木陰でひいていく。

蟬が今日も短い命を発散して生き生きと鳴いていた。

「そのヌガラのリゾートホテルだかその人の家だかって、俺も行っても大丈夫なの？」

一郎は言った。

「うん、一郎の分も入れて二部屋お願いしておいた。平屋の、なんていうことないツインの小さい部屋だけどすごく清潔だし快適だよ。プールもあるしさ。ものすごくかわいいバリのおじょうさんたちが、いつでもごはんを作ってくれるの。運転手さんも手配してくれる。」

私は言った。

「私、手が動くようにならないかなと思って、毎日プールで泳いだんだ。プール前の売店で売ってる日本人女性が作ったｓｉｓｉっていうブランドのバッグがほんとうにかわいくって、全種類から二時間かけて選んで、六種類くらい買って部屋で並べたりもした。そういう時間の贅沢(ぜいたく)をしてるうちにいつのまにか少しずつ、笑えるようになっていったの。」

「その日本人の男の人は何をしてるんだっけ？　もう一回教えて。」

一郎は言った。

「土地をいっぱい持ってる大富豪なの。バリ人の奥さんがいて、お子さんたちもいて。で、それだけのお金持ちだからもしかしたら一般的に見れば少しくらい悪いこともしてるのかもしれないけど、その千倍くらいいいことしてる人だよ。養護施設を作ったり、道を整えたり、伝統芸能の楽団をいくつも守ったり、困った人にお金をただ貸すだけでなくて仕事をちゃんとあげて返せるようにしたり、いろんな人の相談に乗ったりね。まるで昔のやくざの親分みたいな、懐の深い人。昔はほんとうに暴走族のトップだったんですって。」

私は言った。

「その人も両親とおじさんおばさんをいろいろ助けてくれたことがあって、昔からのご縁で。私が事故にあってけがして日本を逃げてきたって言ったら、いくらでも泊まっていけってなにも聞かずに泊めてくれたの。あれは、ほんとうに助かったなあ。」

私は言った。

「朝はコーランの祈りの声と牛の声とカウベルの音で目覚め、夜は満天の星の下で眠って。健康的でおいしいもの毎日食べて。ずいぶんと回復したよ。それでウブドに帰ったら、もう一郎はいなかったんだけど。私こそが淋しかった。置き手紙もなく、一郎の匂いだけが残ってて。たくさん泣いたよ。」

「けっこう長くいたんだけどねえ。それになにか書こうと試みたんだけれど、なにを書いていいか、わからなくって。また会って話せると信じていたから。」

一郎はのんきに言った。

「じゃあ、今回はそこもいっしょに行けるんだ。一日遅れでおじさんとおばさんのゲストハウスで集合しよう。ヌガラへの移動は？」

「ドライバーさんを頼めると思う。ヌガラまでは三時間くらいかかるから、移動に丸一日使うとしても、あとはヌガラにずっといて、帰りは空港に直行すれば丸々八日はいられる。」

私は言った。旅がどんどん具体化していくと、少し前までずっと会っていなかったことなど忘れてしまった。

昔の自分と今の自分がすっとなじんできた。歴史がつながった。

そうしたらつながっていなかったことがいかに居心地が悪かったかがわかり、つながるには時間がかかるようなことを自分が力ずくでしでかしたことの重さもますますわかるようになった。

「ねえ一郎。」

梅みかん水を飲みながら私は言った。

サンダルの先から出た爪はまだまだ若いよと自分を慰めてくれるみたいに光っていた。

少し固まっている左手の爪だって、生き生きしてつやつやしている。

「なに。俺、ちょっとしゃべりすぎて反省してるんだから。」

一郎は汗をふきながら答えた。

「このあいだものの本で読んだんだけど、あ、文化人類学者の本でね。中米のある地域のシャーマンの間ではね、男女が性交すると男はサナダムシみたいな光るものを女の体内に残していくと言われているんだって。

でね、それが一度の性交で七年間も体の中に残って、女からエネルギーを奪って男に供給し続けるんだって。七年間たつとサナダムシみたいなものは死ぬんだけど、七年目にサナダムシ群が大暴れして、また女を性交させてしまうから、初めての男から直近の男まで、全てのサナダムシがまた生き返って、彼ら全部にエネルギーをあげてしまうんだってさ。」

私は言った。

「真っ昼間から、性交の話をするなよ。しかもエネルギー的に妙にリアリティのある話を。」

一郎はいやそうに言った。

「私、せっかく七年以上禁欲してるんだから、今、サナダムシをなにも養ってないわけ。よほどの決心をしてから、エネルギーをあげてもいいなと思うような人と再開したいのよ。頼むから変な気持ちにならないでよ。今回の旅で。」

私は言った。

「おじさんだのおばさんだのイダさんだの、君の知り合いの日本人の宿だの、しかも十歳未満の子どもがいる環境で、そんな気持ちになれるほど飢えてない。」

一郎は言った。

「よかった、そこんとこはっきりさせておきたかったんだ。」

私は言った。

「俺はそこんところをもやもやさせておきたかったんだけどな。」

一郎は言った。

「いいじゃない。みんなでのんびり体も心も治しながら、バビグリンとかナシチャンプルとかバッソとか食べに行こう。」

私は言った。

「いいなあ、前回のバリは最悪に悲しかったから、記憶を上書きしようっと。」

一郎は言った。

「じゃあ、俺は、さやかを彼女候補と考えてもいいわけなんだね。」

「それってさ、女の子が『ねえ、私たちってつきあってるの？』って言うのとなにも違わないじゃない。」

私は笑った。

「今は私、みちるのお母さんでいるのでせいいっぱいだよ。でも、一郎以外の異性の気配が入る余地がないのは確かだから。」

「なんだかもやもやしない分、ロマンがなくてつまらないなあ。」

一郎は言った。

「お母さんってそういうものなんだって。」

それでも一郎がそばにいるのは嬉しかった。

もしも今だれかが猛然とやってきて彼を奪い取っていったら、もしかしたら私は悲しいかもしれない。そうとさえ思えた。まるでずっといっしょにいたような。

いずれにしても空は高くて、なにかが少しずつ始まったり戻ったり、そんな気配が夏といっしょにあたりに満ちていた。


それは全くの偶然だった。

流れや地理的には偶然とは言えなかったのだが、私の日常にとっては思わぬことだった。

いっしょに梅みかん水を飲んで、うっかりサナダムシを入れられないようにと冗談を言って水やりを終えた一郎の小屋には寄らず、私はみちるの帰宅時間に間に合うように駅に向かって歩いていた。

駅前で書店に立ち寄りそのあたりの料理本を手に取って、今晩のメニューを考えている最中のことだった。

後ろに人が立ったのには気づいていた。

自然の中に育ったから、気配には敏感なのだ。

きっと私の前にある本のどれかを手に取りたいんだろう、と思って私は一歩よけた。そして熱心に冷しゃぶのたれの作り方を頭の中に引き続きコピーしていた。

しばらくたっても、人の気配は消えなかった。

さすがに私が振り向くと、きっとまだ二十代後半くらいの背が高い、清潔感のある女性が立っていた。

エプロンをしていて、髪の毛を後ろで結わいている。

ちょっとした買い出しの風情だった。

「もしかしたら……あなたはさやかさんですか？」

その人は言った。

「はい。そうです。松崎さやかです。」

私は名乗った。

「私は、すぐそこのカフェの娘なんですが……。まさかここでお会いするなんて。飯山と言います。」

彼女は言った。

ああ、この人が、一郎とつきあっていて立ち消えになった人だ、ということが私にはやっと理解できた。

見るからにきちんとしてかわいらしく、なかなか良さそうな人で、嫉妬はわいてこなかった。

一郎がこの人とすでに結婚していてくれたら、ちょっとだけ淋しかったかもしれないけれどある意味楽だったのにな、と私は思った。

「うちのカフェで少しお話しできませんか？　私今、三十分の休憩時間なんです。バイトの人が帰るまでのあいだ、少し時間がありますので。」

「いいですけれど、ほんとうになにも確定していないんで。なにか話せることがあるかどうかもわからないんですけれど。」

一郎のことだろうと思って、私は言った。

「ただ、お話ししてみたいだけなんです。」

彼女は微笑んだ。

その微笑みからはあきらめムードが漂っていて、私は自分が有利なわけでもなんでもないのに、申し訳ないような変な気持ちになった。

彼女の実家であるところのカフェはビルの二階にある昔ながらの珈琲（コーヒー）専門店で、サイフォンもドリップもあった。整然と並んだ豆と窓辺の焙煎機（ばいせんき）が本格的だった。全体的に濃い茶色の内装で薄暗く、彼女がエプロンを取って軽く会釈をしたのはきっと彼女のお父さんだろう、身だしなみのきちんとしたコーヒー好きそうな老紳士だった。

若いアルバイトの青年がオーダーを取りに来て、彼女はブレンドを注文し、私も同じものにした。

　外で見知らぬ人とお茶をするのは、久しぶりだった。

　昔、サイコメトリーでの鑑定をしていた頃は、しょっちゅうこんな感じで知らない人とカフェに座っていたものだった。

　あの仕事は人の喜びや悲しみに、まるでぬか床に手を入れるように触る仕事だった。今の私にそれができるか、もうわからなかった。

　子どもを持って、夫の死を経験して、あまりにもそれぞれの人の痛みや愛や恋がわかりすぎるようになった今の私にはあれほどのずばっとした勇気がない。

　それを進化と取るか退化と取るか、自分でもわからなかった。

　ただ、人として少しマシになったような気はしていた。

「一郎さんからよく話を聞いていたんです。写真も見せてもらいました。だからさっきわかったんです。」

　飯山さんは言った。はきはきと、そしてしっとりと。

「あの、はじめに申し上げておきますけれど、私たちはもう別れました。だから、単にさやかさんのお話を聞きたいだけなんです。」

「いや、なんだかよくわからないんですが。」

　私はどきどきとして言った。

敵なのか味方なのか、責められるのかほめられるのか、さっぱり状況が飲み込めない。やってきたコーヒーを一口飲んだ。とてもおいしかった。薄いのにしっかりと味があった。

それだけでこのご家族の温かい歴史を感じられて、彼らを好きになった。

好きになってはいけない関係なのかもしれないけれど。

「私のことを、どういうふうに聞いているんですか？」

私は言った。

「どこかの国の工作員かもしれない女性とつきあっていたが、めっぽう強くて熊でも殺せるような女だった。テコンドーと空手と柔道を駆使しておふくろを救ってくれた。しかもものを触って情報を読む特殊能力を持っていたし、あるとき姿を消したからもしかしてスパイかもしれない。そんな刺激的な女とつきあったことがあって、しかもこっぴどくふられたから、もう普通の結婚とかできる気がしないって。」

大まじめに飯山さんは言った。

くそ〜、一郎め、私を言い訳に使ったな、と私は思った。

そういう悪い冗談をそのままにしておける、変なほうっておき感のあるのが一郎の面白いところでもあり、人によってはかんかんに怒る場面でもあった。でも、私は面白いなあ、とつい思ってしまう人間であった。

「あの、その手は……やはりそういったお仕事の現場で傷められたのですか？」

飯山さんは眉をひそめて私の手を見た。

「……ええ、まあ、そんなところです。」

私は言った。

あのできごとの細部だけはしっかり言わないでおいたところに一郎の良心を感じた。しかし、それを感じられる私のような人はこの世にとても少ないとも思う。

破れ鍋に綴じ蓋みたいな感じで、一郎には私しかいないんだという気さえしてきた。

「私、ほんとうに一郎さんと結婚したかったんです。この街ではあの神社の存在はとてもだいじなもので、お手伝いできたら光栄だなって思っていました。一郎さんはここのコーヒーを気に入ってくれて、いつも飲みに来たり、豆を買ったりしてくれたんです。」

飯山さんは言った。

「そうだったんですね。あの、私はもうなんて言っていいかわかりません。」

私は言った。

「私はまだ彼をあきらめきれなかったんですが、さやかさんが戻ってこられたなら、もう、いっそう望みはないということです。」

飯山さんの大きな切れ長の目には涙がいっぱいにたまっていた。

私には一郎の気持ちがわかるような気がした。

こんなにいい人で、きれいで、かわいくて、でもこの人の未来の中に入った自分がそんなに楽しそうじゃない……そう思えてしまったのは一郎がきっと彼女に恋をしていたのとは少し違うからなのだろう。

そんな気がした。

生活の中の一場面としていてほしい人、好意を持たれたらとても嬉しいけれど、それ以上自分の気持ちがうんともすんとも動かない人っていうのは相性として確かにありうる。

彼女の見ている一郎が生の一郎とほんの少し違う、そのことがすてきに作用しない関係だったのかもしれないと私は感じていた。

そして人間の組み合わせというものが淋しく思えてきた。

みんな基本的に善男善女なのに、なんで報われない恋がいっぱいあるんだろう。

「そんなことないかもしれないです。私が言うのはほんとうになんですけど、もしも好きなら、食い下がってみるのも大切なことです。」

私は言った。

「好きでも会いたくても、食い下がれなくなることだってあるんです。」

飯山さんの涙につられて、私まで涙が出てしまった。

私がいい人だからではなくて、あくまで場の空気で泣けたのだった。

でもきっと飯山さんは最大にいいふうに解釈をしてくれるのだろうと私は推測した。申し訳ない、違うんだ、でも飯山さんのそここそがいいところで、だからこそ一郎が面白がらないのだ。

なんていうことだろう、そう思った。

「ごめんなさい、ずいぶん前ですが夫が死んだもので。もうなにも伝えられないっていうか、伝えようとしてみてもフィードバックがどうやったってないんですよ。彼の言っていることを夢で見て、いかにそれがもっともらしくて彼が言いそうなことであっても、一生ほんとうのことかどうかわからないし。不安に思わずきっと彼の思いだと解釈して突き進むわけなんですけれど、実物がいるのとはやっぱり違いますから。」

私は言った。

「だから、相手が生きているうちになんでもかんでも伝えるのはいいことです。今の私にはそれしか言えないです。」

飯山さんはうつむいてそれを聞きながら、コーヒーを飲んでいた。

彼女の心をご家族とお父さんのいれたこのすばらしいコーヒーが癒してくれることを、そして彼女をほんとうに思ってくれる、慰め程度にではなく、心から欲している人とうまくいってくれることを祈った。

それはどうしてだか私や一郎のいる世界よりもずっと素直ですてきな世界に思えて、私はまた淋しくなった。

大好き、だからさあ結婚しよう、そういうのからなんて遠くに来てしまったんだろうと。

「私ね。」

涙に濡れた目で飯山さんは言った。

きれいに手入れされた爪、きちんとした眉毛。まっすぐな姿勢。

そしてなによりも私は、自分が手に包んでいるコーヒーカップから感じ取っていた。お父さんとお母さんがどんなにこの娘さんを愛して育てたか。幸せを願っているか。

一郎は悪い奴じゃない。

でも、はずれものだし、世の中を変な角度から見ている。それは私も同じだからとてもよくわかるのだ。

どちらが悪いとか問題があるとか、そんなことではなかった。

彼女を彼女のまま丸ごと欲してくれる人でないと、ご両親は内心とても悲しむだろう。じっとがまんして見守ってはいただろうけれど、一郎のどこかしらいつも完成されていない子どもみたいな、探求者や観察者のような態度は、彼らをきっと悲しませる。

「わかったんです。私、あるとき悟ったんです。」

飯山さんは続けた。

「彼といっしょにいると、彼はとても親切だし、目と目が合えばにっこりと笑ってくれる。でも、いつも私のこと以外のことを考えていて、あ、そうだった、この人といるんだからこの人のことを考えようとしなくてはっていうふうなんです。

私がたとえけつまずいても、すぐに手を貸してくれるわけではないんです。大丈夫？　とは言ってくれるけれど、だいじなものがけがをしそうになったときの表情はその目の中にどうやったって見つけることができないんです。

待ち合わせに早く着くのも私です。楽しみで早く着いてしまうことは彼にはきっとないんです。

さやかさんといっしょにいるときの彼がどうであるか、私にはわかりません。もしかしたらもっと違う面を見せているのかもしれない。

でも、私はあるとき駅前で彼を十分ほど待っていたとき、ふいにわかったんです。彼は走ってこない。彼は私に会うために鏡に向かって身だしなみを整えてもいない。私にはそういうふうにしてくれる人が……せめて恋愛の初期だけでもいい、そうしてもらえることが必要なんだなって。でないと私は自分を哀れんでしまうから。

楽しそうにさざめくいろいろな人の声、目的を持って行き交う車の音、友だちを呼んでカラスの鳴く声、そんな音たちが私の周りに調和して温かく響いていたのですが、私はどうしようもなくひとりぼっちでした。

空はとっても高く青くてきれいで、私はいちばん好きな服を着て、ちゃんとお化粧して、これから好きな人とデートをするというのに、なんだかみじめな気持ちでした。世界中が、私に伝えていました。『彼は君を嫌ってはいない、とても好きかもしれない、でも愛していないんだ』って。

私は、頭もよくないし、武道にもたけていないし、コーヒーをいれるのも半人前だといつも父に怒られているような、足りていない人間かもしれません。

でも、私は私をちゃんと扱ってくれる人といるべきなんです。

どんなに彼を好きでも、私はあんなふうに空っぽな気持ちになるべきじゃないんだなって思ったんです。だからもう大丈夫です。ただ、さやかさんがどんな方なのか知りたかっただけで。」

「一郎さんはスーパーマザコンだから、きっとだれに対してもそんなふうなんだと、私は思いますよ。飯山さんが、そこまで彼を好きになりきれなかったというのもあるのかもしれませんね。あの、優しそうな外見から、彼のことをきっとまじめできちんとした人だと思いたかったのかもしれないですね。」

私は言った。武道にはたけてません、と言いたいなと思いながら。

「そういう期待も、恋愛にとってはすてきな誤解かもしれないですけれど、もしかしたら結婚にとっては障害になるのかもしれないです。私が一郎さんといっしょにいたのはもうずいぶんと前になりますけれど、この鷹揚な私でさえも、彼のきつい冗談や全てが他人事といった風情にはひどく腹が立ちましたから。」

「そうですね、私の見ていたのは、神社の家の親孝行な息子さんとしての彼の一面だけだったのかもしれないです。」

飯山さんは言った。

「幸い今は、私を思ってくれる常連さんの少し歳上の方がおりますので、おつきあいしています。結婚も考えていますし、父もその人との交際を賛成してくれていますので、ご安心ください。」

涙をぬぐいながら、そして未来をちゃんと見つめながら。

「私だって、小さな娘がおりますし、これからどうなるのかなんて、いろんな意味でさっぱりわからないんです。」

私は言った。

「ええ、ほんとうに、責める気持ちはありません。それにそんな特殊な経歴では、特殊な人生を歩まれているのでしょう。どうか幸せになってください。」

飯山さんは言った。

「さやかさんをライバルと思っていたわけではないのです。ただ、彼の心の逃げ道……言い方はとても悪いですが、私とちゃんとつきあっていって、彼は神社を手伝いながらうちも手伝って、ちゃんと所帯を持って、行き来したり、助け合ったり……そんなありふれて幸せな生活からの逃げ道の先には、その視線の先にはいつだってとても大きく自由な存在としての、彼が追いかけ続ける、恐れを知らない女性としてのさやかさんがいるような気がして、私はいつもさやかさんの存在をとても重いものに感じてしまっていたのです。

私がそんなふうにもんもんとしていたことが、きっとさやかさんにいやなものとして飛んでいって念を感じられていたのではないかと思います。ほんとうにごめんなさい。

そして、確かに私は考え方も生き方も小さいつまんない女なのかもしれないですけれど、私なりにこのお店にずっと立ってきた誇りがあります。つまらない人間なんてこの世にいないんです。どんなにつまらなく見えても、その見る側の目の問題なんだと、今ではほんとうに思っています。

私にそう思わせてくれたのは、毎日磨きこんできたこのお店の椅子やカウンターや柱でした。だから、私は私の人生を生きていきたいと思ってます。

神社の敷地に住んでいて、ご実家を手伝っていることから、一郎さんは私のような人なのかと勝手に思っていましたが、今では、全く違う種類の人、なにかに賭けていくタイプの人で、私には合わないって幻想がとけてちゃんと思っています。」

「私はほんとうにずっと、十年以上彼の前に姿を現さなかったので、なにも言えないです。自分のことをいっしょうけんめいやっていましたから。

でも、おっしゃることはよくわかるような気がします。

一郎さんは見た目よりもずっと変なことを考えている変な人ですから。若い頃はそこに神秘を感じてひきつけられましたが、今となってはなんて変な人だろうって面白く思うだけになってきました。

だからとりあえず今、私は一郎さんに恋をしていないです。私には、私をほんとうにだいじに思ったまま亡くなった夫がいましたから、自分を粗末にしたくないんです。そこは飯山さんと全く同じ気持ちです。」

私は言った。

飯山さんの全身にはお店を背負っている誇りと、やはり街の憩いとして長年場所を提供してきた人の安定があった。一郎を好きになったことで、彼女の中にあるなにかが目覚めようとしたのだろう、と私は思った。

遠くに行きたかったり、わけのわからないものに賭けてみたり、人生のシルエットがぐちゃぐちゃになってきれいな模様を作るようななにか。

でもそれは目覚めてしまうと彼女の生き方にとって、とてもつごうの悪いものだったに違いない、そう思った。だから彼女はあきらめたのだ。自分を掘っていくことを。そして掘らないけれど人のためにつくし今のままの道をまっすぐに作っていく、自分の好きな生き方を選んだ。

「さやかさんがまともな方でよかった。」

飯山さんが笑った。

「私、一度ここのお店で水をかけられたんです。一郎さんのつきあっていたスナックのママに。」

「ええ？」

私は驚いた。

「みっつ先の駅の近くの小さなスナックのママでした。ママと言っても歳はそんなにいってなくて。このお店に急に来て、はじめは近所のスナックのママだとおっしゃるので普通にお話ししていたら、しだいに不機嫌になられて、私に水をかけて『清楚(せいそ)ぶってなによ、この泥棒猫！』って。私、そういう経験が初めてだったのでほんとうにびっくりして。父はそれからもうとにかく交際に反対して……そういうのにもちょっと疲れてしまったんですね。人は、それがどんな水でも、もともとの水になじむところに住むのがきっといちばんなんだなって。」

飯山さんは言った。

「とんでもない野郎だなあ、あいつ。」

私は言った。

「今度肋骨の三本くらい軽く折っておきますから。」

ふふ、と飯山さんは笑ってくれた。

「首の骨を折ってもらってもいいくらい悔しかったです。」

その笑顔を見て、私は、一郎が一郎なりにどんなに彼女を愛したのか、わかる気がした。すみれみたいな、心和む笑顔の君。カフェで立ち働く姿を見ているだけで元気になる……そんな気持ちが。

私も、一郎ってなんて奴だ、といつも思ったものだった。

でも恋の力で一郎の後ろにもっとすばらしい一郎がいて、それが私の中のいちばんすてきな男性像とちょっとだけ重なる感じがあるように見えていた。

飯山さんと別れて、駅のホームでひとりごとをつぶやいた。

「もしかして一郎の双子のお兄さんが生きていたら、とびきりすてきな人だったのかも。」

あの小さくて軽い骨、全ての始まりだった感触を思い出した。

それでも、一郎のほうが私にはきっと合うんだろう、そういうことなんだろうな、と思った。

今の私には一郎の良さがちゃんと分析できる。

言い訳しないところ、家族に囲まれていてもひとりで立っているところ。自分なりの考えを持って、自分で歩んで成長しているところ。

ウブドまで追いかけてきたのに、自分が私に必要ないと判断したら帰ってしまうところ。

でもやっぱり内心はしょげていたところ。

そして、そのあと私のことをいったんきっちりと忘れてしまえるところ。

それでもどこかには取っておいてあるところ。

あのようなすてきな娘さんと恋愛をしたけれど、なにかが違ったら妥協せず違うと思うところ。

スケベ心でつきあい続けたりできないところ。

その分量の計り方全てが、私とは違うが納得がいくものだった。

その全部が弱さも強さもひっくるめて、一郎という謎の人物だった。

神秘的なのではなく、身勝手なのでもない。

一郎は一郎なのだ。輪郭がぶれていないし、瞬間瞬間を自分なりに生きている。

そういう人の時間の重ね方がいちばん尊い。だれにも理解されなくても、やはりちゃんと刻まれているような生き方、そこが彼のいちばんいいところなんだ、そう思った。


旅立ちの当日、私と義母はうちの冷蔵庫の中身を空にすべく、私の部屋で一生懸命いろいろなものを食べていた。

ほうれんそうのおひたし、豚肉の炒め、のこりごはんのおにぎり、いろいろな具が入ったお味噌汁、塩辛、キムチ、すいかなど、日持ちのしないものを全て並べて、ふたりは午後の光の中で満腹だった。

「なんだか胃がびっくりしてる。いろんなもの食べて。すいかは半分うちに持っていってお父さんと食べるわ。」

　義母は笑った。

　私にはまだ両親の事故のトラウマがあるのだろうか、と思うのはそういうときだ。義母の笑顔を見たら、飛行機に乗りたくなくなる。もしも飛行機事故があったら、私は自分の全身を使ってみちるをなにがなんでも守るだろうとは思っていた。私だけ生き残る可能性については考えないどころかあってはいけないこととして捉えていた。そこはこの世の全てのお母さんがそうだと思う。

　しかし、義母にもしも会えなくなったら、と思うと、飛行機に乗りたくないと泣き出したいような気持ちになるのだった。

　心が妙に静かになり、いろんなことを感じまいというかたくなな気持ちになる。

「楽しんできてね。」

　義母は言った。

　楽しんでくる、その言葉の響きだけで私は少し軽くなる。

　今は今、そして楽しいことをしに行く、そしてその楽しみを分かち合うために必ず帰ってくる。

「はい。みちる中心に楽しんできます。」

　私は言った。

「怪しんでないって、興味はあるけど。」

義母は言った。

「あの骨のことがあってから、あなたなんだか一段階強くなって広くなったみたいに見えるよ。手も動くようになっているし、ほんと、人生これからよ。」

残念なことにまだまだ手は普通にものをにぎったり、細かい作業ができるようになるところまではいっていなかった。力が入らないし、曲がっていたくせがすぐ戻ってきてしまう。それでもただ手が広がって動くというだけで、これまでになかった可能性のようなものが実感として感じられた。

ちょうど、手が動く範囲と同じに視界も広がったような、不思議な感覚があった。

「いやなやりなおしもたくさんあるし、ここがもうどんづまりってところも何回もあるけど、じわじわっとねばっているうちに勝手に時間が流れて、またなんだか風通しのいいところに出ることがあるのが、自然の中に生きてる全部の生き物にある可能性だよね。まあ、それでだめなときは力つきるしかないんだけれど。」

義母は言った。

「悟もそうだけど、こんなにいろんなこと考えて、いろんなもの見て、なにかを深めて、それがいきなり死んだらなくなっちゃうってことはないんだと思う。どこかには必ず残って、生きているものたちに影響を与え続けているんだよ。だからこわがることはなにもないんだと思う。

あの赤ちゃんの骨だって、ああいうふうに、たまたま土に還らないで残っていたからこそ、いろんなことが動いたわけじゃない？　そこには赤ちゃんなりの、命の痕跡があるもんね。」

「私、一郎がからんでいたこともすごいけれど、もっと隠された骨がもたらす殺人ミステリーみたいなことがあるのかな？　って正直思っていたんですよね。あのとき。

私、実際あのおうちに降りかかってきた血なまぐさい事件を体験しているわけですから。でも、全然違った。拍子抜けするようなあたりまえのことばっかりだった。でも、そのあたりまえがいちばん面白かった。」

私は言った。

すいか以外のものを流しに片づけたり、残ったものをラップに包んだりしながら、義母は言った。

「そうだよ、なんでもないように見えることの中に、ものすごく面白いものがいっぱい潜んでるの。それを掘り起こしていくのは面白くてしかたないこと。」

義母は言った。

「よくキャンプに行って、あれ？　これあってすごく助かった。でも私なんで今回にかぎってこれ入れたんだろう？　と思うことなんてよくあるよ。海辺で漁師さんに突然鱸(すずき)もらって、じゃあ頭は味噌汁に、身は刺身にしようってことになって、お友だちがさばいている間に、私のバックパックからいきなりわさびおろす奴が出てきてね。入れた覚えはないんだけど、なんだか入っててさ。あのサメ皮のやつね。で、まさかだれも本物のわさび持ってないよね、って言ったら、なぜか仲間のひとりが『海辺に行くならもしやと思って持ってきた』って醬油とわさび持っていたりとかね。そういうのって、相談しても予定してもなかなか気づくものじゃないから。

今回の骨の事件は、極めてそういうのに似てた気がする。」

その聡明な瞳を見て、私は思った。

私は両親が年老いて死んでいくところを見ていない。でも、これからこの人たちのそういうところを見ることになる。一郎のお父さんに関しても多少は関わることになるだろうし、ウブドのおじさんやおばさんにも同じことが言える。

人はいつか必ず弱って、この世にいられなくなって、後の世代にいろんなものを置いていく。

いつか会えなくなるから、今、毎日、いやというほど会ったってかまわないんだ。そして、だからこそ、いやと思わないで会えるように工夫しあえば、奇妙な魔法が生まれてくる。べたべたしたり、嫉妬したり、泣いたりしているひまはないということなんだ。

その気持ちは堂々としたもので、私が独身の男性しかも元彼氏と娘を連れてバリに行ってしまうことへのちょっとした罪悪感の最後のかけらをすっかりたたき壊した。

「その話聞いたら、スーツケースに魚とかわさびとか鰹節削り器とか大豆とか、なんでもかんでも入れてしまいそうです。」

私は笑った。

「魚じゃまず出国でひっかかるだけだと思うよ。」

義母は笑った。

第五章　バリ再訪

「みちるが帰ってきたら空港に行きますので、声かけますね。」

私は言った。

「うん、下にいるから。」

義母はすいかを持ってそう言って、そっけなく玄関を出ていった。

下にいるから、その言葉は私を幸せにした。

これから旅に出る日の朝は、日常が輝かしく見えるから大好きだった。

死の可能性がほんの少しのスパイスとなり、猫までちょっと切ない目で私を見ている。

「すぐ帰ってくるからね。」

猫にも私たちの家にも、窓の外、塀際に今を盛りに咲き誇るかんかん照りの光の下のハイビスカスにも、声に出してそう言った。

ばかみたいだと思いながら、声を出さずにいられなかった。今ここに生きている幸せが夏の匂いと共にこみあげてきたのだ。

バリの夜はむんむんと湿気ていて、新しくなった空港には昔と同じいろいろな人がますます雑多に人数を増やして押し寄せていた。ただなんとなくいる人、友だちや家族を待っている人、ホテルのお迎えの人、客引き、偽ポーター、なにがなんだかわからないくらいの日本にはない混乱を久しぶりに見て、みちるはきょとんとしていた。

これまでも何回も来たことがあるのだが、空港が新しくなってからは初めてだったので、そのきれいな建物と雑多な人々のギャップもすごかった。

出口のところにはゲストハウスのおじさんとおばさんがにこにこして立っていた。

「おじさん、おばさん。」

私はふたりを抱きしめた。ふたりも私を親のようにぎゅっと抱いてくれた。

少しおなかが出て全部白髪になったおじさん。昔よりも痩せて目のまわりにしわが増えたおばさん。

ふたりはとにかくみちるが大きくなったことに驚いて、みちるをなでたり抱きしめたり、ひとしきり再会の儀式が続いた。

「手、どうしたの?」

おばさんがすぐに気づいた。

「なんだか、急にちょっと動くようになったんだ。」

私は言った。

「そんなことがあるなんて……よかった、ほんとうによかった。」

おばさんが泣き出して、おじさんもつられてちょっと涙ぐんだ。

泣いてくれる人の数が増えるごとに、黙っていてくれた気持ちの分量を思い知る。私は幸せだった。

スーツケースを囲んで夜中に空港の暗がりで泣く私たちを、バリの人たちがじろじろ見て歩いて行った。

おじさんの車に乗って一路ウブドを目指した。

空港の近くの大都会を抜けて、車はだんだん真っ暗な田舎道に入っていった。

「私、ウブドに入る前に急に暗くなるのが好き。モンキーフォレストのあたりでぞっとするくらい暗くなると、あ、もうすぐだって思う。ぽつぽつとコンビニが出てきて、そのあと銀細工のお店がいっぱいあって、それからいきなりおしゃれなお店が立ち並びはじめるでしょ。ああ、夜中だけどウブドだ、明日になったらここをジャランジャランしようって思うんだ。」

みちるが暗い窓に顔を近づけて言った。

ジャランジャランというのは、のんびりお散歩する、というような意味だ。

みちるがあまりにも自然にそう言ったので、運転しているおじさんがぷっと笑った。

おばさんはにこにこしていた。

夜道にはうろうろしている人たちがいっぱいで、まだ夜は終わらない感じがした。

帰ってきた、そんなふうに思う。暑くて汗がじっとりしみたままの服が車の冷房で乾いていく感じになじもうと、体がだんだん目覚めていく。

服をしょっちゅう着替えなくても、きっちりとまゆげを剃ってお化粧してなくても、命の力を強めるほうがここでは優先だよと闇が訴えてくるようだった。

そしてバリの夜は、生きているのだとあらためて思った。

東京にいるときは夜はその力をそっと隠しているけれど、バリの夜には確実になにかがいて、たくさんのものがうごめいている。

よいものも、悪いものも、汚泥にまみれたものも、清らかで光るものも、なにもかもがそこにいる。

こちらが夜を見つめていると、夜の中の生き物たちもこちらをじっと見ている……そういう日本では忘れていた感覚がよみがえってくる。

そして朝が来るとき、勢いよく光はバリを照らし、夜の生き物たちを一斉にねぐらへと帰してしまうのだった。

渓谷沿いにあるゲストハウスに着くと、たくさんの色とりどりのとかげややもり……バリで言うところのゲッコーたちが鳴き続けていて、みちるははじめそれらがいつ姿を現すかとどきどきしていたがすぐに慣れたようだった。

もともと自然に親しみながら大きくなってきたので、普通の都会の子よりは慣れが早いのだろう。すぐに裸足になって、虫を踏むのもおかまいなしに床をぺたぺた歩いていた。

おじさんとおばさんが、懐かしい手料理で迎えてくれた。

揚げたテンペや、辛いインゲンの炒め、サンバルソースや、みちるの大好物の揚げ鶏、アヤムゴレン。細長いお米をたくさん添えて、ビンタンビールと甘いジュースで、夜の薄暗い中、みんなで小さいプールとその向こうに漆黒の気配で広がる渓谷を見ながら食べた。

自然の力が大きいから、おしゃべりも自然と少なくなる。

夜とゲッコーと川と湿気のこもった風と、ランプの明かりとろうそくと、私たち人間たちが交互に話しているようだった。

バリに来てみると、日本で考えていたいろんなことがみんなどうでもよく思えてくる。小さくて、取るに足りないことに。そのくらい、まるで川がごうごう流れるみたいになにか大きなものがこの島では流れている。

私をどこに連れ去るものなのかわからないが、とにかく大きな力が。

ここに来る前に心配していたことは、全て消えてしまう。

自分が少し荒々しい存在に変わり、もうひとつの時間を生きはじめるような気がする。

天井に回る扇風機の風にさらされながら、みちるが寝てしまった。

おじさんが小さい頃の私を抱き上げていたように、お、重くなったなと言いながら、私が住んでいた部屋にみちるを運んでくれた。

私はおじさんとおばさんと、夜遅くまでワインを飲みながら、一郎が明日来るけれどよりを戻したわけじゃない、という話をしていた。

あの人、面白かったわねえ、とおばさんは笑った。

おじさんも少し酔いが回った赤い顔で吹き出して、ほんとうに面白い人だったな、と言った。

それで、いろんなことがなんとなくすっきり収まってしまった。

「さやかちゃん独身なんだし、いろんな人と過ごしてみたら？」

おばさんは普通に微笑んで言った。

同じ歳上の人でも、義母と違っておばさんはあくまで静かな人だった。

タイプとしては私の実の母に近くて、いっしょにいると私の奥底が甘えて少し子どもっぽくなる。

自分で力仕事をすることはそんなに多くないと言っても、いろいろな人を使って、ここでの長年の暮らしですっかりたくましくなったその表情を私はワインのつまみを味わうように幸せに味わっていた。

いろんなこだわりがゆるんでいき、残るものはただみちるへの愛と、それを私にもたらしてくれた悟への気持ちだけだった。

生涯いっしょにバリに来ることがなかった悟、今は常に共にいる、そう思った。

「ねえ、おばさん。」

私は言った。

「なに？」

おばさんは私を見た。

実のお母さんを思い出させる、静かな瞳。私の実のお母さんと若いときに長い時間を共に過ごした、記憶のかけらを持っている人。

おじさんもこちらをじっと見ていた。

「おじさんとおばさん、私が日本に帰るときに、通帳持たせてくれたでしょ。」

私は言った。

「あれって、お母さんが私のためにためていたものなの？　それとも単にお母さんが遺したものなの？」

「さやかちゃんと同じで、やっぱり特別な勘があったんじゃないかな、お母さん。」

おばさんは穏やかに言った。

「自分はなんだか早くこの世からいなくなる気がするっていつも言っていたの。それで、毎月こつこつと貯金していたのよ。」

「よく見てみると、入金が五百円の月とかあるんですよね。笑っちゃう。」

私は言った。

「俺たちは、立ち上げのときはやっぱりそんなに豊かじゃなかったからなあ。」

おじさんは言った。

おじさんは若い頃は大学教授だったがそのあと日本とインドネシアの間で貿易業を営んでいた。そして定年より前にここに永住したくなって会社をたたみ、このゲストハウスをやることに決めたのだった。父といっしょに出資して、まだなにもなかったこの渓谷の奥に場所を定めた。

「君のお母さんが見よう見まねでダウジングして、まだ若かったイダさんを呼んで観てもらったり清めてもらったり、楽しかったなあ。

契約のしかたはヌガラの丸さんにちゃんと聞いて、ほら、こっちではインドネシア人以外は土地を買えないからさ。リースにするか、だれかに代理を頼んで契約書に条件をうたうか、とにかくいろいろあったんだけど、その間ずっと四人でいたから、家族みたいになったんだよなあ。で、俺は退職金もあったしまだ余裕があったけど、君のお父さんやお母さんは人からお金を借りるような人たちじゃなかったから、いくら貸すって言っても借りなくてね。ほんとうにサンバルとごはんばっかり食べてたから、おかずはうちのが持って行ったりしてな。その頃から、お母さんは言ってた。自分たちに何かがあったら、このお金をみんなさやかにあげてって。通帳を預けてくれるっていうのは、ほんとうに信頼されてるってことだ。彼らがいなくなって俺たちもがっくりしてしまい、ここの経営だって苦しくなったときはあったけど……だっていきなり人手やブレーンがふたりも減ったんだし、とにかく淋しいし、でもね、そういうときでも決してこのお金には手をつけなかった。保険が下りたし、その分ももちろん手をつけていないよ。」

「おじさん、そんなこといちいち言わなくたって、わかっています。」

私は言った。

「そんなことはないよ。人間って、弱いものなんだよ。子どもを育てるのを手伝ってあげているんだから、泊めてあげているんだから、そんな言い訳をいろいろして、五万円なり十万円なりでも、正当な気持ちでもらっちゃうのは簡単なことなんだ。あとちょっとならいいだろう、あとちょっとほしいな、そういうものはいつだって人の心の中にある。」

おじさんは言った。

ほんとうにそうだ、と私は思った。私がここに泊まるたびに少し安くしてもらうけれどきちんとお金を入れるのは、そうなりたくないからだった。

「でもね、お父さんとお母さんと過ごして、私たちほんとうに楽しかったからね。ここでは、そんなに多くのものがいらないでしょ。車があって、家があって、畑があって……お客さんはたいがい毎年同じ人が長期で来るから、収入も安定している。

老後に、あの人たちとここを立ち上げた思い出を、まっすぐに、しっかりと顔を上げて思い出したかったから、そんなことをしようと思わなかった。そんなことをしないために、私たち少し多く土地を持っているわけだし。今開発が進んでいるから、きっとそう遠くなく売れると思う。バリが変わっていってしまうのは歴史の流れだからしかたがないけれど、私たちが見てきたものや思い出はそのことでは変わらないもの。

なによりもね、こういう仕事も、そのまえのこの人の仕事も、ほんとうにいろいろな国のいろんなことを見る仕事だからねえ。そりゃあいろんなものを見たのよ。」

おばさんが言った。

「これはこれで、まるっきりフィールドワークだよなあ。」

おじさんは言った。

「いっしょにいらしたカップルが帰るときはそれぞれ別の人といたり、部屋に道でナンパしたお金目当てとわかってるワヤンくんを連れ込む老婦人や、人の担当の部屋のチップをかすめとる若いバイトさんとかね。

そういうのを見るたびに、私は、まだ大人になるまえのさやかちゃんを置いていかなくちゃいけなかったご両親を思うのよ。どんなにかこの世にとどまりたかっただろう、どんなにみちるちゃんを見たかっただろうって。

人の欲に触れるたびに、思うのよ。人を活気づける欲はいいけれど、そうでないものは、妙な匂いがするの。それに触ると、自分も臭くなるような気がするんだ。」

おばさんは言った。

「俺もそういうのがわかるようになってきた。親友たちがあんなふうに急にこの世を去ると、ほんとうに考えちゃうものだよ。俺も、いつ急に死ぬかわからないんだから、臭いままで天国に行きたくなかったから、さやかの通帳をワインや土地に変えちゃうことはしなかったよ。その一円一円が、彼らにとってはさやかがぶじでいてほしいっていう祈りの声なんだから。」

「私もねえ、あのお金にまだ手をつけていないんです。みちるがいつか私立に行きたいとか留学したいとか言い出したら、そのときに使おうと思って。」

私は言った。あるときは五万円、あるときは五百円、毎月ムラのある振り込みが両親のつたない愛の音楽を不器用な音符のように綴（つづ）っていた。

日本の口座に日本円で貯金をしてくれていた彼ら。今はインターネットバンキングがあるけれど、当時はきっと帰国している期間に日本の銀行に口座を作ることも、毎月お金を入れることも、人に頼んだり送金したり、とにかく今よりももっと面倒だったはずだ。

その手間を思うと胸が熱くなる。

「それはきっとお母さんもお父さんも喜ぶと思うよ。」

おじさんは言った。

「それに、あなたもそろそろ自分の人生をもう一度始められるものね。」

おばさんは言った。

「本を書いたり、旅をしたり、またできるようになるでしょう?」

「そうですね、きっとそうなっていくでしょう。」

私は言った。

「私はしばらく、嫁に行くとか恋愛するとか、だれかの世話をするよりも、自分自身と過ごしてみたいです。自分探しとかそういうことではなくって、どういうことが自分のベースにあったのか、思い出したい。

そしてこの手がもっと動くようになったら、今までできなかったことをたくさんするんです。そこから始まることが必ずあるはずなんですけど、今はまだその正体がわからないから、楽しみがいっぱいなんです。」

「きっと思わぬ世界が広がるね。」

おばさんは言った。

「自分が早くいなくなると思うと、この世の全てがきれいでしかたない、葉っぱも花も、鶏やひよこたちも、あひるも、犬も、朝のオレンジジュースも、全部がきれいに見える。それにさやかをずっと見ていたくて、楽しくて気が狂いそうってお母さん言ってた。」

「ポジティブだなあ……。」

私は言った。

「そういう人だったよな。いつも顔を上げて。瞬間に反応してきらきらしていた。静かだけどとても意志の強い人だった。」

おじさんは言った。

おばさんは深くうなずいた。

いつも女学生同士みたいにいっしょにいた母とおばさん。

母の面影がふと三人の間をよぎっていった。

母がいつも立ち働いていたこのリビング。

ヴェジタリアンだからいつも畑で野菜を作っていた。いつも豆を煮ていた。籠に野菜を入れては畑から帽子をかぶって帰ってきた。イメージの中の帽子の下の母の顔は、今の私とそう変わらない年齢だった。

みんなの会話にはゲッコーの声がまだまだ高く低くメロディを与えていた。

夜がふけてくるとやはり押してくる闇の中の生き物の気配。人間に優しいもの、厳しいもの、いろんなものが含まれた濃い空気。


翌日の夕方の便で着く一郎を迎えに空港に行った。

おじさんの車で、一郎を迎えに行く……それはほんとうに不思議な気持ちだった。松崎家に一郎が来たとき以上にシュールな感じがして、空港に近づいていく夕焼けの空を見上げながら変な夢を見ているような気持ちでいっぱいになっていた。

おじさんは少しだけ二日酔いだったけれど、昼間畑仕事をして汗をたくさんかいたからすっきりしていると笑顔だった。

二年前に会ったときよりも、少しだけ丸くなった背中を手のひらでなでた。

みちるもまねをしてなでた。

おじさんは笑顔になった。棚田も牛も小さな商店がいくつかあるだけの村も、そんな私たちにおかまいなしに日々の営みを続けていた。

一郎がいつもと全く変わらない姿でゲートを出てきたとき、私は何かが終わったことを知った。一郎との関係がではない。

私の中にあったわだかまりみたいなものが、ほんとうにリセットされたことを。

一郎はいつものようでありながら、全く初めて会う人のようだった。

「おじさん、お久しぶりです。お世話になります。」

一郎は言った。

そして一郎のすごいところは、初めて会うような佇まいであるにもかかわらず、一郎が登場したとたんになんでもかんでも当然のことに思えてしまうところだ。

彼にはすっとものごとを今に持ってくる力がある。

庭に骨が埋まっていようが、バリにいきなり来ようが。

「ねえ、どうしておじさんが一郎さんを知ってるの？　こんなに登場人物が少ないなんて、まるで韓流ドラマじゃない。ばーばが常々言ってる通りだわ。」

みちるは言った。

「昔、君のママを追いかけて泊まらせてもらったことがあるんだ。でも、ママには会えなくて、おじさんとおばさんと仲良くなって帰ったの。」

一郎はみちると手をつないで歩きはじめた。

「なんだ、そうだったんだ。若いってすごいことなのね。ねえ、一郎さんにはいろんな謎の過去があるね。私にひとつひとつ教えて。」

みちるは上機嫌で言った。バリにいるときのみちるはいっそう子どもらしくなる。眠いときは寝て、朝早くから動きたくてしかたない様子になる。上機嫌なときはハイな感じではなくてどっしりしている。

「まずは友だちからね。」

一郎は言った。

「スナックのママともつきあってたらしいよ。」

私が言うと、

「俺、その話さやかにした?」

と一郎が真顔で言ったので、私はふふふと笑った。

「まさか、勝手に俺の持ち物触って感じ取った? この妖怪め!」

一郎は続けた。

「そんなことしませんって。興味ないですって。」

彼のその面にすっかり慣れた私は言った。

私たちは家族のように、四人でおばさんの待つゲストハウスへ向かって行った。

比べるわけでは決してなく、こんな感じで悟を連れて来てあげたかったな、と私は思った。

もしも病気が治っていたら、こんなふうにみんなで車に乗ったはずだったのだから。

そしてきっとおじさんもおばさんも、とんでもないくらいに深く悟を好きになっただろう。

人が自然に亡くなるときは、寿命という言葉を信じることができる。

水切りしても水を吸わなくなった植物が枯れていくのを見るように、もう食べ物や人からのエネルギーを受けつけなくなって、自分の内側のエネルギーを少しずつ減らして、終わっていく。

でも、両親や悟みたいにまだ若いのに急に消えてしまう場合、私の中ではまだ割り切れない。きっと割り切らなくていいのだろうと思う。

悟を見ていたら、治っていく力よりも病気の速さが勝っていることを残酷なまでに思い知った。これでもかとプラスを積みあげても、小さなつまずきでまるでオセロみたいに体力が奪われていった。

遺伝的に弱いということがなかったようだから、きっと悟は人生のどこかでとんでもないムリをしたのだろうと思う。

あるいは、なにもかも自分の内側に秘めるタイプの彼にとって、営業や販売をする仕事はほんとうにきついことだったのかもしれない。営業の後には彼のお父さんのいた部署、道具を実際に使って実験するために自然の中に出かけて行くようなところに行きたいと言っていたのに。

そういうバランスは外からはとてもわかりにくいけれど、健康でいられるということにバランスは不可欠なのだと思う。

悟をもっとよく見ていてあげればよかった。こんなことなら若いときからもっと好きになってぶつかっていけばよかったな、何回もぼんやりと私を襲った自己憐憫（じこれんびん）の波が、きれいな夕空につられてまた心の中を流れていった。

同じ道を昨日通ったときよりもすっかり全身はバリになじんで、私の細胞が今は今なんだとばかり語っていた。

「これから、みんなでごはん食べて、シャワー浴びて、ぐっすり寝よう。きっと夢の中に白い犬が出てくるよ。」

みちるは言った。

「どんな犬？　柴犬（しばいぬ）？」

一郎は言った。

「ううん、ものすごく大きくて、龍みたいなんだけど、目はくりくりの子犬みたいな犬。いつもバリに来るとその犬の夢を見るの。」

みちるは言った。

そうだったのか、と私は思った。

「あ、俺、その犬に会ったことある。前、泊めてもらってたときに部屋に来た。夢の中でだけど。俺が泣いてたらふさふさの体で包んでくれた。」

一郎は言った。

「同じ夢見るなんて、気が合うのね。」

みちるは言った。

その会話を聞いて、私もおじさんもにこにこしていた。

優しい人のところには聖獣バロンが必ずやってくるんだな、と思いながら。

ウブドはどんなところかと言われたら、そんなふうに精霊がまだたくさんいるところだと答える。

まるでヨーロッパか青山みたいなガラス張りのブティックやアクセサリー屋、高級なジャムや石けんやオイルのお店が立ち並んでいるのに、少し裏に入ると突然にものすごい田舎になる。道は土ぼこりでいっぱいになり、お寺には大勢の人が集まり、お葬式の行列がいつもどこかしらでにぎやかに見かけられる。

かといって、表に出ているぺらぺらの都会っぽさがうそなのかというと、そうではない。世界中の旅人たちがなにを買うでもなくそれらを見て回り、Ｗｉ－Ｆｉのあるカフェでだらだらとお茶をしてはまた歩く姿を見ていると、心が和む。

お金持ちはお金持ちなりに、バックパッカーはバックパッカーなりに同じゆっくりした時間を見つめているのを見ると、自分の中の軸がはっきりしてくる気がする。

普通そんなことでは気持ちは和まないんだけれど、なぜかウブドでは心のペースが落ちて、そういうことの良さをしみじみと感じられるのだ。

美術館を越えたあるラインと、モンキーフォレストの手前のあるラインのところでは、ぐっと空気が濃く重くなり、なにもよいことが考えられなくなる地点がある。そしてそこを越えるとまた楽観的なものが力を増していく。

きっと日本だって同じようなものなのだと思う。土地の力は恐ろしいくらいはっきりしていて、天気図のように、等圧線のように図にかけるほどだ。昔の人はそれにそって村や盛り場を作ったのだろう。

しかし日本では情報がぐちゃぐちゃに混じり合っていて、幾層にも重なっているから、わかりにくいのだろう。

私は数日で一郎がいる状態にすっかり慣れた。

みちるも慣れたらしい。

ただそれだけのことだった。

ウブドはいいねえ、そうだねえ。渓谷沿いにゲストハウスまで歩いて帰る道もいいし、たとえそれが形だけの人もいるとしても、信仰深い感じが町中(まちじゅう)に漂っていて、どんなワルそうな奴でもひどいことをしたらちゃんと罰があたるってかわいく思っていて、夜はあちこちでガムランの音が聴こえて……いいねえ、と私たちはしょっちゅう言い合っていた。

一郎が特に気に入ったのは、カフェロータスとサリ・オーガニックだった。

みちるは王宮横のバビグリンがいちばん好きで毎日でもいいと言ったのだが、私たちは脂の乗った豚肉を食べることに疲れ果ててしまい、毎日はとても無理だったので、家で食べるとき以外はその三軒を交互に回ることになった。

そして、たまに違うところでお茶がしたかったら、バリブッダまで歩いていった。

バリブッダのテラスでだらっとしながらなんとなく健康的な飲み物を飲むのである。青汁とか、コンブチャとか、オーガニック紅茶だとか。みちるは店でもらった塗り絵をしたり、持ってきた本を読んだり、店に来る変わった人たちを眺めたりして退屈していなかった。そんな外出におじさんとおばさんが参加する日もあった。

朝起きて、まるで神社での暮らしと同じようにおばさんを手伝って朝ご飯を作り、お掃除はバリの使用人の人たちがやってくれるので、おじさん個人のためにものを動かすのをちょっと手伝ったり、買い出しにつきあったりするのが日課だった。

それから散歩をかねて夕方まではそんなふうに町へ出かけた。

カフェロータスは王宮のとなりで、なにを頼んでも出てくるのはえらく遅いけれど、果てしなく広がる満開の蓮(はす)の花を見ながらお茶ができる。お客さんの中にはのんびりしすぎてぐうぐう寝ている人さえいた。

サリ・オーガニックは美術館の先の道の、なんでもないわかりにくい入り口から坂をどんどん登って、一見もうなにもなさそうな、ただ田んぼや畑の間を遠く抜けていったかなり先にあった。

全てが自家製の野菜や調味料で、ヴェジタリアン料理なのだがいちいちみんなおいしいし、目の前は一面の緑と田んぼと畑だけで、昔の日本にいるみたいだった。

一郎はそこでなにかを食べるたびに、

「精進料理なのにこんなにうまいなんて……。」とつぶやくのだった。

「一郎、ずっと日本にいた？　海外に出てないの？」

私がたずねると、

「おふくろを連れてソウルに行ったけれど……そのくらいだなあ。あとはさやかを追いかけてきたウブドの旅だけ。正直に言って、あのときは悲しくて景色なんて全然覚えてない。外食さえほとんどしてない。ずっとあの家でぼうっとしてるか散歩してた。」

田んぼを渡っていく風は、水の匂いがした。

みちるは裸足の真っ黒な足をぶらぶらさせて、おなかを壊すこともなく濃いマンゴージュースを飲んでいた。

数日ですっかり日に焼けて、夏休みの子どもらしくなっていた。

「私、毎年でもいいな、バリ。ここに来ると頭の中のいろんな音が静かになって、代わりにいろんな自然の音が入ってくる。」

みちるは言った。

そんな声さえも、テラスを抜けていく風にとけて、重い意味を失ってしまう。

全てがそうやって毎日の瞬間の中に自然に、呼吸のように消えていく暮らしを思い出すことができる。

会話は途切れても続いてもかまわない。

今いっしょにいる人が明日別の場所に行っても、かまわない。

この世界でなら、しがらみのある日本よりずっと、私も一郎も等しく存在できた。二人の間にあったものはもうすっかり損なわれてしまったけれど、残ったものをだいじに持っていることができた。

そのことを確認するたび、少し悲しくなり、少し幸せになった。

みんなが今生きていて、ここにいられて、並んでおいしいものを食べながら田んぼを見ることができてよかったねえ、と、単純に言葉にするとそういうことだった。


イダさんが訪ねて来てくれたのは、明日ヌガラに発(た)つという日の午後だった。

いつものように、おみやげに奥さんが揚げてくれた手料理、その日は最高のできのピサンゴレンを持ってきて、まるで子どもをあやすように日本語で「私の奥さんは、これを作るのがとても上手だから。さあみんなで食べようね」とテーブルの上に出してくれた。

私たちはまだほかほかの揚げバナナをにこにこしながら食べた。

それだけで何もかもが治ってしまいそうなくらいにおいしかった。

おじさんとおばさんは月に一回くらいイダさんに診てもらっているので、私とみちると一郎がマッサージをしてもらうことになった。

「みちるちゃんはまだ小さいからちょっとだけ。」

とイダさんは言って、みちるをソファに寝かせて簡単なマッサージをした。

「おなかが温かい!」

とみちるが驚きの声をあげた。

そしてイダさんはみちるに少しだけ腸が弱いからあまり苦くないジャムウを出してあげる、と言った。

いつも遠くからバイクに乗って、同じ調子で、だれにもわけへだてなくのんびりとはっきりした声で、そして堂々と話しかけるイダさんを見ていると心が温かくなった。

それはありきたりの温かさではなく、眠いとか面倒だとか疲れたとか言っているときさえも愛にあふれている彼のような人が費やしてきた時間をきっとバリの神様は見ているんだろうなと思うからだ。

良き人間であろうとして日々を重ねているうちに、なにものかになってしまった、そういう人の迫力が彼にはあった。

彼の村の人たちは幸せだな、と思う。

私の番が来たとき、私の部屋のベッドに布を敷きながら、私の手が動くようになったのに気づいて、イダさんは心から喜んでくれた。

「動くようになった、よかったよかった。今日は痛くないように、もう少し手が動くようやってみる。ひととおり体をみんな診てから、手のことも診る。」

彼は言って、私の体をマッサージしはじめた。

なんの邪心もない、みちるの手と同じような感触の彼の手は、私の体のいろいろな部分をきっちりとスキャンして調整していくように思える。

ピアノの調律のように、そこには天の法則のようなものがあるのがなんとなくわかる。

「お父さんとお母さんが天国にいるから、見守ってくれるように祈ろう。生きてる人は気持ちを切り替えて生きていかなくちゃいけないからね。」

イダさんは言った。

「この手を治してくれたのは、天国にいる人だけれど、お父さんとお母さんじゃない。でも、天国のその人はきっとわかったんだと思う。自分がなにをするべきだったのか。

この手が長い間うまく動かなかったのは、悲しみのせい。手がこうなったとき、だれもさやかのお父さんとお母さんをしてくれなかった。みんないろいろ考えすぎて、ただ心配したり泣いたりする人がいなかったから、手は悲しくなって固まってしまったんだ。

天国の人は、天国に行ってからそのことに気づいた。天国にいると、感情があまり表わせなくなる、でも、その人はせいいっぱい、そのときできなかったことをした。それがさやかの優しい心に通じて、手が動いた。

ほんとうはこの世の中はみんなそんなふうにできている。

みんな忘れているだけ。忘れていろんなことになる。病気になったり、呪ったり呪われたり。でも、思い出せばいい。」

それを聞いて、私はあの夢の中の神社で、一郎のお母さんがべたべたしてはいなかったのにとても優しかったことを、輝いていたことを思い出した。

「はい、これでできることはみんなしたよ。あとは少しずつよくなるといい。来年また来てね。」

イダさんは笑顔で言った。

それだけで、もう大丈夫だと思えた。

昔はきっとお医者さんもみんなこんなふうだったに違いない。具合が悪いときに会えば安心する人。みちるもおなかをなでてもらったら軽くなった、とイダさんを大好きになった。

それは一郎も同じだった。

一郎のマッサージを終えて、イダさんがお茶を飲んでバイクに乗ってまた遠くまで帰っていくのを見送るとき、いったいこの気持ちをなにで返せばいいのだろう、と思う。お金はあまりたくさん受けとってくれないし、日本での相場をはずんで払っていても、イダさんのくれたものにはとてもお金では見合わない、そんな気持ちになるのだった。

もしも彼が少しでもあざとかったら、商売が上手だとか後を引くやり方だとか言えたのかもしれない。

でも私たちはまるでヒーローや神様の化身を見送るみたいな、とても強い感謝の気持ちでいつだって彼を見送ってしまうのだ。

ありがとう、いくら言っても足りないありがとう、をくり返しながら。

一郎なんか半泣きで、

「なんであの人といると、この世に自分がいることがほんとうにゆるされているという気持ちになるんだろう。うちのおじさんは神職だけれど、そこまでの気持ちにはなれないのはどうしてなんだろう。」

と言った。

「おじさんだって、きっと時を重ねたらそういう人になっていくよ。イダさんはすごいと思う。いろんな奇跡を起こすバリアンさんがいるけれど、あの人ほど人として温かい人はなかなかいない。」

私は言った。

私たちのそんな会話も知らないで、イダさんはヘルメットをかぶって、渓谷沿いの道をまっすぐに走って行った。後ろ姿をいつまでも眺めながら、ずっとここにいるような気持ちで私たちは空と彼のバイクが小さくなっていくのを眺めていた。

イダさんに会った後、その日トリートメントを受けた人同士は、まるで手をつないでいるみたいな仲の良い感覚になる。

その気持ちのまま、私と一郎は夕方プールサイドに座っていた。

今日はウブド最後の夜だしお客さんもいないから、おばさんがなにか作ってくれると言った。

また少なくとも一年は会えないので、すでにおじさんおばさんとの別れの気配がそここに淋しく浮かんでいた。小さな光みたいに小さな淋しさがぽつんぽつんと浮かんで、私たちをふわりと包んでいる。

ひとつひとつの会話が、別れへのカウントダウンを刻んでいる。

わかってはいた。明日ドライバーさんが来て車に乗って、互いの姿が見えなくなったらもう、気持ちは切り替わる。

でも、前の日はさすがにちょっとしんみりしてしまうのだ。ずっといっしょにいたからなにかがもぎとられるようで。

おばさんとみちるは車で買い出しに出かけ、おじさんは近所の市場に果物を買いに行った。

私たちはマッサージですっかりだるくなり、このまま留守番してると告げて、ぐだぐだしていた。水面に映るヤシたちの葉が、ほんものの葉よりも鮮やかに空に浮かんでいた。

「イダさん、体をだいじにしてほしいね。」

私は言った。

「あんな遠くからバイクで？　っていう距離を、バリの人はよく移動して来るんだけど、心配だよね。あの、ガソリンがボトルに入って店先で売ってる感じもなんだか心配。」

「さやかはまだこっち出身だから、慣れてると思うけど、俺、もし空港近くからここまでバイクで明日行けって言われたら、こわくて前の日眠れないかもしれない。それを毎日やってるんだと思うと、イダさんすごいなと思うし、ますますさやかの野性味がわかる気がする。」

そう語る一郎の目は探偵のように鋭かった。

一郎が自分の言葉で自分なりにものを考えている、その独特の道筋の美しさは昔からいつも私の胸を打った。

そしてそれを自分なりに実行に移して言い訳しないようすも、まるで森に立つ一本の木を見ているような安心感を私に与えた。

一郎がデッキチェアにごろりと横たわっている変に長い胴、細い体、しっかりしたふくらはぎ、薄いすね毛。

首の後ろがお母さんにそっくりな線をしていた。

欲情はしなかったが、愛おしく思った。

昔自分が焼いた懐かしい焼き物みたいな、それを旅先の宿で見つけて眺めているみたいな、そんな気持ち……。

「手、ずいぶん治ったね。目に見えて違う。」

一郎が言った。

「うん、マッサージ受けた直後はなにも変わりなかったけど、今はなんだか違う。あめ細工がにゅっと伸びたみたいに、筋肉が伸びてるのよ。」

私は手を動かしながら言った。

「イダさんのすることは、不思議だ。でもこの島の空の下で受けてみるとそれがあたりまえに思える。ふだんの俺たちが間違ってるような、そんな感じがする。あんなふうに生きて考えるほうが自然だっていうような。」

一郎は言った。

「おふくろも診てもらえばよかったなあ。もう手遅れだったけど。」

「うん、人間の力のすごさを、日本の人たちって忘れてるよね。」

私は言って、立ち上がった。そうだ、リハビリと言えばプール、プールは目の前にあると思ったのだ。

「ちょっと泳いでみる。」

水着でさえない、ブラ付きのタンクトップと短パンのままで、私はプールに入って、平泳ぎをしてみた。ぎこちないし重いが、確かに動く。

異性の前でふたりきりの状態でいきなり泳ぎだすというのは明らかに性のメタファーであったが、それどころではなかった。私は試したかった。手のひらは水をかくのか、その流れを感じるのか。

ちょうど子どものころ平泳ぎでどこまでも海を泳いだみたいに、ふわりふわりと温かい水が手のひらに感じられた。それはほんとうにほんとうに、久しぶりのことだった。

「泳げる、動く！」

私は笑って言った。笑顔が抑えられなかった。

一郎はというと、泣いていた。

午後の光の中、私の育ったバリの家を背景に、ひざを抱えて、子どもみたいに泣いていたのだった。

私はプールからあがってタオルを体に巻き、一郎のとなりに座って肩をとんとん叩いた。みちるにするように。

「君はなんでも自分で決めるし、とても強い人だ。」

一郎は涙声で言った。

まつ毛の先に涙が光っていた。

「そりゃ、殺人兵器ですからね。よく訓練された。」

私は言った。

一郎はやっと少しだけ笑った。泣き笑いの顔は情けなく、そこがまた胸を打った。

今私の瞳を覗き込んだら、きっと優しい光が見えるだろう。

「この間も言ったけれど、あのとき、おふくろが殺されかけて、恋人が乱暴されていたのに、俺は、学校に行っていたんだよ。ばかみたいに。なんの危機感も持たず。

あんな危機的なものを背景に持っている人が家に泊まっていたのを知っていたのに、なんの用心もせず、行ってきますって出かけて、のんきに帰ってきた。

それは、しかたなかったとは思う。だれもがそう言った。君さえもきっとそう思っていただろう。

でも、あのときの、自分がまぬけでばかみたいでなにもできなかったあいだに、運命の流れみたいなものが丸ごと変わっていた感じを忘れられない。もう自分には届かない急流のかなたに恋人は去っていた。

俺が君を思う気持ちと、おふくろが君を思う気持ちにはまだ温度差があることも、俺はうかつにも気づいていなかった。

だから、あのときにだれも君の親の係ができなかったんだ。そのことはどんなにかひどいことだっただろう。」

一郎は言った。

私はさっきのイダさんの言葉をそっくり思い出していた。

それをイダさんが一郎に言ったのかどうか、それはわからない。

ただ、そのことを一郎が今気づいたのではなくずっと心に重く抱いていたことだけは、その涙の感じで伝わってきた。

「その場にいないでほいほい学校に行ってて、傷や血を見て青ざめているような若造になにができるだろう。君に対する引け目を感じるだけで、変わってしまった流れを取り戻すことがどうしてもできなくなってしまった。なによりもその手を見るのがこわかった。

俺はおじけづいていて、全くの道化者みたいな存在になって、君の暗闇にひとつの光をあげることもできなかった。

　君をひとりぼっちにするのに力を貸してるだけだとわかっていても、なにもできないからなにも言えなかった。言えば言うほど薄っぺらくなっていくだけだった。

　必死で追いつこうともがいてひとりでここに来てみたけれど、そこでも俺はまぬけなままだった。これは、出直してくるしかないって思ったけれど、そういうことの全部がどう考えても親のような愛じゃない。いちばんだいじなものがないのに、なにをしてもだめだ。いちばんだいじなものって、恋とか愛とかではない。その場にいちばん求められていることをすることなんだ。でも俺はなにもかも自分のことばっかりだった。」

「だって、みんな若かったもん。若いってつまり自分だけってことだもん。」

　私は言った。

「そんなことしてる間に、いつのまにか結婚して、子ども産んでた。さやか、ほんとうにその人を愛してたのか？　好きだったのか？」

　一郎は言った。

「うん、確かに好きだった。まるで宇宙人を愛するように。知らない国の景色を愛でるみたいに。」

　私は言った。

「うそだ、それはきっとうそだ。」

一郎は言った。

私は妙にどきっとした。

「ある意味ではうそかもしれない、でもみちるが来てからは、全てがほんとうだよ。」

私は言った。

「うん、それはそうだ。あの子のいない人生はもう俺にも考えられない。知り合って好きになるってそういうことだ。」

一郎は言った。

あっけなく引き下がったので、私は一郎がみちるをほんとうに好いてくれていることを悟った。そういうことの真偽はいかにごまかしても親にはすぐわかるのだ。

「さやかが初めて家に来たときのことを、最近よく思い出す。」

一郎は言った。

「泊めてもらえると聞いてきました、ってはきはきとした声で玄関に立っていた君は言った。ぼさぼさの髪の毛に古くて大きなリモワのスーツケースを持って、デニムをはいて、丸くてきらきらした目をしていた。俺の憧れのスナフキンみたいだった。この世の汚いものも曖昧なものも全て消してしまうような力強い姿だった。ぼろぼろのスニーカーが妙にかっこよくて……どこから来た旅人なんだろう、と俺は思ったんだ。

あのときからつきあいはじめるまで、俺の一切の喜びや関心はみんな君のほうを向いていた。あんなに充実した日々が人生にあっただろうか？　それはきっと同じ気持ちだよね？」

「うん、それは認める。私の中にある気持ちを、一郎が同じように持っていること、すぐにわかった。そしてほんとうに同じ速度で歩んでいることも、毎日確かになっていった。あれは、夢だったのかと今でも思う。一郎のお母さんは笑顔でまだ生きていて、一郎の人生の中心が私にあったことが確かにあったこと。あのとき、私はやっと居場所を見つけたと感じた。」

私は言った。

プールの水が心と同じように揺れていた。

毎日いっしょにいたら、また好きになってしまうことはわかっていた。

草も小さな虫も空も椰子の葉も、みんな一郎に見えて大切になってきてしまうことは。

鏡を見たら、自分の顔の中に一郎が見えるようになってしまうことも。

だからこそ、ゆっくりと、なにも壊さないように。

わからないことをわかったことにして割りきってしまわないように。

私たちは二度目の奇跡として、また同じ思いを同じ速度で抱いていることが互いにはっきりとわかっていた。

そのとき車の音がして、みちるが門から走り込んできた。

「今、チュウとかしてた？」

みちるは嬉しそうに言った。

「一郎さん、初めて会ったときのように全身がきらきら輝いていてまぶしい。全身がママに向かってるの。私、パパもこうだったかなと思うとなんか嬉しくなってにやけてくるんだよね。よくできた娘だと思うよ。」

「してません。」

私は言った。

「してたかもよ。」

そう言って一郎が私の頭に小さなキスをした。

一郎の胸が近くにあって、私の胸はほんの少し高なった。

「ああっ、たいへん。」

みちるは言って、携帯電話を取り出して、立ったままなにか打ち込みはじめた。

「なにやってんの。」

私が覗き込むと、みちるの手元には「いま、あたまにチュウした。みちる」と書いてあった。

「ばーばにいちいち報告しないと！」

みちるは言った。

「やめてよ、もう。」

私は言って、一郎が笑った。

人が減った分取り戻せない悲しみが増えたけれど、人が増えた分幸せは増えていた。確かに昔よりもよくなっていることはある、必ずある。

おばさんが籠いっぱいの食材を持って階段を上がってきた。私は晩ご飯の手伝いをする前にシャワーを浴びるべく、立ち上がった。

小さな別れに向かって最後の夜が始まる。取り戻しの、癒しの夜がまたひとつ重ねられるのだった。


たとえまた会えるとわかっていても、小さな別れでも、別れは切ないものだ。

みちるの目にたまった涙を見たら、ヌガラに行くのはよそうか、そしてなんでこんなに短い滞在にしてしまったんだろう、と私は後悔しそうになった。

でも、今回は三人で旅立つのだと思ったら、気持ちが少し明るくなった。

いつもみちるとふたりで来ていたので、おじさんとおばさんと別れるときはほんとうに淋しさにどっぷりと包まれてふたりとも取り返しのつかないような気持ちになるのだ。

一郎はお母さんを亡くしていたし、私は両親と悟を、みちるはお父さんを、それぞれが取り返しのつかない経験をしていただけに、三人が組み合わさると奇妙に刹那的になった。

そのコンビネーションはとても気持ちの軽くなるものだった。

人と人が起こす化学変化は、それぞれの心に空間がないとできない。

そういう意味ではこの三人は最強の組み合わせだと思った。幸先がいい感じがした。

おじさんとおばさんと抱き合って、帰りの空港に見送りに来てくれるというのでフライトの時間を知らせて、また空港で会えるからと言い合って、ちょっと泣きながらヌガラの兄貴、丸さんのところのドライバーさんの車に乗り込んだ。

若くてかわいいドライバーのエディくんをみちるはすっかり気に入って、助手席に座って日本語で話しかけていた。

エディくんは日本語を勉強しているので片言同士でかわいい会話をしているのを聞いてうたた寝しているうちに、別れの淋しさはすうっと夢にとけるみたいに薄れた。

横を見たら一郎が懐かしい寝顔ですやすや寝ていた。

寝顔ってその人が全部出ると思うのだ。

一郎の寝顔は赤ちゃんみたいだった。なにもよけいなものをくっつけずに生きてきたのだろう。

別れの淋しさを、いろんな土地を後にすることを、私はこれまでもたくさんくり返してきて、これからもそうなるだろう。

でも、あの家に帰りたい。あの人たちが待つあの家に、何回でも帰っていきたいと切に願った。

兄貴こと丸さんの家に着いたのは、もう夕方だった。

彼は大富豪だけれどあいかわらずとても気さくで、地元の名士であり不動産王であり、慈善事業の権化であり、なにかあったら丸さんのところへ行け、という雰囲気は年々強くなっている感じだった。

その日もいっそうたくさんの人に囲まれて忙しそうにしていた。

私が弱って身を寄せていたときも、

「なんや、けがしたんか。ゆっくりしてってええよ。」

の三言以外なにも聞かなかった彼。

その後、時間があるとき私はふと思いたって兄貴にけがのわけを少し話したけれど、兄貴は少しも私をばかにしなかった。

私から部屋代を取らず、ずっとプールのいちばん近くの小さな部屋を貸してくれた。

私は夜中にみんながしゃべってるのに参加したり、いっしょにマグロの解体を見たり、日本のいろいろなところから来た友だちを作ったり、メイドさんたちと深夜の台所でおしゃべりしたり、猫や犬と遊んだりして、曲がったままの手だったけれど心はだんだん元気になっていったのだった。

今回も日本やインドネシア国内からたくさんのお客さんが来ていて、おりしも庭でヌガラの伝統的な竹ガムランを使った演奏と踊り、ジェゴグの舞台が始まるところだった。踊り子は兄貴に見てもらえるのが嬉しくてしかたない様子で、まだあどけない顔にきれいなお化粧と華やかな衣装を身に着けて待機していた。

舞台の前には椅子が並べられている。兄貴のスタッフはみなてきぱきと気持ちよいくらいに速く動く。みんなが兄貴を慕っていて、心から楽しく働いているのが伝わってくる。

私はここにひとりで来たとき、彼らの動きにむだがないのを見ているだけで少し活気をもらったものだった。

「お、さやかちゃんとみちるちゃんや。」

兄貴は言った。

「こちらは新しいお父さん?」

「いいえ、お父さんよりも前の古い男です。」

みちるが言った。

兄貴はいろいろなことをすぐに察したらしくちょっと眉毛を上げて、

「ジェゴグ、楽しんで見てってや。」

と一郎に微笑んだ。

「はい、お世話になります。ありがとうございます。」

静かな声と微笑みで、一郎が言った。それを見て私は一郎がいつのまにずいぶんと大人になっていたことを悟った。

子ども扱いしすぎてしまったな、と思ったのだった。

兄貴の庭に舞台が準備されていく様子は魔法のようだった。一郎はしばらく兄貴にいろいろな質問をしていた。ふたりは楽しそうに会話をしながら立ち話をしていて、その光景も不思議なものに思えた。

自然にいろいろなことがつながっていく。

演奏が始まるとあまりのうまさとすばらしいリズムに、空間がぎゅっと濃くなったように思える。だんだん暮れていく空を背景に次々と踊り子さんたちが現れて、最後はお客さんを巻き込んだ楽しい雰囲気になる。

それはまるで永遠の夏休みのような風景だった。

夏祭りに参加する人たちみたいな顔をした、きらきらした目の大人たちと子どもたちが庭で笑いながら過ごしている。

これは、守られている雰囲気なのだ。

残念ながらあの頃の一郎のお母さんが意識していなかった側面……力を持ってしまい、それに対してなにかをしてくる勢力に対策を練り、しっかり覚悟するということがここにはちゃんとあった。

「あのな、さやかちゃん、あの男の子、まるで子どもみたいだけど期待してええと思うよ。」

泊まっているコテージのほうで晩ご飯を食べる時間になったので、兄貴の家から歩いてコテージまで帰ろうとしていた私に、兄貴が声をかけてそう言った。

真っ黒い肌、いつもTシャツ姿で、髪型もばしっと決めて、ちょっと眠そうな顔をした兄貴の姿は日本のやんちゃなお兄さんそのものだったが、目が違う。

その目の中には恐ろしいほどたくさんのものを見てきた人の輝きがあった。決して消えない、多分死んでも消えない深いものが。

「そうですか？　みちるともうひとりを引き連れてるような気分なんですけど。」

私は言った。

悟は自然を相手に生きてきた人だから、もう少し決定的に頼りになるところがあったのだ。

「そりゃあ、さやか工作員にはどんな男も負けるわ。」

兄貴は笑った。

けがしたときの話を少ししただけで、ほんとうに深くわかってもらえたのは兄貴だけだったと思う。体を張っていっぱいけんかしてきた人だから、わかったのだろう。

どうしてけがをしてしまうのか、してしまわなくてはいけないときがあるのか。

「俺は初めて会ったときの感じで、たいていのことはわかるんよ。あの子、ちゃんとした子やで。間合いの取りかたとか、あいさつのしかたとか見たら、生きてきた道がわかるやんか。」

「そうですか？　じゃあ、期待しないで、仲良くいきます。」

私は言った。

「家族はチームやからね。いいチーム作ってや。それでまたいつでもおいで。ウブドのおじさんやおばさんや、前のだんなの義理の両親や、みんな連れて来たらええよ。」

兄貴は低くかすれた優しい声でそう言った。

ウブドのゲストハウスのおじさんとおばさんは、経営に行き詰まって兄貴にお金を貸してもらったことがある。そして、ちゃんと返済した。

兄貴はヌガラの人や日本人の知り合いにうちのゲストハウスをものすごく宣伝してくれたし、パンフレットも配ってくれた。それで経営が持ち直したのだ。

「おじさんとおばさんからよろしくお伝えくださいとのことです。」

私は頭を下げた。

「先月ウブドで会ったけどな。元気そうやったね。ゲストハウスもうまくいってるみたいでよかったやん。」

兄貴は言った。

「ありがとうございます。」

私は言った。

「だれもがうまくいくのがいちばん豊かやし、なんといってもさわやかやんか。な？　それがいちばんいいと思います。」

兄貴は輝く瞳できっぱりと言った。

ひとりで立ち直ったわけではないことを肝に銘じようと私は思いながらうなずいた。

おじさんとおばさんに、兄貴に、そのスタッフにも、バリの地面にも空にも、たくさん力をもらったのだ。

こんな人がいることを絶対に忘れずに暮らそう、と私は思った。

そして私も人にとってのそんな人に少しでもなろう。少なくとも自分の家族にはそういう人であるように生きたかった。これからなにをしていくにしてもだ。

どんなときも、ここの庭ではみんなが活気のある姿でジェゴグの準備をしていて、夜中になれば兄貴の家のリビングに笑顔で集まってくる。女の子たちは飲み物を作っている。夜は明けない、夏休みは終わらない、そんな雰囲気をたったひとりの人とそれを慕う人が作っている。そのことがありうるのを忘れないでいれば、日本にいたってぶれないはずだ。

一郎のお母さんの言う通りで、自分がああだこうだ考えることなんてほんとうに小さいことで、木だとか空だとか、いろんな人のいろんな動きや思いや、そういうものが全部合わさって、結論のないこの美しい世界の中で、いろんなことが起きているんだ。みんなが少しずつ出し合って、元気をあげたりもらったり、動いたり休んだり。まるで細胞みたいに。自然と人とその他のいろんなこと全部がいっしょにダンスしているみたいに。

人にはそれぞれにつながる大勢がいて、行きつ戻りつ少しずつ車輪を回している。それも自然そのものの営みの一部だった。

そう思った。血の巡りがよくなったような気持ちだった。

「なあ、さやかちゃん、手、治ったのか？」

兄貴は気づいていたんだ、と私は思った。

実はいちばん最初に手のことに気づいたんだろうな、と思った。

「きっと天国のだんなさんが、死んだ人同士連絡を取り合って縁をつないでくれたんやね。そんな感じがするわ。」

兄貴は言った。

両親、悟、一郎のお母さん、一郎のお兄さん……もしもみんなの魂があっちで話し合っていたら、どんなにかすてきなことだろう。

「そう言えば、そうかもしれない。」

私は言った。

「死んだ人が死んだ人をつないで、生きている私たちがみんなで集まれたのかも。兄貴、どうしてそんなことがわかるの？」

「俺はサイケデリックやから。」

タバコをくわえて兄貴は最高に明るい、人を照らすような顔で笑った。

「それを言うならサイキックでしょ。」

私は笑った。

ジェゴグの舞台はすっかり片づけられ、木々もまた暗がりに沈み淋しそうだった。庭の椅子はすっかり片づけられ、また夜の命が始まろうとしていた。でもまた陽が昇り、夕方になったらジェゴグの準備が始まる。そのことが力強く思えた。


歩いて三分のコテージにいっしょに泊まっているスタッフのコーちゃんに晩ご飯だよと声をかけてもらい、彼に連れられて、私たちは晩ご飯を食べにコテージに向かった。

一郎とみちるは手をつないで、ぽつぽつといる牛の間を歩いていく。

あまり日本では見かけないタイプの、顔がとがってかわいい茶色い牛だった。多分乳牛だろう。牛は親子でのんびり座っていたり、ちょっとしっぽを振ったり、ちらりとふたりを見たりしながら、思い出したように草を食(は)んでいる。

そのとき、低速のバイクが横を通りかかり、一郎とみちるをよけようとしてぬかるみで大きくよろめいて持ち直した。一郎はみちるをかばって抱きしめ大きく足を踏み出し、みちるは押されてよろめき、土で滑ってがくっと転んだ。

一郎はためらいなく泥にひざをついて、みちるを一瞬のうちに助け起こした。

それを見て、やっぱり心が大きく動いた。

バイクの青年はあやまってふたりにけががないのを確認して去っていった。

低速だったのでそんなに心配はしていなかったけれど、大きなけがに結びつかないとも限らないできごとだった。

目の前であっという間に起きたので、私の体は動かなかった。一郎にみちるをまかせきっていたからだ。

一郎の側にいつもみちるを守って歩いているという心構えがないと、あんなふうには体は動かないだろうと思い、深い感謝を感じた。

そして私は飯山さんの話を思い出して切なくなった。

一郎はみちるをほんとうに好いてくれているのだ、反射的に助けるほどに。私が一郎のお母さんを助けたときみたいに、体が理屈抜きで動く気持ちで。

小さな手でみちるは一郎に抱きついて、一郎はにこにこしていた。

駆け寄りながらその姿を見ていたら、ほんとうに私たちはチームでいけるような気がしてきた。

私は一郎に追いついて言った。

「ありがとう、ごめんね。」

「びっくりした。暗くて俺たちが見えなかったのかもしれない。みちるちゃん、転ばせてごめんよ。」

一郎は言った。

「大丈夫、助けてくれてありがとう。」

みちるは私の腰に抱きつきながらも、一郎にそう言った。

「気をつけようね。」

私は言った。

「うん、気をつける。暗いところは特に。」

みちるは言った。

三人で並んで歩いているうちに、どきどきも落ち着いてきた。生きている奇跡、みちるがここまで育ってきた奇跡。ぎゅっと握ったら逃げていくそのすごいことの感触。

「兄貴って、とても大きな人でしょ。」

私は言った。

「うん、ほんとうに。」

一郎はうなずいた。

「これからごはん食べて、ちょっと休んで、兄貴のところに遊びに行こう。きっとお客さんたちがみんな兄貴になにか質問をしたり、お茶を飲んだり、Ｗｉ－Ｆｉが通じるのあそこだけだからメールしたりしているよ。きっと玄関のソファでかっこいいしんちゃんかコーちゃんが見張っていてくれるから、変な人も入ってこない。まるで夏休みの合宿みたいに、みんな淋しくない夜を過ごす。」

私は言った。

「ここんちって夜いくら起きててもいいんだよね、楽しいね。」

みちるは言った。

「ねえ、さっきのメールの返事来た？　ばーばはなんて？」

私は言った。

「『引き続き調査を続けよ』って。」

みちるは言った。

笑いながら、会いたいなあ、と私は思った。階段を下りたらあんなすてきな人に会えるなんて、私の今いるところはなんてついてるんだろう。

「さやかが心底甘えられる場所がバリにはいっぱいあるんだな。安心した。」

一郎は言った。

「ここがふるさとだからね。ここの神様だって、空気だって、地面だって、みんな私がここを好きなのと同じように、私を懐かしく思ってくれてる。」

月を見上げて私は言った。

いつかあっちに行く日まで、見上げ続けるだろう。

「来年も来よう。みんなで来ることができたらもっといい。」

一郎は言った。

その頃、私たちはどうなっているのだろう、と私は思った。

暗い気持ちではなかった。夜が明ければ大きく開く蓮のつぼみみたいな、気持ちだった。

（完）

あとがき

七尾旅人さんにタイトルとリードの部分の歌詞をお借りしたこの小説は、ただただ「こんな家族がいるんだなあ」とゆるくだらっと読んでほしくて書きました。

なんの教訓もなくていい。ただ、この世のどこかにこんな人たちがいて、中途半端に不器用にでもいっしょうけんめいに生きている。ゆっくりしたペースでただ読んでいると、その人たちと目が合うような感じ。今日も寝る前にちょっとだけあの人たちに会おう、別になにも起きなくてもいい、ちょっとあの人たちの顔を見よう。なにも起きなくていい。「赤毛のアン」のように「じゃりン子チエ」のように、そんなふうに。

最近、私はそういう小説やドラマになぜかほっとするのです。今の時代にはそんなものが足りないようにも思いました。

ところどころ生々しいところがある小説ですが、平和な気持ちで書きました。

主人公にはいろいろなことがあったけれど、今は実りのとき。ふりかえって人生を味わうとき。先のことを少し楽観的に考えていいとき。そんな感じです。私はこのとんちんかんなさやかさんが大好きです。友だちになりたいくらいです。

長い連載を経て七尾さんに「やっと本になります」と伝えたら目をきらきらさせてすごく喜んでくださったのが、いちばん誇らしい思い出になりました。


イダ・バグースさんも兄貴丸さん（丸尾孝俊さん）もインドネシアのバリ島におられる実在の人物です。

イダさん、兄貴、ありがとう。

彼らが、ほんとうは血のにじむようなたいへんな人生を歩んでこられたのにそんなことはおくびにも出さず、淡々と人を助けている。そのわけへだてのない姿勢に感動しました。

彼らの偉大さはいろいろな形で残されているけれど、私もまた、小説の中に彼らを焼きつけておきたい、そう思いました。

それができてとても嬉しいです。


地方新聞を読むのが大好きな私ですが、地方新聞社の現場の忙しさや地方ゆえのたいへんさもよく知っています。そのたいへんさを私にあまり及ぼさないように守ってくれた担当の石原正康さん、壷井円さん、ありがとうございました。あなたたちのおかげでなんの迷いもなく登場人物たちを健やかに描くことができました。

インドネシア取材に快くご協力いただいた兄貴側のスタッフの方々……川口幸司さん、クロイワ・ショウさんをはじめとするたくさんの優しい方々、そしてイダさんのマネージメントの佐藤健さん、ありがとうございました。

おかげさまでさやかの原点であるバリ島の場面をリアルに描くことができました。この小説の中にはいつもバリの風が吹いているように思います。

生姜焼きのお店のモデルは代官山の末ぜんさんです。生姜焼きは常にあるわけではないのですが、大好きなメニューです。いつも最高の定食をありがとうございます。

地道にこの小説の細かい直しにつきあってくれたよしもとばなな事務所のみなさんにも感謝します。

美しい色彩でさやかの心の世界をたくさん描いてくださり、表紙では夜の匂いがしてきそうなバリの風景を描いてくださった秋山花さんにも、ありがとう。花さんの絵の中に浮かぶ四角が大好きです。

いつもすかっとかっこいいデザインをしてくださる鈴木成一さんにも心からの感謝を捧げます。

２０１４年12月

よしもとばなな

本作は下記の新聞に連載された作品に加筆・修正しました。

新潟日報
愛媛新聞
デーリー東北
紀伊民報
北羽新報
琉球新報
徳島新聞
長崎新聞
佐賀新聞
宮崎日日新聞
山梨日日新聞
南日本新聞
福島民友
上毛新聞
苫小牧民報
岩手日日新聞
神戸新聞

JASRAC 出 1307111-301

よしもとばなな
1964年、東京都生まれ。日本大学藝術学部文芸学科卒業。
87年小説「キッチン」で第6回海燕新人文学賞を受賞しデビュー。
89年『キッチン』『うたかた/サンクチュアリ』で第39回芸術選奨文部大臣新人賞、
同年『TUGUMI』で第2回山本周五郎賞、95年『アムリタ』で第5回紫式部文学賞、
2000年『不倫と南米』で第10回ドゥマゴ文学賞を受賞。
著作は30か国以上で翻訳出版されており、
イタリアで、1993年スカンノ賞、96年フェンディッシメ文学賞〈Under35〉、
99年マスケラダルジェント賞、2011年カプリ賞を受賞。
近著に『スウィート・ヒアアフター』『花のベッドでひるねして』
『小さないじわるを消すだけで』『鳥たち』などがある。

サーカスナイト

2015年1月20日　第1刷発行

著者
よしもとばなな

発行者
見城 徹

発行所

株式会社 幻冬舎
〒151-0051 東京都渋谷区千駄ヶ谷4-9-7
電話　03-5411-6211(編集)　03-5411-6222(営業)
振替　00120-8-767643

印刷・製本所
中央精版印刷株式会社

検印廃止
万一、落丁乱丁のある場合は送料小社負担でお取替致します。小社宛にお送り下さい。

ISBN978-4-344-02711-4 C0093
幻冬舎ホームページアドレス http://www.gentosha.co.jp/
この本に関するご意見・ご感想をメールでお寄せいただく場合は、
comment@gentosha.co.jpまで。